中公文庫

ＳＲＯ Ⅶ

ブラックナイト

富樫倫太郎

中央公論新社

目次

SRO Ⅶ ブラックナイト

主な登場人物

山根新九郎……SROの室長。警視長
芝原麗子………SROの副室長。警視正
尾形洋輔………SROの一員。警視正
針谷太一………SROの一員。警視
川久保純一……SROの一員。警部
富田直次郎……SROの一員。総務・会計担当の課長
木戸沙織………SROの一員。総務・会計担当の主任
夏目悠太郎……科学警察研究所主任研究員
阿部忠雄………警視庁刑事部長
近藤房子………〝最凶〟の連続殺人犯

プロローグ

ぼくはあたまがわるい。がっこうにいったことがないから、かんじがかけない。ひらがなならかける。イチがおしえてくれた。カタカナもすこしならかける。にっきをかくようにすればいいわ、とイチはいう。だけど、かくことがない。なにをかけばいいのかわからない。なんでもすきなことをかけばいいのよ、あまりむずかしくかんがえないで、とイチがいうから、バナナ、イチゴ、リンゴ、みかん、メロン……たべもののなまえばかりかいていたらわらわれた。むかしのことをかけばいいじゃない、とイチはいう。たとえいやなことでもほんとうのことなんだし、べんきょうになるから。そうだろうか？　いやなことばかりかいてべんきょうになるのかな。わからないけど、イチはまちがったことをいわないし、いつもやさしいから、イチのいうようにしようとおもう。ものすごくたいくつなはなしだとおもうんだけどなあ……。

第一部　名前のない子供

1

いつも殴られた。

なぜ殴られるのかわからないけど、とにかく、いつも殴られた。

ママは、いつも機嫌が悪かったから。

機嫌が悪いと殴った。

「おまえらがいるから、わたしは幸せになれないんだ。お荷物、厄介者、粗大ゴミ、役立たず、グズ、バカ、間抜け……ああ、死んでくれないかな。死んでよ。頼むから死んでよ。目の前から消えてよ」

妹の綺羅《きら》は、いつも泣いていた。

仕方がない。

綺羅は、まだ小さかったから。

大きな声で泣くと、また殴られるから、声を押し殺してしくしく泣いていた。それでも殴られることがあるから、そのうちタオルを顔に押し当てて泣くようになった。泣き声を洩《も》らさないためだ。

綺羅の顔は痣《あざ》だらけで、傷がたくさんあった。

ぼくもそうだったと思うけど、自分の顔なんか見ないからよくわからない。

殴られた後、顔を触ると手にべっとり血がつくことがあった。怪我をしたんだな、とわかるけど、それで泣いたりはしない。だって、痛いところは他にもたくさんあったから。

将司《まさし》に足を蹴《け》られたことがある。

そのときは死ぬほど痛かった。

いつまで我慢しても痛みが治まらない。

うんうん唸《うな》っていたら、

「骨、折れたんじゃね？」

と、将司が笑った。

「あ、そうかも。折れたかも。痛がってるもんね」

「ガキのくせにいつも痩《や》せ我慢ばかりしやがって、かわいげのないガキだ。さすがに骨が折れると痛いのか。ほら、泣け。もっと泣け」

二人で、あははは、と声をあげて笑った。

悔しいから決して泣くまいと思ったけど、どうしても涙が滲《にじ》んできた。ものすごく悔しかった。

ママは金髪だ。

ぼくと綺羅の髪は黒いのに、どうしてママだけ髪の色が違うのかわからない。

将司は金髪ではないけど、赤い髪をしている。

「どうして、パパは髪が赤いの？」

と訊《き》いたことがある。

「パパだってよ。バカか、おまえ。何で、おれがおまえたちのパパなんだよ。なあ、おれ、こいつらに似てる？」

「似てないよ、全然」

「おまえにも似てないよな。前の旦那に似てるんだよな？」

「嫌なことを言わないでよ。わたしだって、こいつらの顔が嫌いなんだからさ」

「それなら旦那に渡せばいいじゃん。実家に預けるとか」

「それができるくらいなら、とっくにそうしてるってのよ」

「じゃあ、捨てるか？」

「捨てたいわ。ああ、捨てたい、捨てたい」

「バカ、冗談だよ。日本の警察を甘く見るな。すぐに捕まるって」

「わかってるよ。だから、仕方なく、こいつらを飼ってるんだよ」

「飼ってる？　面白いことを言うなあ。だけど、犬や猫と違って、かわいくねえなあ」

「そうなんだよ。少しもかわいくないんだよ。無駄飯を食うだけの粗大ゴミだよ」

ママと将司は出かけたきり、帰って来ないことがよくあった。最初は、一日か二日経つと帰ってきたけど、そのうちに何日も帰って来ないようになった。

出かける前には、ビニール袋いっぱいにパンやおにぎり、ジュースなんかを買ってきて、

「これでも食べてな。電気をつけるなよ。声も出すな。おとなしくしてるんだぞ。いいな。言われた通りにしないと、どうなるかわかってるな？」

よくわかっていた。

死ぬほど殴られるのだ。

カーテンを閉め切ってあるので昼間でも暗い部屋で、綺羅と二人で過ごした。テレビは観てもいいことになっていたので、アニメのチャンネルを探して、二人でずっとテレビの前に坐っていた。

困ったのは、綺羅のうんちだ。

綺羅はまだおむつをしていたけど、ママがいないとおむつを替えることができない。一日くらいなら我慢できるけど、二日も経つと、おむつからおしっこやうんちが洩れてくる。仕方ないから、ぼくが替えようとしたら、失敗して床にうんちを落としてしまった。綺羅が裸で部屋を走り回ったので、部屋中にうんちが飛び散った。

三日目だか四日目だかにママと将司が帰ってきたとき、ものすごく怒られた。殴られすぎてめまいがした。綺羅も鼻血を出して泣いていた。

「汚いし、臭いなあ。こんな部屋にいられねえよ。掃除が終わってきれいになったら電話してくれ」

と、将司は出て行った。

それで、またママが怒った。

「ああ、嫌だ、嫌だ、嫌だ！」

部屋にあるものを拾い上げては壁にぶつけ、金髪を掻《か》きむしって怒り狂った。

ぼくと綺羅は部屋の隅でしゃがみ込んだ。

何か言えば、ママの怒りがこっちに向かってくるとわかっていたから、二人とも決して口を利かなかった。

次の朝、目を覚ますとママがいなかった。

ママがいないのには慣れていたけど、食べるものがないのには困った。いつもは何かしら置いていってくれるのに、そのときは何もなかった。冷蔵庫も空っぽだった。お腹が空いた、と綺羅が泣くので部屋の中を探し回ったら食パンが二枚あったので、それを一枚ずつ食べた。喉《のど》が渇くと水を飲んだ。

夜になってもママは帰って来なかった。

次の日も、その次の日も……。

綺羅は泣いてばかりいたけど、そのうちに泣かなくなった。部屋の隅に坐り込んで、じっとしているだけだ。ぼくも力が出ないので、テレビの前に坐り込んでアニメを観た。

でも、お腹が空きすぎて、アニメを観ても少しも面白くなかった。

早くママが帰ってきてくれればいいのに……そっとカーテンを開けて外を眺めた。部屋は三階の角部屋なので見晴らしがいい。ランドセルを背負った小学生や制服姿の中学生が道路を歩いているのが見えた。男子中学生が歩きながらパンを食べていた。

それを見て、ぼくは玄関に向かい、部屋から走り出た。ママからは絶対に外に出てはいけない、と言われていたけど、それどころじゃなかった。窓から見た中学生を追いかけ、

「パンがほしい、ちょうだい」

と叫んだ。

「おまえ、誰？」

「パンを食べたい」

「何だか汚い奴だなあ。ほら、パンをやるからそばに来るなよ。うちに帰って、風呂に入ったら」

パンを放り投げて、中学生が走り去る。

ぼくは道路に落ちたパンを拾い、すぐに食べてしまいたいのをぐっと我慢して部屋に戻

ることにした。

それはカレーパンで、まだ半分以上残っていた。

「綺羅、半分ずつ食べよう」

「食べる、食べる」

綺羅は嬉しそうにカレーパンを食べた。

でも、二人で分けたらすぐになくなった。

「もっと食べたいな」

「もうないよ」

「お腹、空いた。もっと食べたい」

綺羅が泣き出した。カレーパンを食べて少し元気になったのか、もっと食べたい、もっと食べたい、と床にひっくり返って手と足をばたばたさせて暴れた。おむつがぱんぱんになっていたから、綺羅が暴れるとうんちが洩れて部屋に飛び散った。

だけど、あまり気にならなかった。

部屋の中にはゴミが溢《あふ》れていたし、うんちやおしっこの臭《にお》いが充満していたからだ。すっかり慣れてしまって、部屋が汚いことも、綺羅の体からおしっこやうんちの臭いがすることも気にならなかった。ずっとお風呂に入ってなかったから、ぼくの体も臭かったと思うけど、自分ではわからなかった。

「よし、待ってろ」

ぼくはまた部屋を出た。マンションの近くを歩き回って、食べ物を持っている人がいないか探した。

公園に行くと、綺羅と同じくらいの女の子が棒についた飴《あめ》を食べていたので、

「その飴、ちょうだいよ」

と手を出すと、

「いや」

「ちょうだい」

「いや」

「寄越せ」

その子の手から飴をむしり取ると、その子がいきなり、

「ママ！　ママ！」

と泣き出した。

怖い顔をしたおばさんが走ってきたので、ぼくは慌てて逃げた。

部屋に戻って、綺羅に飴を食べさせた。

本当はぼくも食べたかったけど、二人で食べるほど大きな飴じゃなかったので綺羅にあげた。飴を食べ終わると、

ぼくは、また部屋を出た……。

と、綺羅が泣いた。

「もっと食べたい」

2

平成二一年九月一八日（金曜日）

目覚まし時計の電子音が響く。

目蓋《まぶた》が重い。目を開けることができない。夢現《ゆめうつつ》で、

（もう五時なのか……）

と、石塚美和子《いしづかみわこ》にはわかる。

ゆうべは一二時前に布団に入ることができた。

にもかかわらず、まったく疲れが取れておらず、澱《おり》のような疲労感が体の奥深くに堆積している。ほんの五分前に眠ったばかりなのに、無理矢理に起こされたような気がする。

その原因はわかっている。

姑《しゅうとめ》の文子《ふみこ》である。

二年前に脳梗塞《のうこうそく》の発作を何度か続けざまに起こし、幸い一命は取り留めたものの、発作の後遺症で左半身が麻痺《まひ》した。今ではほとんど寝たきり状態で、要介護３に認定されてい

る。できることなら介護施設に入居させたいが、民間の施設に入居させるだけの経済的な余裕がないので、特養に入居申し込みをして、順番待ちをしながら自宅介護している。体は不自由だが、少しもぼけていないし、口も達者だ。

一日中、ベッドに横になっているから夜も眠りが浅い。何かというとベッドサイドに置いてある鈴を鳴らして美和子を呼びつける。濡《ぬ》れたおむつが気持ち悪いから替えてくれ、神経痛で足が痛むから揉《も》んでくれ、空気が乾燥して喉が痛むから白湯《さゆ》が飲みたい……何か思いつくと遠慮なく鈴を鳴らす。

それが毎晩のことだから、どうしても美和子は眠りが浅くなり、鈴が聞こえると同時に跳び起きる習慣がついてしまった。これでは熟睡できるはずがない。

電子音が響いている。

頭では起きている。

だが、体が動かない。重い鎧《よろい》でも着込んでいるかのように体が重く、どうにも起き上がることができない。

「うるさいぞ」

夫の仁志《ひとし》が舌打ちしながら尖《とが》った声を出す。

それで美和子は、ハッと目を開ける。

時計を止めて、ベッドから降りる。

仁志は美和子より三つ年上の五一歳である。

去年の春まで東証二部上場の医療機器メーカーで部長職に就いていた。裕福とまでは言えないが、そこそこ余裕のある暮らしをしていた。

会社の経営が傾き、大規模な人員整理が行われることになったとき、仁志は会社にしがみつくのではなく早期退職の道を選んだ。

「営業のノウハウも人脈もある。心配するな」

と、美和子に胸を張った。

実際、知人の伝手《つて》で、外資系の同業他社から誘いを受けていた。ところが、退職してから詳しい話を聞いてみると、仁志が想像していたのとは違った仕事をさせられる上に、給料が三割も減るとわかった。

腹を立てて仁志は、その誘いを断った。

「仕事なら、いくらでもある」

仁志は自信満々だったが、半年もすると自分の見通しがいかに甘かったか思い知らされた。営業畑一筋に歩んできた五〇過ぎの中年を正社員として採用してくれる会社などなかった。恥を忍んで、改めて知人に連絡を取ったが、

「もう他の人を採用してしまいましたよ。石塚さんほどの人なら、他にいいところがあるでしょう。うちなんかにお誘いしたのが間違いでした」

と皮肉を言われた。

今年になって、ようやく見付けたのは、マンションの管理人という自分の希望とは懸け離れた仕事だった。正社員採用ではなく非常勤採用だった。非常勤なので賞与もなく、社会保険もない。給料は以前の五分の一以下になった。美和子が看護師として働いているから、美和子の扶養に入れれば保険も年金も心配ないし、とりあえず、食べていくことはできるが、それは仁志のプライドを大きく傷つけた。

管理人の仕事をするようになってから、仁志には覇気がなくなり、やたらに怒りっぽくなった。美和子との会話も減り、たまに口を開くと嫌味めいたことばかり言う。非常勤で給料が安い分、拘束時間も短いから自宅にいる時間は美和子よりも長い。にもかかわらず、文子の介護をまったく手伝おうとしない。

「母親のシモの世話なんかできるか」

「それは頼まない。他にできることをやってほしいの。食事を食べさせるとか、足を揉んであげるとか……」

「おれを見下して、妻の役割を放棄するつもりか」

「そんな話じゃないでしょう。現実的にわたしは家にいる時間があなたより少ないから……」

「それなら仕事を辞めろ」

「辞めたら、どうやって食べていくの？　子供たちにだって、まだお金がかかるんだし、お義母《かあ》さんのことだって……」

「自分が家計を支えていると威張りたいのか？　誉めてほしいのか？」

「どうして、そんな嫌な言い方ばかりするのよ？」

「気に入らないのなら話なんかしなければいい」

長男の翔太《しょうた》は大学三年生で二一歳、長女の麻友《まゆ》は専門学校の二年生で二〇歳、二人とも祖母の介護を手伝おうという素振りなど微塵《みじん》も見せない。

夫も子供たちもまったく頼りにならないので、美和子としては介護ヘルパーに頼るしかない。保険で賄《まかな》えるサービスだけでは足りないので、自己負担のサービスを利用せざるを得ない。その自己負担が馬鹿にならない金額で、さすがに口にはできないが、仁志が管理人の仕事を辞めて、いっそ主夫になってくれたら、と思わぬではない。

台所に行く。

すぐには何もする気にならず、椅子《いす》に坐り、テーブルに肘《ひじ》をつき、両手で顔を覆う。眠気が襲ってくる。このままテーブルに突っ伏して眠ることができたら、どんなに気持ちがいいだろうと思う。

チリン、チリン、という鈴の音が聞こえた。

美和子がハッとして顔を上げる。うたた寝していたらしい。

「美和子さ〜ん」

という、かぼそい声が聞こえる。文子だ。

頭の中で、これからしなければならないことを思い浮かべる。

文子の部屋のカーテンを開ける。おむつを取り替えて、ざっと部屋を掃除する。朝っぱらから掃除などしたくないが、そうしないと文子の機嫌が悪いのだ。それを五時半までに終えて、それから朝食の支度をする。文子は介護食なので、他の家族とは違うものを作らなければならない。それを食べさせるのも美和子の役目だ。糖尿病にもかかっているので、いろいろ食事制限がある。必然的に豆腐や納豆、ひじき、野菜が食事の中心になるが、それが文子は気に入らない。食べさせてもらいながら、

「ああ、おいしいお刺身が食べたい。あんたは自分ばかりいいものを食べて、わたしにはまずいものばかり食べさせる。鬼のような女だ」

と口汚く罵《ののし》る。

右から左に聞き流すようにしているが、それでも心が折れそうになる。

それが済むと弁当を作る。自分の分と仁志の分だ。

以前は社員食堂で同僚と一緒に食事していたが、仁志が会社を辞めてから節約のために弁当を持参することにした。

ゆうべの残り物で、さっと朝ご飯を食べると出かける支度を始める。いつもは八時半ま

でに出勤すればよく、自宅から職場まで通勤に一時間ほどかかるので七時半に家を出る。しかし、今日は上司から三〇分早く出勤するように言われている。そうなると、七時に家を出ることになる。わずか三〇分とはいえ、この違いは大きい。

（こっちの都合も考えないで一方的に早出させるなんて……）

それが不満である。

しかし、口には出せない。

姑の介護を理由に、この二年、美和子は夜勤や遅出を断り続けている。その皺寄《しわよ》せで同僚たちの負担が大きくなっていることを考えると、三〇分くらいの早出で文句など言える立場ではないのだ。

勤務しているのが普通とは違うタイプの病院だから、ということもある。

美和子の勤務先は葛飾《かつしか》区小菅《こすげ》にある東京拘置所の医務部だ。正確には「東京拘置所医務部病院」という。配属されているのは病院棟の地下二階にある特別病棟で、ここで治療を受けているのは殺人などの凶悪犯罪を犯したことが疑われる未決囚である。

検察庁に出向いて取り調べをうけることができない容疑者を事情聴取するために検察官がやって来ることは珍しくない。

今日は検察官ではなく、警視庁から二人の警察官がやって来るという。美和子の担当している患者に事情聴取するというのだ。その対応を打ち合わせるために三〇分の早出を命じられたのである。

その患者を近藤房子《こんどうふさこ》という。

3

何日くらい経ったのかわからない。

ぼくはものすごく疲れていたし、ものすごくお腹が空いていた。

毎日食べ物を探しに出かけたけど、そう簡単に食べ物を手に入れることはできなかった。お店に行けばいくらでも食べ物があったけど、お金がないので買うことができない。我慢できずにみかんを盗んだことがある。お店の人が怖い顔で追いかけてきて、もう少しで捕まるところだった。それからは、お店に行くのをやめた。

公園に行っても、パンやお菓子を食べている人はあまりいなかったから、それをもらうこともできなかった。それならお金がほしいと思って、ベンチに坐っているおじいさんに、

「お金、ほしい」

「あ？」

「お金、ちょうだい」

「ぼうや、名前は？」

「お金」

「警察に連れて行くから一緒に来なさい」

おじいさんがベンチから立ち上がった。

警察、と聞いて、ぼくは逃げ出した。警察には怖い人たちがたくさんいると知っていた。テレビで観たからだ。拳銃で人を撃ったりする。

部屋に帰ると、綺羅が横になっていた。眠っているのだと思い、毛布をかけてやった。綺羅の体も床もうんちだらけで毛布にも付いたけど、どうせ毛布も汚れていたから気にしなかった。

ぼくも疲れたので、綺羅の横で寝た。

ものすごく疲れていたので、いつまでも寝た。

何度か目を覚ましたけど、だるいので、そのまま横になっていた。部屋の中は真っ暗だったり、薄暗かったりした。夜になったり、朝になったりしたからだ。

お腹が空いたので起きた。綺羅も起こそうとしたけど、全然起きようとしない。ずっと部屋にいて、ぼくが外で食べ物を探してくるのを待っているだけのくせに寝てばかりいることに腹が立って、

「起きろよ、いつまで寝てるんだよ」

綺羅を揺すると、体がものすごく冷たかった。

それに何だか嫌な臭いがした。うんちやおしっこの臭いとは違う、もっと嫌な臭いだ。

押し入れからタオルケットや毛布を何枚も持ってきて綺羅にかけた。そうすれば臭いが出なくなると思った。

食べ物を探しに外に出た。コンビニの前をうろうろしていたら、コンビニから出てきたおばあさんから運よくおにぎりをもらうことができた。

部屋に戻って綺羅を見ると、毛布の下に寝たまま動いていなかった。臭いはきつくなっていた。

「おにぎりがあるけど食べる?」

たぶん、返事はないだろうと思っていたけど、その通りだった。

「食べちゃうからね。後から食べたかったと言っても遅いから」

ぼくは、おにぎりを食べた。

すごくおいしかった。

いつもは綺羅と半分ずつにして食べる。ひとつのおにぎりを一人で全部食べられるなんて、正直に言えば、嬉しくてたまらなかった。あっという間に食べてしまった。

水を飲んで、綺羅の横で寝た。

どれくらい時間が経ったのだろう……。

話し声が聞こえて目が覚めた。

ママと将司が話している。

「おい、どうするんだよ。死んでるぞ」

　将司が舌打ちする。

（綺羅、死んだのか……）

　冷たい体に触れたとき、死んだのかもしれないと思ったけど、信じたくない気持ちもあった。

「こんな汚い部屋で子供を死なせちまって、絶対に虐待だって疑われるぞ。おまえ、警察に捕まるぞ」

「わたし？　わたしだけ？　将司だって、散々、叩《たた》いたり蹴ったりしたじゃん」

「それで死んだわけじゃないだろ。そもそも、おれは他人だし。こいつらと血の繋がりもないし、おまえと結婚してるわけじゃないし」

「許さないからね。わたしが捕まったら、二人でやったって警察に言うから」

「道連れにするってのかよ」

「わたしを裏切ったら、っていう話だよ」

「だって、どうするんだよ。このままにしておけないぞ。この部屋、汚いし臭いし、廊下にまで臭いが洩れてる。また管理人が文句を言いにくるぜ。部屋に踏み込まれて死体が見付かったらアウトじゃん」

「死体を片付ければいいんだよ。部屋が汚いだけなら警察に捕まらないよ」

「そう簡単に言うなって」

「ううん、簡単なんだよ。出生届を出してないから、綺羅のことは誰も知らない。誰も探したりしないんだよ。だから、誰にも見付からない場所に埋めてしまえば……」

「最初からいなかったってことになるのか……」

「そういうこと」

「それなら話は早いぜ。どこか山の中に埋めればいいだけだ。もし見付かっても、誰だかわからなければ、おれたちが捕まる心配もない。問題は、あいつだな」

「そうだね。綺羅も死んじゃったし、あいつももういらないよね。て言うか、足手まといだし」

「いっそ、あいつも……」

ママと将司がひそひそ話をしている。綺羅の死体をどこかに隠す相談をしているのだな、とわかった。

ぼくが邪魔なんだということも。

ぼくと綺羅はいつも殴られていたけど、それでもママや将司が機嫌のいいときは、綺羅をかわいがることもあった。きれいな服を買って着せたり、おもちゃを買ってあげたり。

ぼくは全然かわいがってもらえなかった。

ママと将司が機嫌の悪いときは殴られたし、機嫌のいいときは無視された。

(あ)

不意に体が重くなった。

息ができない。

将司が馬乗りになって、左手で口を押さえ、右手で首を絞めている。足も動かない。ママが押さえているからだ。

「早くやっちゃって」

「わかってる」

苦しくてたまらない。

手をばたばたさせて、何とか逃げようとしたけど、将司の体は大きな岩みたいに重くて、びくともしなかった。体から力が抜けていくのがわかる。目の前が暗くなってくる。

「まだなの？」

「もうすぐだ」

将司がふーっと息を吐いたとき、ほんの少しだけ力が緩んだ。

将司の指に思い切り嚙《か》みついた。

たぶん、親指だったと思う。

右の親指か、左の親指か、それは覚えていない。

「いてえ～っ！」

将司の手が首から離れた。

ますます力を入れて嚙んだ。これを離したら殺されてしまう、とわかっていた。

「このガキ！」

将司がぼくを殴ろうとする。

これでもか、と必死に嚙むと、口の中にどっと血が溢れた。ぼくのじゃない。将司の血だ。指先を食いちぎったのだ。うわ～っと叫びながら将司が横に倒れる。体が自由になる。

上半身を起こすと、目の前にママの顔がある。

ママは口をぽかんと開けて、驚いたような顔をしていた。たぶん、ぼくの顔が血だらけだったからだ。

「何てことをするのよ！」

我に返って、ママがぼくの首につかみかかろうとする。その手をすり抜けて、ママの顔に頭突きをした。遠慮なんかしなかった。ぼくだって殺されるのは嫌だから。

ママが、ぎゃっ、と叫んで仰向けにひっくり返る。

鼻血が出た。

「てめえ！」

将司が起き上がろうとする。

ぼくは跳び起きると、まっしぐらに玄関に走る。

靴を履いてドアを開ける。そのまま一度も振り返らずに部屋から出て行く。それ以来、その部屋には二度と戻っていない。

4

九月一八日（金曜日）

息を切らして廊下を走り、

「遅くなってすいません」

と、石塚美和子が医務局に駆け込む。

医師の芦田光一《あしだこういち》が銀縁眼鏡越しにじろりと睨《にら》む。

思わず美和子が首をすくめる。芦田医師は四〇代で、仕事もできるが、どこか冷たいところがあって、美和子は苦手だ。義母の介護を理由に残業や夜勤を断る美和子を快く思っていないこともわかっている。

（選《よ》りに選って、こんな日に遅刻するなんて……）

三〇分の早出を命じられながら、一〇分遅刻してしまった。わたしが悪いわけじゃない、わたしはちゃんと三〇分早く出勤するつもりで家事を片付けたのに、出がけに文子が、おむつを替えてくれと言い出したのだ。時間に追われて気持ちが急《せ》いていたせいもあり、さっき替えたばかりじゃありませんか、と突き放したような言い方をすると、お腹が緩くて下痢気味だから、もう汚れてしまった、すごく居心地が悪い、そんな嫌がらせをしないで快く替えてくれればいいじゃないか、と喚《わめ》き出した。言い合いをするより、さっさと取り替える方が早いと考え、わかりました、と溜息《ためいき》をつきながらおむつを替えた。そのせいで乗る予定だった電車に乗り遅れ、一〇分遅刻してしまったのだ。

（わたしが悪いわけじゃない。お義母さんがわがままを言い出すから……）

唇を噛みながら、美和子は心の中で言い訳する。

「では、よろしく」

芦田医師が言うと、スタッフが散っていく。

「あの……遅刻して申し訳ありませんでした。家を出るときに義母が……」

「結構」

美和子の弁解を遮ると、

「わたしは、きちんと職責を果たしてもらいたいだけです。そんな難しいことではないと思いますよ。ベテランで、それなりの給料ももらっているわけだし、それに見合った働きをしてもらわないと困りますね。若手の手本になることを期待しているわけですから」

「はい」

美和子が肩を落としてうなずくと、聞こえよがしに、まったくだらしがない、と舌打ちしながら芦田医師が部屋から出て行く。

「嫌な人ですよねえ。気にすることありませんよ、先輩」

背後から佐伯奈々《さえきなな》が声をかける。三一歳の看護師で、美和子とペアを組むことが多い。

「凶悪犯罪を犯したような患者ばかり治療してると性格が歪《ゆが》むんですかね」

「芦田先生、最初からあんな感じよ」

「特別病棟で仕事をしてるから性格が歪んだわけじゃなく、そういう性格だから配属されたのかもしれませんね」

奈々がくすくす笑う。

「ミーティングの内容を教えてくれる？」

「いつもと大して変わりませんよ。わざわざ早出する意味があったんですかね？　今日は検事さんじゃなく、警視庁の人たちみたいですよ。テレビや週刊誌に出てたじゃないですか。近藤さんを逮捕したSROとかいう組織。そこの人たちが面会に来るらしいんです」

「それは聞いてるけど」

「怖いですよね。たくさん殺しすぎて、何人殺したか正確な数がわからないっていうんですから……。本当なんですかね？　普通の中年女性にしか見えないのに」

「わたしにはわからないわ。テレビもほとんど観ないし、週刊誌も読まないから」

「殺人犯はよく入院しますけど、こんな人は初めてですよね」

「立ち会いは芦田先生と奈々ちゃん？」

「先輩ですよ」

「え、わたし？」

「嫌味な人だけど、芦田先生、看護師としての先輩の腕は評価してるんじゃないですか」

「さあ、どうかしら……」

どうも腑《ふ》に落ちないという顔で美和子が首を捻《ひね》る。


芦田医師が近藤房子を診察する。

「痛みは、どうですか？」

「痛いに決まってるじゃない。ものすごく痛いわよ。もっと痛み止めを打ってよ」

房子は四発被弾した。そのうち二発が肺に命中し、かなりの重傷である。絶対安静という状態が続いており、たびたび検察官が病室に足を運んで事情聴取を試みているが、

「ああ、痛い！　痛くて何も話せない。何も思い出せない。この痛みを何とかしてちょうだい」

と、房子が喚き立てるので、まともな事情聴取などできない。

「少しは我慢して下さい。あまり痛み止めを使うと頭が朦朧《もうろう》として何も話せなくなってしまいますよ」

芦田医師が言うと、

「今日も事情聴取？　面倒臭いわねえ。断ってよ」

「わたしが決められることではありません」

傷の具合を確認すると、芦田医師は美和子を見て、ガーゼと包帯の交換を命ずる。

「一〇分で戻ります」

そう言い残して病室を出て行く。壁際に看守が二人立っている。病人や怪我人とはいえ、特別病棟に入院しているのは凶悪な犯罪者たちである。彼らの治療をする場合、医師や看護師は単独で患者に接触せず、必ず二人の看守が立ち会うことになっている。安全確保のための規則である。

もっとも、医師と患者の会話が聞こえるほど近くに看守は立っていない。治療に関する会話には個人情報に触れる内容もあるからだ。

「あの芦田って医者、何だか感じが悪いよね。そう思わない？」

房子が美和子に話しかける。

「……」

患者との個人的な会話は禁止されているので、美和子は返事をしない。そんなことにはお構いなしに房子は勝手にしゃべり続ける。絶対安静にしなければならない患者だとは思えないほど、よくしゃべる。

「石塚さん、何だか顔色がよくないわねえ。寝不足なんじゃないの？　お子さんがいるとしても、もう大きいだろうから、それで手がかかるわけじゃないわよね。手がかかるとしたら親でしょう？　自宅介護してるんじゃないの？　自分の親、それとも旦那さんの親？」

「……」

「どっちの親でも介護は大変だけど、義理の親だったら悲惨よねえ。寝たきりの年寄りってわがままで言いたい放題なんだもの。介護してもらってるんだから感謝して当然なのに、逆に、介護する人間に食ってかかったりするでしょう？　ご家族は、ちゃんと介護を手伝ってくれる？　看護師なんていうハードな仕事をしてるんだから家族の協力がないと大変じゃない。でもねえ……」

房子が美和子をじろじろ見る。

「たぶん、寝不足のせいなんだろうけど肌が荒れて艶もないし、顔色も悪くて表情も暗い。ご家族、協力してくれないんでしょう？　ストレスが溜まってるんじゃないの？」

「……」

歯を食い縛って、美和子がガーゼと包帯を交換する。房子の言うことは、いちいち的を射ているので、美和子は神経を逆撫《さかな》でされる。仕事をしているときくらい、不愉快な介護のことなど忘れていたいのだ。

それから三〇分ほど後……。

芦田医師と美和子がベッド際に並んで立っている。

看守がドアを開けると、スーツ姿の背の高い男と顔を包帯で覆った女が病室に入ってくる。

「警視庁の山根《やまね》です」

「芝原《しばはら》です」

SROの室長・山根新九郎《しんくろう》と副室長・芝原麗子《れいこ》だ。

「担当医の芦田です」

「話はできますか？」

「そうするように指示されましたからね。容態はあまりよくありません。本当なら、今は薬で眠っている時間なんですよ。しかし、それでは話ができないでしょうから、薬の量を減らしました。当然、その分だけ、患者は強い痛みを感じることになります」

「どれくらいの時間、話すことができますか？」

「できれば三〇分以内に収めていただきたいところです」

「最大で、どれくらいでしょうか？」

「一時間が限度です。それ以上は、医者として認められませんし、責任も持てません」

「わかりました。心懸けておきます」

新九郎、麗子、房子の三人だけが病室に残り、芦田医師、美和子、二人の看守は退室する。看守たちは病室に背を向けてドアの前に立つ。何かあったら、すぐに病室に駆け込むためだ。

芦田医師は医務局に、美和子はナースコールで呼ばれる場合に備えて、ナースステーションに向かう。事情聴取が終わるまで、芦田医師と美和子は他の患者には対応しないことになっている。忙しげに立ち回っている他の看護師たちも、それを承知しているから美和子には何も頼もうとしない。

椅子に腰を下ろすと、美和子がふーっと溜息をつく。指先で頬をさすりながら、

「肌だって荒れるわよ。化粧どころか、ろくに鏡を見る暇もないんだから……」

申し訳程度にファンデーションと口紅を塗っているだけだ。とても化粧をしているとは言えない。

（ストレスか……）

また溜息をつく。重苦しい溜息だ。

家では介護に追われ、文子の罵詈《ばり》雑言《ぞうごん》に耐えなければならない。仕事が息抜きであり楽しみでもあったのに、芦田医師が上司になり、何かというと嫌味ばかり言われるようになってから、職場にいても少しもくつろぐことができなくなっている。家庭でも職場でもストレスを発散できなければ、ストレスは溜まる一方である。

「石塚さん！　石塚さん！」

「え」

ハッとして美和子が顔を上げる。いつの間にか眠り込んでいたらしい。

目の前に芦田医師が苦虫を嚙み潰《つぶ》したような顔で立っている。

「何をしているんだ。ナースコールが聞こえなかったのか？」

「あ……すいません」

まったく聞こえなかった。よほど眠りが深かったのに違いない。

「行くぞ」

靴音を響かせながら、芦田医師が小走りにナースステーションを出て行く。慌てて美和子が後を追う。

病室に入ると、房子は目を瞑《つむ》っていた。芦田医師はモニターの数値をチェックする。その様子を新九郎がじっと見つめている。

「かなり負担がかかったようですね」

「もう無理ですか？」

「そうは言いませんが、少し休ませた方がいいでしょうね。薬を処方すれば数値も落ち着くでしょうから。もちろん、ここまでにしてもらえるのが一番いいわけですが」

「できれば、もう少し話を聞きたいんですが」

「では、処置する間、病室から出ていてもらえますか」

新九郎と麗子が病室から出て行くと、

「自分勝手な連中だ。自分の仕事さえ片付けば、あとのことなんかどうでもいいと思ってるんだろう」

芦田医師が腹立たしそうに言う。

「無理をさせて容態が悪化したら、責められるのはわたしなんだ。割が合わない。看護師はナースコールが鳴っていても気が付かないほど眠りこけているし、この病院は、どうなっている？　相手が犯罪者だから二流のスタッフで適当に対応すればいいとでも思っているのか」

「それは、ひどいです」

思わずカッとして美和子が口を開く。

「ん？　何か言いたいのかね。君が居眠りしていたのは本当じゃないか。否定するのか？」

「わたしのことは、どうでもいいです。おっしゃる通り、わたしは二流かもしれません。だけど、他のスタッフは違います。仕事のできる、いい人ばかりです」

「身内同士でヨイショして何が嬉しいのかね？」

「そんな……」

美和子が芦田医師の物言いに呆《あき》れて言葉を失う。

「なぜ、わたしが君に立ち会いを命じたと思う？　優秀だと評価したからじゃない。近藤さんは危険だ。大怪我をしているからといって少しも油断できない。そんな患者の立ち会いを将来有望な看護師に任せるわけにはいかない」

「わたしだったら、たとえ何かあっても構わない……そうおっしゃりたいんですか？」

美和子の顔色が変わる。

「そこまでは言わないが、明日から君がいなくなったとしても業務にさしたる影響がないのは確かだろうね」

「あんた、よくしゃべるねえ」

いつの間にか目を覚ましていたらしく、房子が目を細めて芦田医師を見つめる。

「人を化け物みたいに罵ってさ。気に入らないねえ。その気になれば、あんたなんか簡単に殺せるんだよ。そのかわいい鼻や耳をくいちぎってやろうか。新鮮な人肉はおいしいものなんだよ」

「……」

芦田医師の顔から血の気が引き、膝《ひざ》が震える。房子の迫力に圧倒されているのだ。

「死にたくなかったら、さっさと治療しなよ、芦田先生」

「わ、わかった」

声を震わせながら返事をすると、芦田医師は右手の甲で額の汗を拭《ぬぐ》う。

一時間ほどして、事情聴取を再開しても構わないと芦田医師は新九郎と麗子に伝えた。但《ただ》し、モニターの数値をチェックする必要があるので看護師を付き添わせなければならない、と注文を付ける。実際には、

「石塚さんにそばにいてほしいの。山根さんに、そう言って」

という房子の要求を芦田医師が受け入れたのだ。

新九郎、麗子、房子、それに美和子の四人が病室に残る。

美和子は房子の告白を耳にした。聞きたいわけではなかったが、病室にいれば嫌でも耳に入ってくる。房子と夫の一郎が犯してきた数々のおぞましい殺人に関する告白である。事情聴取というより、インタビューといった方がいい。新九郎が質問すると、房子が嬉々として語るのだ。

午前中に始まったインタビューは休憩を挟んで四時間近く続いた。

新九郎と麗子が引き揚げると、芦田医師は改めて房子を診察した。

「かなりお疲れのようですね。モニターの数値に乱れがある」

「痛み止めを打ってよ」

「いいでしょう」

芦田医師が注射する。

「ガーゼも替えて。何だか、むずむずする。血が出てるんじゃないかな」

「わかりました」

芦田医師はガーゼと包帯の交換を美和子に命ずる。

「では、また明日」

そそくさと病室を出て行く。

「ふんっ、馬鹿な男。そう思わない？」

「……」

「あんな男のせいで、あんた、不愉快な思いをしてるんでしょう？　職場に不愉快な上司がいるとたまったもんじゃないよね」

「なぜ……」

美和子が小声で訊く。壁際の看守たちに背を向けているから美和子が話していることは彼らにはわからないはずだ。

「なぜ、わたしを病室に残すように言ったんですか？　そんな必要はなかったのに」

「面白かったでしょう、わたしの話？　作り話じゃないのよ。みんな、本当のこと」

「……」

「石塚さんに教えたかったのよ。人殺しって、みんなが思ってるほど難しいことじゃないんだって。すごく簡単なんだよ。最後の最後にへまをして捕まったけど、中学生のときにろくでなしの父親を殺してから四〇年近く、誰にもばれなかったんだよ。世の中には邪魔な人間がたくさんいるよね？　そいつさえいなければ、わたしはもっと幸せになれるのに……そう思ったことない？　だけど、普通は我慢する。どうにもできないと諦《あきら》めちゃうんだよ。わたしは我慢しなかった。諦めもしなかった。邪魔な人間は殺しちゃったのよ。だから、わたしの人生、すごく楽しかったんだよ。周りに邪魔な人間がいなかったんだもん。石塚さんもさ、殺しちゃえば？」

「何を言うんですか……」

美和子の顔が蒼白《そうはく》になる。

「お先真っ暗な人生を、明るく楽しい人生に変える方法があるってことを知ってほしかったの」

房子がにこっと微笑《ほほえ》みかける。まったく悪びれた様子のない無邪気な笑いである。

5

自分がどこにいるのかわからない。

ママと将司が探すかもしれないと思って、できるだけマンションから遠ざかろうとしたからだ。

闇雲に歩いたせいで自分がどこにいるのかわからなくなってしまった。

公園で野宿しながら、ぼくは毎日歩いた。

そのうち、朝や夜にうろうろするのは危ないと気が付いた。学校に行く時間に子供が公園をうろうろしていると、それを変な目で見る大人がいるのだ。暗くなってからもそうだ。あまり遅い時間に歩き回るとよくないのだ。

だから、子供が見当たらない時間は、なるべく、人目に付かない場所でじっとしていることにした。学校が終わって子供たちが公園にやって来ると、それに混じって、ぼくも動き出すのだ。他にも子供が大勢いれば、ぼくは目立たない。

水はどこにでもあるし、食べ物を手に入れる術《すべ》は心得ていた。お金がなくても別に困らなかった。

公園ばかりにいても退屈なので、ショッピングモールやゲームセンターに行くこともある。お金がないから何もできないけど、他の子供がゲームで遊んでいるのを見ているだけで楽しい。ショッピングモールには大きなテレビを置いてあるコーナーがあって、そこに行くと、運がいいときにはアニメを観ることもできた。

部屋にいるときは、テレビ以外に楽しみがなかったし、いつも綺羅が泣いていたし、綺羅のうんちやおしっこで部屋が臭かったし、ママや将司がいるときには殴られてばかりいたので少しも楽しくなかったけど、今はとても楽しい。何でも好きなことができる。

いつまで経ってもママや将司が探しに来ることはなかったから、次第にぼくも安心して、あまり移動しなくなった。居心地のいい公園を見付けると、そこで何日も過ごした。居心地がいいというのは、食べ物を見付けやすくて、近くにショッピングモールやゲームセンターがあって、夜になると、ちゃんと寝る場所があるという意味だ。

あるとき髪の長い女の子が話しかけてきた。女の子といっても、ぼくより背が高くて、どう見ても年上だ。日中、公園にいるのは幼稚園児や小学生ばかりで、夕方になると中学生や高校生も現れる。その女の子は、たぶん、中学生じゃないかと思った。もしかすると高校生かもしれなかった。

後になってからわかったことだけど、実際には一五歳で、学校に通ってないから中学生でも高校生でもなかった。もし通っていれば高校一年生だったらしい。

「食べる？」

お菓子を差し出してくれた。おいしそうなクッキーだ。

「どうも」

遠慮なくもらった。食べられるときには、できるだけ食べておくのが、ぼくのやり方だ。くれるというのなら喜んでもらう。毎日きちんきちんと食べられるわけじゃないから。

それを食べ終わると、

「お腹が空いてるのね。これも食べる？」

今度はチョコレートをくれた。

もちろん、それももらった。

「いつも、この公園にいるでしょう？」

「まあね」

「朝もいるよね？　それに夜も。家に帰らなくていいの？」

「……」

「学校には行ってる？」

「行ってない」

質問に答えるのが面倒だったけど、まだチョコレートを食べている途中だったので仕方なく返事をした。

「何歳？」

「よくわからない」

「名前は？」

「言いたくない」

「わたし、イチっていうの。だけど、本当の名前じゃないの。親がつけた名前は捨てちゃった。だって、親なんか大嫌いだったから」

「ふうん、ぼくと同じだね」

「親が嫌い？」

「うん、嫌い。ママのせいで綺羅が死んだ」

「きら？」

「妹だよ。お腹が空きすぎて死んじゃった。ぼくも殺されそうになった。だから、逃げたんだ。嘘だと思う？」

「ううん、思わない。子供を殺す親、たくさんいるんだよ。みんなが知らないだけ」

「イチも殺されそうになった？」

「殺されそうにはならなかったけど、もっとひどいことをされた」

イチの表情が暗くなった。殺されるよりひどいことって、どんなことなのか訊いてみたかったけど、なぜか、訊いてはいけない気がしたので黙っていた。

「友達はいる？」

「いない。イチにはいる？」

「わたしもいないかな。小さい頃からパソコンが友達みたいなものだった」

「パソコンって、何？」

「小さいコンピューター」

「ふうん……」

「これから寒くなるよ。野宿は辛《つら》いんじゃない？」

「そうだね」

「どうするか考えてる？」

「何も」

「わたしと来ない？　一緒に暮らそうよ。仲間もいるから助けてくれるよ」

「どうしようかな……」

「わたしを見て。わたしの目を見て、信じられるかどうか考えて。君を騙《だま》そうとしてるかどうか」

「……」

ぼくはイチの目を見た。

すぐに心を決めた。

「一緒に行くよ」

だって、イチはママや将司より、ずっと優しくて親切だった。ぼくの話をきちんと聞いてくれた初めての人だ。

6

九月二四日（木曜日）

午後七時、石塚美和子が家に着く。残業せず、定時に病院を出ると、この時間に帰宅できるのだ。

しかし、ほんの一〇分でも病院を出るのが遅れると電車やバスの乗り継ぎが悪くなり、帰宅が三〇分は遅れてしまう。

　仁志が帰宅するのは午後六時頃で、介護ヘルパーの富田早苗《とみたさなえ》は、それまでは家にいてくれる。文子を一人にしておくことができないからだ。早苗が仁志にバトンタッチして帰ると、美和子が帰宅するまで仁志が文子の世話をすることになる。わずか一時間ほどだし、文子も仁志にはそれほどわがままを言わないから、実際には大してすることもない。にもかかわらず、この一時間の世話が仁志は気に入らないらしく、美和子が帰宅すると不機嫌さを隠そうともせず、

「なぜ、六時に帰ってこられないんだ？　もっと通いやすい病院に移ったらいいじゃないか」

　などと文句を言う。

　疲れて帰宅してすぐに、そんな罵声を浴びせられると美和子は心が折れそうになる。そのせいで、玄関のドアノブに手をかけると、自然に緊張してしまい、

（どうか、今夜はあまり機嫌が悪くありませんように……）

　と大きく深呼吸するのが癖になっている。

「ただいま」

　玄関のドアを開けて、美和子は怪訝《けげん》な顔になる。

　見慣れないスニーカーが靴脱ぎにあったからだ。

「お帰りなさい」

リビングから早苗が顔を出す。

「あら、富田さん。こんな時間まで、どうしたの？」

「ええ、それが……」

ご主人がまだお帰りにならなくて……と早苗が表情を曇らせる。

「え」

慌ててバッグから携帯を取り出す。着信もないし、メールも来ていない。

「おばあちゃんを一人にはできないし、七時には奥さんがお帰りになるとわかってましたから、それまでは待っていようと思って」

「ごめんなさいね。変ねえ、何かあったのかしら」

「じゃあ、わたし、帰りますので」

「すいません、ご迷惑をおかけして」

美和子が玄関で早苗を見送る。

スニーカーを履くと、

「申し上げにくいんですが……」

早苗がきりっとした表情で美和子を見る。

「何でしょう？」

「実は、このところ、ご主人のお帰りが遅れ気味なんです。六時に引き継ぐという約束なのに六時二〇分とか……六時半近くになることもあります。わずかな時間と思われるかもしれませんが、うちも母子家庭で、小学生の娘が一人で留守番しています。約束を守っていただけないのなら、これ以上、続けることができません」

「ごめんなさい。わたし、何も知らなくて……。きちんと六時に帰るよう主人に話します。何か事情があったんだと思うし」

「よろしくお願いします」

ぺこりと頭を下げると、早苗が帰る。

（どういうことなの……？）

わけがわからなかった。仁志の勤務は五時までだ。残業はほとんどない。まったくないわけではないが、そういうときは美和子に連絡が来るので、美和子が早苗の所属する会社にサービス延長の依頼をすることになっている。

しかし、今の早苗の話では、たまたまではなく頻繁に仁志が約束の時間に遅れているのだという。しかも、美和子には何の連絡もない。早苗が不満そうな顔をしたのは、サービス延長が三〇分単位なので、中途半端に二〇分や二五分残っても収入が増えないからに違いない。

（時間にルーズな人じゃないのに……。どうしたんだろう？）

着替えをし、文子の部屋を覗《のぞ》く。微《かす》かな寝息が聞こえている。ほっと安堵《あんど》の吐息が美和子の口から洩れる。焦らずに夕食の支度ができるからだ。文子が起きていると、

「お腹が空いて死にそうだ！　飢え死にさせる気か！」

と喚くのである。

台所で料理していると、八時近くになって仁志が帰ってきた。

「あなた、いったい、どうしたの、連絡もしないで……」

振り返って仁志を見た美和子が息を吞《の》む。

仁志が真っ赤な顔をしている。

一瞬、熱でもあるのか、と思ったが、すぐにそうではないと気が付いた。アルコール臭がぷーんと漂ってくる。

「お酒を飲んでるの？」

「水、くれ」

ダイニングテーブルの椅子に坐って、仁志がふーっと大きく息を吐く。

「連絡もしないで、お酒を飲むなんて……」

水の入ったコップをテーブルに置く。

「おれにだって付き合いがある」

「それはわかるけど、連絡してくれないと困るじゃない。わたしだけじゃない。富田さん

だって」

「あれは仕事だ。追加料金を払えば文句も言わないだろう」

「今夜だけじゃないでしょう？　最近、六時を過ぎてから帰ってるんじゃないの？」

「告げ口したのか、バカ女が」

仁志がちっと舌打ちする。

「何て言い方をするの。富田さん、よくしてくれてるわよ。いいヘルパーさんじゃないの」

「おい、おれに説教か」

仁志がじろりと美和子を睨む。

「説教なんかしてないわよ。わたしは、どうしたって七時前には家に帰ってこられない。だから、六時から七時までの一時間はあなたにお願いしてるんじゃないの。ほんの一時間でしょう」

「何だ、その言い方。自分は立派な仕事をしてるが、おれなんか、たかがマンションの管理人だとバカにしてるのか？　おまえの給料の足許《あしもと》にも及ばない稼ぎしかないから亭主を見下すわけか？」

「どうして、こういう話になるの？　落ち着いてよ。冷静になってよ。あなたを見下してなんかいない。助け合って、お義母さんの介護をしたいと思っているだけよ。そんな無理な頼みをしているつもりはないわよ」

「おれが言いたいのは、おれだって仕事をしてるんだから、いつもいつも同じ時間に帰れるとは限らないということだ」

「それなら連絡して下さい。サービスの延長をお願いするから」

「偉そうに指図するな！」

仁志が怒鳴ったとき、

「あ～あ～、また喧嘩《けんか》かよ」

長男の翔太が台所に顔を出す。

「お父さんの怒鳴り声、外にまで聞こえてたよ」

翔太に続いて長女の麻友が顔を出す。専門学校でトリマーになる勉強をしている。

「この分じゃ、晩飯はまだだね。できたら呼んで」

野菜炒めをつまみ食いして、翔太が台所から出て行こうとすると、

「おまえたちもおばあちゃんの世話を少しは手伝ったらどうだ」

仁志がじろりと睨む。

「あ、おれ、無理。加齢臭で気絶するし。シモの世話なんかしたら死ぬわ」

翔太が首を振る。

「学校で動物の世話をしてるんだから、おまえなら手伝えるだろう。女なんだし」

仁志が麻友に言う。

「女だからなんていう言い方は差別だよ。はっきり言うけど、お父さんがもっとやればいいんだよ。自分の親なんだし。お母さんに頼りきりだよ。子供にああしろこうしろとか言う前に、まず自分が手本を見せたら？」

「何だと？」

仁志の顔が更に赤くなる。椅子から立ち上がろうとする。

「殴りたいわけ？　殴ればいいじゃん。警察に訴えてやるから」

麻友がさっさと台所から出て行く。翔太も逃げるように麻友の後を追う。

「親をバカにしやがって！」

拳《こぶし》でテーブルをどんと叩く。

「あんな言い方をするから反発するんですよ」

「また説教か。うんざりだ。どいつもこいつも人をバカにしやがって」

椅子から立ち上がり、冷蔵庫から缶ビールを取り出す。鈴の音が聞こえてくる。

「ほら、お呼びだぞ」

仁志が薄ら笑いを浮かべる。

「……」

美和子が溜息をつく。

（わたしだって、うんざりなのよ……）
そう言いたいのを、ぐっとこらえて文子の部屋に向かう。

7

ひらがなとカタカナはじょうずにかけるようになってきたから、すこしずつかんじもおぼえたほうがいいよ、わたしがおしえてあげるから、とイチがいう。めんどうだなとおもうけど、イチはまちがったことをいわないし、しんせつでいってくれているとわかるからイチのいうとおりにしようとおもう。じぶんのなまえをかんじでかけるといいよね、さいしょは、なまえをれんしゅうしようよ、とイチがいう。

四郎

これがいまのぼくのなまえだ。おやがつけたなまえをすてたので、にばんめのなまえだ。イチにいわれたように、まいにちにっきをかいているけど、にっきをかきおわると、ぼくはかんじのれんしゅうをする。四郎、四郎、四郎……となんどもれんしゅうする。さいしょはへたくそだったけど、れんしゅうするうちにじょうずにかけるようになってきた。これからは、みんなのなまえもかけるようにがんばってれんしゅうするつもりだ……。

一緒に暮らそうよ、とイチが言うから、てっきりマンションか一軒家なんだろうと想像していた。

そうじゃなかった。

車だった。

と言っても普通の車じゃない。

キャンピングカーだ。

それも二台あった。

「車で暮らしてるの?」

「今は、ね。ちゃんとした家もあるのよ。マンションもあるし、別荘もある。だけど、一年の半分くらいは、この車であちこち旅してるわね」

「一年の半分も?　学校は?」

「行ってない。君と同じ。わたしだけじゃなく、みんな行ってない。でも、バカってわけじゃないわ。ダーとマムがいろいろ教えてくれるから。学校の教科書に書いてあることくらいならわかるわよ」

二台のキャンピングカーはダーとマムが運転する。

二人だけが大人だからだ。

「ふうん、名前がないのかい。思い出したくもないってことなのかな。学校にも行ったことがない？　親に殺されそうになって家を逃げ出して、公園で野宿？　どうやって食べてたの？　もらったり盗んだりしたって？　すごいな。生存本能が半端じゃないよ。なあ、聞いたか？　先進国日本の、東京のど真ん中でサバイバル生活だぜ。こんな話、誰も信じないだろうな、おれたち以外は」

　ダーがマムに笑いかける。髭《ひげ》を生やしているので、よくわからないけど、将司よりはずっと年上だと思う。顔に皺が多いし、少し白髪《しらが》もあるから。たぶん、四〇歳くらいじゃないかな。

「そうね。わたしたち以外には誰も信じないでしょうね」

　マムも笑った。マムはわたしより二〇歳年上なんだよ、若く見えるよね、とイチが話していたから、三五歳くらいだと思う。

「お父さんとお母さん、若いんだね」

　と言うと、イチは笑って、

「親じゃないわよ。親なんて、もうこりごり。いらないわよ、親なんか」

「でも、ダーとかマムって……」

「そんなのただの呼び方。わたしが入ったときは、そう呼ばれてたから、それに従っただけ」

「じゃあ、あの三人はイチの兄弟じゃないの？」

ダーとマムの他に男の子が三人いた。

太郎《たろう》、次郎《じろう》、三郎《さぶろう》だ。

「違う。兄弟なんかじゃない。赤の他人。三郎は半年前に仲間になったばかりで、よく知らないし」

イチと太郎は同い年の一五歳で、次郎が一四歳、三郎は一三歳くらいだろうという話だった。

最も古株はイチで、もう二年くらいダーやマムと一緒に暮らしているという。その直後に太郎が加わり、次郎が一年前に、半年前に三郎が加わったということらしい。で、ぼくが新たに加わった。

ダーとマムは、ごく気軽に、好きなだけ一緒にいてもいいよ、仲良くしようや、と言ってくれた。

四郎という名前もそのときに付けられたのだ。

「ふたつルールがあるの。必ず守らなければいけない。ルールを破ったら出て行ってもらうことになるわよ」

「どんなルール？」

面倒なことや難しいことを言われたら嫌だな、そのときは、さっさと出て行くことにしよう、とぼくは心の中で決めた。

「ひとつはね、太郎、次郎、三郎とは絶対に話をしないこと。一緒に遊んだり、ふざけるのも駄目。四郎が話していいのは、ダーとマム、それに、わたしだけ。何か困ったことがあったら、わたしに言って。あの三人も四郎には話しかけないから、四郎も話さないで」

「でも、一緒に暮らすのに何も話さないなんてできるのかな？」

「大丈夫。心配ないわ。そう難しくないはずよ」

「ふうん、わかった」

「もうひとつのルールは、仲間のことを誰にも話さないこと」

「話す人なんかいないよ」

「わたしたち、学校に行ってないでしょう？　昼間、うろうろしていると警察官に話を聞かれることがあるの。こんな時間に何をしてるの、学校はどうした、親はどこにいる……いろいろ訊かれることがある。そういうときは何も言わないで。返事もしなくていい。とにかく黙っているのよ」

「捕まるの？」

「こっちは子供なんだから捕まえたりしない。悪いことをしたわけでもないしね。事情を訊かれるだけ。時には交番に連れて行かれることがあるかもしれないけど、乱暴なことはされないし、手錠もかけられない。そんなことになったら慌てないで相手の言う通りにするの。但し、何も話さない。そして、隙を見て逃げるのよ。じっと待っていれば、必ず逃げるチャンスが来るから」

「それがルール？　そのふたつだけなの？」

「そうよ。それだけ。簡単でしょう？」

イチの言うように簡単そうな気がした。

マンションから逃げ出してから、今までお巡りさんに事情を訊かれたことなんかない。他の子供が遊んでいないような時間に動き回ったりしなかったからだ。目立たないように注意していた。

太郎、次郎、三郎と話をしないというのも、それほど難しそうな気はしなかった。

何しろ、三人の方がまるっきり、ぼくを無視しているからだ。ルールを忘れて話しかけても、こっちも見ないし、返事もしない。そこで、ぼくもルールを思い出すというわけだ。

それでも、いつも一緒にいれば、嫌でも口を利くことになるんじゃないか、と思ったけど、そうはならなかった。

なぜなら、一緒にいる時間があまりないからだ。

仲間に加わった次の朝、ダーがぼくたちの寝ているキャンピングカーにやって来た。

そうそう、夜はダーとマムが同じキャンピングカーに寝て、それ以外の五人はもう一台のキャンピングカーで寝ることになっていた。五人が寝るキャンピングカーはもう一台より大きくて、イチの部屋が別になっていた。男四人は四つ並んだベッドに寝るのだ。

うん、ベッドは四つあった。

まるでぼくが仲間になることをわかっていて用意されているみたいだった。

シャワールームまであって、そこで体をよく洗うようにイチに言われた。シャワールームから出ようとすると、バスケットに入れておいた下着や洋服がなくなっていた。

「言いにくいんだけど、全部捨てた」

「え?」

「だって、ものすごく汚かったよ。ひどい臭いだったし。新しいのを用意してあるから、これを着て」

下着や靴下、トレーナー、Gパンをイチが差し出した。いくらか大きめだったけど、着られないというほどではなかった。

朝、ダーがやって来て、太郎、次郎、三郎の順に五〇〇〇円札を渡した。ぼくにもくれた。

それを受け取ると、三人は、さっさとどこかに行ってしまった。三人が戻ってくるのは夜になってからで、どこで何をしているのか、ぼくにはわからない。キャンピングカーに戻ってくると、自分たちのベッドに横になり、大抵はゲームをして過ごす。後は寝るだけだ。その繰り返しだから、口を利いたりすることもないのだ。

初めて五〇〇〇円をもらったとき、びっくりした。

なぜ、お金をくれるのかわからなかったからだ。

「このお金で何をすればいいの？」

「好きに使っていいんだ。飯も食うだろうし、遊んだり、洋服を買ったり。余ったら、取っておけばいいしな」

ダーの説明を聞いても、よくわからなかった。

「お金は、いくらあっても困るものじゃないわよ。黙ってもらっておけばいいの」

イチに言われて五〇〇〇円を受け取った。

好きに使っていいと言われても、今までお金なんか使って生活したことがないから、どうしていいかわからなかった。途方に暮れていると、

「どうしたの？　まずは朝ご飯でも食べたら？」

イチが言った。

でも、マンションに綺羅と二人でいるときも、マンションを出てからも、決まった時間にごはんを食べたことなんかない。いつも食べられるとは限らないから、食べられるときにできるだけたくさん食べるようにしていた。そんな話をすると、

「ふうん、わたしが思っているより、四郎は、ずっと悲惨な生活をしてきたんだね。まるでジャングルで暮らしてたみたい。これからは変わるよ。一日三回、好きなものを好きな

だけ食べられるようになるから。今日は一緒についていってあげる。まず、朝ご飯を食べようか」

イチはファミリーレストランに連れて行ってくれた。ぼくは焼き魚のついた定食を食べた。ものすごくおいしかった。その後、ショッピングモールに行って、大きめのリュックをふたつ買うように言われた。ひとつは自分の荷物を入れてキャンピングカーに置いておくためのもの、もうひとつは普段持ち歩くためのものだ。

「何が必要なのか、そのうちにわかるから」

イチが笑う。

昼は牛丼を食べた。これも、ものすごくおいしかった。

夜は、ハンバーグ定食を食べた。

ドリンクバーでジュースも飲み放題だったから、そこに置いてあるジュースをみんな飲んでみた。

どれもおいしかった。

ごはんを食べる合間に買い物をしたり、ゲームセンターで遊んだりした。

キャンピングカーに戻ったのは九時過ぎだったけど、こんなに楽しく一日を過ごしたことはなかった。ベッドに横になったときは幸福感で胸が張り裂けそうだった。次郎と三郎はもう戻っていて、黙ってゲームをしていた。太郎はまだ帰っていなかった。

すごく疲れたので、ぼくはすぐに眠ってしまった。


次の日も、その次の日も同じように過ごした。

ダーは毎朝五〇〇〇円くれた。

なぜ、こんなに親切にしてくれるのか、どうしてこんなに優しいのか、ぼくにはさっぱりわからなかった。

冷静に考えれば、すごく不思議だ。

男四人は五〇〇〇円もらっていたけど、イチは一万円もらっていた。

ダーとマムは、そんなにすごい大金持ちなのか？

大金持ちだとして、どうしてぼくたちにお金をくれて親切にしてくれるのか？

そもそも、朝、ぼくたちがお金をもらって出かけてしまうと、ダーとマムが何をしているのか、ぼくは知らなかった。夜、キャンピングカーに戻ると、ダーが誰かと電話で話していたり、マムが難しい顔でパソコンに向かっていることがあったけど、何をしているのかわからなかったし、質問もしなかった。

一週間くらいして、朝、みんなにお金を渡すとき、

「今夜だ。五時には戻ってくるように」

ダーが言うと、太郎、次郎、三郎がびくっと緊張した。特に三郎は、はっきり顔色が変

わった。

「いいか四郎、五時だぞ」

ダーが念を押すようにぼくに言う。

今夜、いったい何があるのか……イチに教えてもらいたかったけど、イチはそっぽを向いて、ぼくを見ようとしなかった。

8

九月二五日（金曜日）

朝五時、目覚まし時計の電子音が響く直前、美和子は停止ボタンを押して布団から出る。いつもは疲れ切ってへとへとで、布団から出るのが苦痛なのに、今朝はさっさと出る。疲れていないわけではない。

むしろ、逆だ。肉体的な疲れと共に精神的な疲れも感じている。原因は、ゆうべの仁志との言い争いだ。仁志は酔って帰宅し、美和子の苦労を労《ねぎら》うどころか、口汚く罵った。

（何て器の小さい男なんだろう……）

こんな男が夫だと思うと情けなくなる。

それだけでも気落ちするには十分なのに、台所での言い争いを耳にした文子が美和子を呼びつけ、罵詈雑言を浴びせた。毎日、美和子の世話になっているくせに感謝の言葉ひとつ口にせず、不平不満ばかり喚き立てる。

文子は七六歳だ。日本人女性の平均寿命の長さを考えると、この先、何年生きるのかわからない。普通に考えれば、あと一〇年以上は生きそうだし、下手をすると二〇年くらい生きるだろう。

民間の老人ホームに入れられればいいが、その費用を考えると現実には不可能だ。特養の空きが出るのを気長に待つしかないが、それすら何年先になるか見当も付かない。

つまり、今の状態がずっと続く可能性が高いということだ。

いかに苦しくても、家族の理解と協力があれば、何とか乗り越えられるかもしれない。

だが、実際には、何の協力も得られていない。

むしろ、足を引っ張って美和子を意気消沈させるだけだ。

特に仁志の態度はひどく、美和子に対して露骨に敵意を見せることが増えてきた。まだ五一歳という働き盛りの年齢なのに、人生に何の希望も持てず、仕事にやり甲斐《がい》を感じることもできないでいる。仁志の気持ちがささくれ立つのもわかるし、そんな夫が不憫《ふびん》でもある。そんなときだからこそ、夫婦がいたわり合い助け合って苦しい状況を乗り越えていかなければならないのではないのか……そう美和子は思うが、その気持ちは仁志にはまったく通じていないようだ。それが悲しくもあり、情けなくもある。

チリン、チリンと鈴が鳴り、美和子を呼ぶ文子の声が聞こえる。溜息をつきながら、文子の部屋に行く。豆電球をつけただけの薄暗い部屋に入ると、汗や糞尿の臭いが入り交じった、むっとするような生暖かい空気が澱《よど》んでいる。

「何度呼ばせるのよ」

「すいません」

謝りながらカーテンを開ける。明るい朝の光が部屋の中に射し込んでくる。

「ゆうべ、あんたらが騒がしく喧嘩なんかするから、わたしの夢見まで悪かったわよ。今朝方、部屋の隅に父さんと母さんが立ってた」

「え?」

美和子がぎょっとする。文子の両親は、二人とも一〇年以上も前に亡くなっている。

「二人がね、そんな寝たきりになって、家族に大切にもされず、嫁に意地悪ばかりされてかわいそうだから、早くこっちに来い、こっちに来いって手招きするのよ。わたしだって、そうしたいわ。生きていたって何もいいことなんかないものねえ。自分たちばかりおいしいものを食べて、わたしにはまずくて安いものばかり食べさせて、ひどい話だもの」

「……」

まともに相手にすると自分が辛くなるので、できるだけ右から左に聞き流すようにしているが、それでも完全に聞き流すことなどできず、棘《とげ》のある言葉がぐさぐさ胸に刺さる。黙っておむつを替える。早くこの部屋から出て行きたい。

「こんな役立たずの年寄りにお金なんか使いたくないものねえ。食べさせるだけ無駄だもの。ああ、早く死にたい。死んでしまいたい！」

文子が身をよじって暴れる。

そのとき、美和子の顔に何かがはねた。手を当てると文子の便だ。ティッシュで汚れを拭いながら、あまりのみじめさに美和子は泣きたくなる。


台所で朝食の支度をする。

家族の朝食と文子の朝食は別に作らなければならない。文子の食事には様々な制限があるからだ。カロリー計算や献立の工夫が面倒なので、できれば宅配弁当を頼みたいが、一食あたり五〇〇円もする。一日三食で一五〇〇円だ。一ヶ月単位で契約すると割引料金になるが、それでも月の負担は四万円を超える。今の石塚家に、そんな余裕はない。

味噌《みそ》汁を作り、魚を焼いて、あとは漬け物や納豆を出す。家族の朝食は質素で簡単だ。翔太と麻友は食べないで出かけることも多いので別に文句も言わない。

文子には何を食べさせようかと思案し、手っ取り早く、おかゆを作ることに決める。

「また手抜きか」

と罵られることはわかっているが、最も手間がかからないし、文子の好きな具材を入れると、案外、おいしそうに食べてくれる。沸騰したお湯に、昨日の残り飯を入れる。次に卵と刻みネギを入れる。味が薄いと、いつも文句を言われるが、それは塩分を制限されているからだ。アクセントに文子の好きなシラスでも入れてやろうかと考える。確か、シラスがあったはずだと冷蔵庫を探すと、奥からパックが出て来る。

（あら）

とっくに消費期限を過ぎている。匂いを嗅《か》ぐと、ちょっと危ない感じがする。パックをゴミ箱に捨てる。代わりに梅干しを潰して入れようかと考える。

チリン、チリンと鈴の音がする。

朝食はまだかとせがんでいるのだ。

（うるさいばあさん……）

嫌なことばかり口にして、その上、今朝は顔に便まで飛ばされた。おかゆの手鍋に潰した梅干しを入れて火を止める。少し冷ましてからでないと食べさせることができない。

美和子の視線がゴミ箱に向けられる。捨てたシラスのパックを取り出す。もう一度、匂いを嗅ぐ。やはり、腐りかけている。いや、もう腐っているのかもしれない。少なくとも自分で食べようとは思わない。

そこに、ぺっ、と唾《つば》を吐く。

唾が混じったシラスをおかゆに入れる。

ゆっくりかき混ぜる。

美和子の口許に笑みが浮かぶ。

「何だか機嫌がいいじゃないの」

包帯を取り替えているとき、近藤房子が美和子に話しかける。

「何かいいことでもあったの？」

「……」

無表情を取り繕い、規則に従って会話をしなかったが、くるりと房子に背を向けたとき、思わず口許が緩み、笑みがこぼれた。

（そうよ、今日はいいことがあった。すごく気分がいい。胸がすーっとした）

9

「山本さん、冗談はやめてもらいましょうか。支払日、もう過ぎてますよ……たった一日でも、約束は約束じゃないですか……泣き落としは通用しませんよ。勤務先もご自宅の住所もわかってます。せめて利息だけでも払っていただかないと、わたしも上の者に叱られます……ええ、わたしなんか、ただの使い走りですからね……本当ですね？　明日、利息を払っていただけますね。それなら、何とか上の者に元金の返済を待つように話してみます。但し、期日を過ぎたので利息は二倍になりますからね。それは、よろしいですね？

ああ、そうですか……では、明日の正午までに振り込みをお願いします。正午になっても振り込みがなければ会社に伺います」

電話を切ると、平子良和《ひらこよしかず》は、ふーっと溜息をつきながらソファにもたれかかる。

西新宿の古ぼけた雑居ビルにある一室で、広さは二〇平米ほどしかない。ソファセットに冷蔵庫、小さな液晶テレビが置いてあるだけの殺風景な部屋だ。

ここに住んでいるわけではない。仕事に使っているだけだ。自宅は別にある。仕事といっても電話を受けたり、督促の電話をかけたりするだけである。もぐりの金貸し、いわゆる、闇金なのである。

タブロイド紙に広告を出して客からの電話を待つ。

電話がかかってくると、客と喫茶店で待ち合わせる。免許証などで本人確認し、申込用紙に住所や勤務先を記入させ、拇印《ぼいん》を捺《お》してもらう。返済の流れを説明し、客が納得すれば金を渡す。

貸し付けの上限は一〇万円と決めている。

万が一、焦げ付いても、その程度ならば大きな痛手ではない。期限は一週間、利子は一割だ。冷静に計算すれば恐るべき高利だが、金額そのものは一万だから、大した金額だと感じないものらしい。

そもそも冷静に利息を計算できるような頭があれば、闇金を利用しようなどと考えるはずもない。

場所柄、水商売関係の客が多い。キャバクラやピンクサロン、ホテトル、ソープなどに勤める女たちは日払いの金が入るから短期の闇金を気軽に利用する。日払いで五万から一〇万の収入がある女たちが闇金を利用するのもおかしな話だが、要は収入以上に金を使うから金欠になってしまうのだ。

そういう女たちは文句も言わずに返済してくれるが、貸倒率が高いのが厄介だ。ある日突然姿を消してしまうということが多いのである。

その点、山本のようにギャンブル好きの会社員は、身元がしっかりしているだけにありがたい上客だ。

客との会話では、それとなく暴力団と繋がりがあることを匂わせるが、実際には、そんな繋がりはない。すべて平子良和が一人でやっている。

ポリシーは「生かさず殺さず」で、できるだけ元金を返済させず、利息だけを払わせる。そうすれば、一〇万円貸すだけで毎週二万円の利息が手に入る。三ヶ月もすれば元が取れる。一年引っ張れば、一〇万円が五二万に膨れあがる。そんな愚かな返済をするバカがいるはずがない……この商売を始めた当初、平子良和もそう思っていたが、実際には、世の中にはバカがたくさんいるとわかった。濡れ手に粟《あわ》のボロ儲《もう》けである。

そういうバカのおかげで、平子良和は代々木上原の高級マンションに住み、ポルシェに乗り、年に何度か海外旅行に出かけることができる。言うまでもないが、海外に出かけるときはファーストクラスを利用するし、滞在するホテルではスイートルームに泊まる。一度の旅行で数百万円かかるが少しも惜しいとは思わない。金など、いくらでも入ってくるからだ。

携帯電話があればできる仕事なので、わざわざオフィスを借りる必要もないが、仕事とプライベートのオンとオフをきっちり分けるために敢えてオフィスを借りている。

パソコンの画面に視線を向け、明日の予定を確認する。明日が返済予定の客が三人いる。そのうちの一人は何度も利用している馴染《なじ》みだから、恐らく、きちんと返済するはずだ、あとの二人は新規の客なのでよくわからない。山本は利息を振り込むだろうか、電話の様子だと五分五分かな、もし払わなかったら、少し脅しをかける必要があるな、と思案する。

平子良和自身は手荒な真似などしないが、借りた金を踏み倒しても大丈夫だなどと客に舐《な》められては仕事にならないから、時には、プロの取り立て人に依頼する。犬伏《いぬぶし》という男にいつも依頼するが、どの程度の脅しをかけるかによって料金が違う。客の職場に顔を出して恫喝《どうかつ》するくらいなら一〇万、車に乗せて何時間か連れ回して脅すのなら二〇万、いくらか痛い目に遭わせると三〇万……痛めつける度合いによっても金額が違ってくる。当然ながら犬伏への支払いは客に貸した金額より大きくなり、平子良和にとっては赤字だが、取り立てに厳しいという評判を維持するための必要経費だと割り切っている。

そんなことを考えていると、玄関のチャイムが鳴った。

平子良和が怪訝な顔をしたのは、この部屋を訪ねてくる者などいないとわかっているからだ。何かの間違いかと思い、無視することにする。

しばらくすると、またチャイムが鳴る。

三度、四度とチャイムがしつこく鳴らされると、

「いったい、何だ?」

舌打ちしながらソファから腰を上げる。

ドアスコープから外を覗く。

少年が立っている。身長は一五〇センチくらいだろうか。かなり痩せている。年齢は見当が付かないが、小学校高学年なのか、それとも、小柄な中学生なのか、と思う。見たことのない少年だ。部屋を間違えたのではないか、と平子良和が首を捻る。

しかし、冷静に考えてみると、商業ビルだからオフィスしか入居しておらず、住居として住んでいる家族などいないはずだった。大人ならば、何かのセールスだと考えて無視しただろうが、相手が少年なので、つい気になり、

「どなたですか?」

と声をかける。

「母さんからお金を預かってきました」

「お金を？」

「明日、銀行に行けないから、今夜のうちに利息を渡しておきますって」

「お母さんって、誰？」

「領収書をもらってくるように言われました」

少年がドアスコープの前に封筒を差し出す。

「……」

平子良和が思案する。明日、返済予定の客は三人いる。一人が男で、二人が女だ。どちらかの子供なのだろうか。しかし、二人とも大きな子供がいるような年齢には見えなかった。もっと不思議なのは、なぜ、このオフィスの場所を知っているのか、ということだ。オフィスの存在を客に明かしたことはないのだ。どういうことだろう、と首を捻りながら何の警戒心も抱かずにドアを開け、

「なあ、君のお母さんの名前だけど……」

いきなり何かがぶつかってきた。うわっ、と叫びながら仰向けにひっくり返る。

「よくやったよ、四郎」

マムが四郎の肩をぽんぽんと叩き、後ろ手にドアを閉める。

太郎と次郎が平子良和の腰にしがみついている。ドアを開けた瞬間、二人が飛びかかったのだ。

「シートに乗せて奥に運んで。あんたも手伝うの」

ナイフを手にして、青い顔で突っ立っている三郎にマムが言う。

太郎がブルーシートを敷き、その上に平子良和を乗せる。太郎、次郎、三郎の三人がブルーシートを玄関から部屋の中に引きずっていく。

相手が三人とはいえ、まだ少年たちである。にもかかわらず、平子良和がまったく抵抗できないのは、飛びかかられたとき太郎と次郎に刺されたからだ。太郎が脇腹を、次郎が太股を刺した。三郎も刺す予定だったが、土壇場でびびってしまい、刺すことができなかった。

「四郎、血を拭《ふ》いて」

マムが何枚かのタオルを四郎に渡す。

ブルーシートに乗せる前に流れた血が玄関に広がっている。それを拭けというのだ。

黙ってうなずくと、四郎がしゃがみ込んで血を拭き取る。まったくの無表情だ。物心ついてからゴミ溜めのような部屋で暮らし、綺羅のおむつを替えたり、床に飛び散った糞尿の始末をさせられたり、将司に殴られてひどい出血をして、それを掃除させられたり、いろいろ経験しているので少しの血を見たくらいでは驚かないのである。

玄関をきれいにして四郎が奥に向かうと、ブルーシートに寝かされた平子良和を、マム、太郎、次郎、三郎の四人が見下ろしている。ブルーシートに大きな血溜まりができている。

これを敷いていなければ部屋が血まみれになったであろう。

「何だ、おまえたちは？」

真っ青な顔で平子良和がマムに訊く。

「黙って。こっちが質問したときだけ答えなさい。大きな声を出さないように。おかしな真似をすると、痛い思いをさせなければならないから」

マムは太郎に顔を向け、

「かなり血が出てるけど大丈夫なのね？」

「ちゃんと急所を外したよ」

太郎が肩をすくめる。

「こっちも平気。動脈を切ったら、とっくに意識を失ってるはずだよ」

次郎が言う。

「しかし、おまえは役立たずだな。まだ覚悟が決まらないのか？」

太郎が三郎を睨む。

「す、すいません……」

三郎がうなだれる。

「その話は後よ」

マムが携帯電話を取り出す。

「わたしよ……ええ、確保したわ。始める……」

マムがうなずくと、太郎と次郎が平子良和の持ち物を奪い始める。

「何をする、よせ」

平子良和が両手で阻止しようとする。太郎は顔色も変えず、平子良和の右腕をナイフで刺す。ためらうことなく次郎も左腕を刺す。

「うわっ……」

平子良和が叫び声を発しようとすると、太郎がナイフを喉に突きつける。

「黙らないと喉を刺す」

「わ、わかった」

平子良和がおとなしくなったので、太郎と次郎が財布や携帯、手帳、キーケースなどを奪い、持参したリュックに入れ始める。そのリュックを、早く持っていって、とマムが三郎に渡す。三郎がうなずき、リュックを肩にかけて足早に部屋を出て行く。

四郎が怪訝な顔でマムを見る。部屋からリュックを運び出し、外で待っているダーに渡すのは四郎の役割だと聞かされていたからだ。その表情に気付いたのか、

「予定変更よ」

「はい」

「お金は、どこにあるの？」

　マムが平子良和に訊く。

「あの財布に二〇万は入ってる」

「そういうことじゃない。仕事用のお金があるはずよ。どこに隠してるの？」

「……」

「素直に話した方がいいわよ。力尽くでしゃべらせることだってできるんだから。そろそろ自分の立場を理解した方がいいんじゃない？」

「わかった」

　平子良和は溜息をつくと、コーヒーメーカーを載せている台に金を隠してある、と白状する。

「確かめて、四郎」

　マムが言うと、四郎がコーヒーメーカーを床に下ろし、台を持ち上げる。底板を外すと、帯封された札束が五つ、それ以外にも一万円札がぎっしり詰まった封筒がひとつ出て来る。

「六〇〇万近くある。それもやる。早く出て行ってくれ」

「四郎、リュックに入れて」

　マムが指示すると、四郎がお金を別のリュックに入れる。

「待機。但し、その男から目を離さないで」

　太郎、次郎、四郎が平子良和の周囲に腰を下ろす。

マムに言われたように、太郎と次郎はナイフを手にしたままで、いつでも切りつけられる態勢だ。マムはソファに坐る。

「なあ、もう金はやっただろう。大金じゃないか。警察に通報したりしないから出て行ってくれ。ひどい出血だ。手当てしないと……」

「しゃべらないで。さっき忠告したはずよ」

マムがぴしゃりと言う。

平子良和が口を閉ざす。

二〇分が経過する。

マムの携帯が鳴る。

「はい……」

相手の言葉に、いちいち、はい、はい、とうなずく。

「聞き出すわ」

保留ボタンを押すと、

「隠し金庫は、どこにあるの？」

「は？　何のことだ」

「とぼけないで。ここに置いてあるのは仕事に使うお金でしょう。だから、六〇〇万くらいしかない。あんたの財産は自宅マンションに隠してあるはず。金庫は、どこ？」

「そんなものはない」

平子良和が首を振る。

「太郎、次郎」

ママがうなずく。

太郎が平子良和の胸に馬乗りになり、ナイフを喉に当てる。

「声を出したり、騒いだりしたら、ナイフで首を掻き切られるわよ」

ママが言うと、次郎が平子良和の左手を床に押しつけ、ナイフで小指を切断しようとする。ナイフが小さいので、そう簡単には切れず、次郎は体重を乗せてぐりぐりとナイフを動かす。

「うっ、ううううっ！」

平子良和が悲鳴を上げそうになるが、太郎がナイフを喉に強く押し当てるので必死に声を抑える。

「取れた」

次郎が血まみれの小指を持ち上げて、にこっと笑う。

「金庫の場所を話す気になった？　早く言った方がいいわよ。あなたが話すまで指を一本ずつ切り落とす。手の指を一〇本落としたら、次は足の指よ。それでも言わないときは……」

「寝室のカーペットの下だ」

平子良和が憎々しげにマムを睨みながら言う。

「そう」

携帯の保留ボタンを押し、平子良和の言葉を相手に伝える。そのまま、しばらく待つ。

「あった？　ダイヤルの回し方と暗証番号ね……聞き出すわ」

今度は保留ボタンを押すことなく、

「ダイヤルは、どう動かすの？」

「しゃべったら殺すつもりなんだろう。言うはずがないだろうが」

「同じことを何度も言わせないで。しゃべるまで手加減しないわよ。痛い思いをすることになる」

「解放しろ。そうすれば教える」

「わからない人ね」

「いくらでも指を切るがいい。誰が言うもんか」

「なるほど、指を切られる覚悟をしたみたいね。それなら他の場所にしましょう」

マムが次郎を見て、自分の耳を指差す。

次郎はうなずくと、平子良和の左耳を切り始める。

「うぎゃあ！」

ナイフを喉に突きつけられているのも忘れ、平子良和の口から悲鳴が洩れる。堪《こら》えようのない痛みなのであろう。太郎が手拭いを口に押し込む。

「さっさと切れよ」

「やってるよ！」

次郎が怒ったように返事をし、左耳を切断する。

傷口から大量の血がどっと噴き出す。

「四郎、タオルや手拭いを使って、ビニールシートから床に血が流れないようにしなさい。足りなければ、この部屋にあるものも使って」

「はい」

たくさんの手拭いを持参したのは、こういうことに使うためだったのだな、と四郎が納得する。血溜まりに何枚もの手拭いを浸し、血を吸わせる。出血が多いので、それでも間に合わない。

「どう、話す気になったかしら？」

「くそっ、誰が話すもんか」

「じゃあ、目を抉《えぐ》るか。それとも、鼻を削《そ》ぐかな」

次郎がつまらなそうに言う。もう何度も同じことを経験しているので何も感じず、退屈なだけなのだ。

「四郎、おまえ、やってみろよ」

太郎が言い出す。

「初めてなのよ。無茶言わないで」

マムが顔を顰《しか》める。

「平気だろ？　三郎なんかより、よっぽど肝が据わってるよ。ほら、やってみろよ。簡単だ。先っぽを目に突き刺して、捻りながら引っ張ればいい。サザエの身を貝殻から取り出すみたいな感じだよ。やれるだろ？」

「うん、やれる」

「ほら」

太郎が四郎にナイフを渡す。

四郎がナイフを手にして平子良和の顔に近付く。

「や、やめてくれ。わかった、話す。話すからやめろ……」

ぶるぶる震えながら、ダイヤルの回し方と暗証番号を口にする。それをマムが電話の相手に伝える。

しばらくすると、

「完了ね。わかった。では、こっちも作業を続けるわ。終わったら電話する」

マムが携帯を切る。

「ちゃんと教えたぞ。金は手に入っただろう。約束だ。命だけは助けてくれ」

平子良和が哀願する。

「そんな約束はしてませんよ。だけど、正直に教えてくれたから、せめて楽に死なせてあげます」

マムが淡々とした口調で言う。


それから二時間……。

部屋にいるのは、イチ、太郎、次郎、四郎の四人だけだ。平子良和の姿は消えている。その代わり、黒いゴミ袋が四つ並んでいる。平子良和の肉体はバラバラに切断されて、その袋に詰められた。

「もう一度、念入りに確かめて」

室内に殺害の痕跡が残っていないかどうか、四人でチェックしているところだ。ビニールシートから流れ出た血は丁寧に拭き取られ、ビニールシートも畳まれてゴミ袋に入れた。専門家が調べれば、玄関や部屋から容易にルミノール反応を検出できるだろうが、パッと見ただけでは何の変哲もない。

「じゃあ、ひとつずつ運ぼう」

イチが言うと、それぞれが持参した大きなショルダーバッグにゴミ袋を入れる。

「結構、重いなあ」

次郎が言う。

「体重六〇キロ以上あっただろうからな。ひとつ一五キロくらいか。軽くはないよな」

太郎がうなずき、ふと、四郎に視線を向ける。

「おまえ、いい度胸してるな。それとも、ただのバカか？　人を殺しても平気なのか？」

「だって、悪い奴だって聞かされたから」

「信じるのか？」

「イチがそう言ったよ」

四郎がイチに顔を向け、そうだよね、と訊く。

「そうだよ。こいつは、人を騙してお金を巻き上げていた悪い奴なんだよ」

イチがうなずく。

「ふうん、金を巻き上げるのが悪い奴なのか？　おまえがリュックに入れた金は六〇〇万くらいだったよな？　こいつのマンションの金庫には、もっとあったはずだ。たぶん、三〇〇〇万とか四〇〇〇万とか、とにかく、ものすごい大金だろうけど、おれたちは一日五〇〇〇円もらうだけだ。残りは全部、ダーとマムの懐に入るわけだよな？　じゃあ、ダーとマムは悪い人間ってことなのか？」

「太郎、やめなさい」

「何だよ、チクるのかよ。おまえは一日一万円もらってるもんな。だから、何でも言いなりか？」

「不満があるのなら、わたしじゃなく、ダーやマムに直《じか》に言えばいいでしょう」

「ふんっ、言えるかよ。消されちまうじゃないか」

「いい加減にして！」

「まあ、消されるとすれば、おれの前に三郎だな。あいつは使えないよ。役立たずだ。そのうち、へまをしでかして、みんなの足を引っ張るに決まってる。それは、おまえも認めるだろう？」

「ダーとマムが決めることよ」

「三郎がいなくても困らないさ。四郎がいるからな。おい、四郎、おまえは大丈夫だよ。生き残っていける。血を見ても平気だし、死体をばらばらにするときも吐かなかったもんな。そんな奴、初めてだ。おれや次郎だって、最初は、ゲロったぜ。なあ？」

「まったくさ。最初は、おれたちも甘ちゃんだったからな。ゲロったり、洩らしたりした」

「今となっては懐かしいよ。その点、おまえはすごいぜ、四郎。ていうか、どこか、おかしいのかもな。頭のネジが足りないんじゃないのか？」

「……」

四郎は表情も変えずに黙り込んでいるだけだ。

10

一〇月二日（金曜日）

ベッドに上半身を起こして近藤房子が朝刊を読んでいる。新聞を読んだり、読書したりすることは許されているが、房子の場合、まだ傷の状態が悪いので、担当の芦田医師によって午前と午後に三〇分ずつ、と制限されている。体を起こすことが傷によくないという理由からである。

「昨日も三人殺したらしいね、林葉《はやしば》って奴」

房子が看護師の石塚美和子に話しかける。

殺人を繰り返しながら逃亡している林葉秀秋《ひであき》に関する記事を読むのが最近の房子のお気に入りである。

林葉は、先週の水曜日、本厚木《ほんあつぎ》駅前のビルで中国人男女三人を、昨日は芝公園のマンションで中国人男性三人を殺害した容疑がかかっている。それ以外にも数件の殺人に関与した疑いがあるという。

「こいつ、絶対にもっと殺してるね。ずぶの素人《しろうと》がいきなり何人も殺して警察から逃げられるはずがないもん。もしかすると、プロの殺し屋だったりしてね。だって、何人もの中国人と殺し合いをするなんて犯罪映画みたいじゃない？　趣味で人を殺してるって感じじゃないよね」

「あなたは趣味で人殺しをしたんですか？」

　点滴の準備をしていた美和子が押し殺した声で訊く。患者との会話は禁止されているが、つい言葉が出てしまった。

「あら、そんなことないわ。いつだって必要に迫られて仕方なくやっただけよ。人殺しなんか好きなはずがないでしょう。そうしなかったら、今頃、この世にはいないわね。わたしの方が殺されてた。自分が死ぬか、相手を殺すか、どちらかを選ぶしかなかったのよ。この前、山根さんと芝原が事情聴取に来たとき、石塚さんもわたしの話を聞いたじゃない。あれ、嘘じゃないのよ」

「嘘だとは思いませんけど、中学生が実の父親を殺すなんて……しかも、その後に母親も手にかけてますよね。普通じゃありませんよ」

　見張りの看守たちに聞かれないように、美和子は更に声を潜める。

「じゃあ、何もしないで我慢するべきだった？　姉さんみたいに首を吊る方がよかったかしら？　もちろん、考え方は人それぞれだし、その人の人生なんだから好きにすればいいんだけど、わたしは自分の人生を大切にしたかったのよ。誰かのために人生を不愉快なものにされたくなかったし、誰かの犠牲になったりするのも嫌だったの。他にやり方があったのならそうしたけど、所詮、女一人だし、まだ子供だったし、できることなんか限られてるのよ。中途半端なやり方をすれば、しっぺ返しを食らっただろうしね」

「その後だって、ご主人と二人で罪のない人たちを何人も殺したじゃないですか。若い女性を拉致《らち》して監禁したりして……。今の話とは、まるっきり違いますよ」

「確かに、そういうこともあったけど、それは一郎の嗜好《しこう》だからね。あの人、生まれつきの変質者だったのよ。下手に逆らったら、わたしだって殺されてたわ」

「逃亡中に相模原《さがみはら》でおばあさんを殺したり、刑事を殺したりしたじゃないですか。近藤さんが一人でやったことですよ」

「あら、嫌だ。よく知ってるのね」

　房子が、うふふふっ、と含み笑いをする。

「……」

　仕事柄、犯罪者に日常的に接することになるが、どんな罪を犯した人間であろうと看護には関係ないという考えから、これまでは意識的に患者に興味を持たないように心懸け、新聞や雑誌を読まず、テレビのニュースやワイドショーなども観ないようにしてきた。

　しかし、近藤房子のことだけはどうにも気になり、休みの日に図書館に出かけて、古い新聞や雑誌で事件について調べた。まだ裁判も始まっていないので、房子の犯罪の全貌《ぜんぼう》は明らかになっていないが、それでも幾多の凶悪事件を引き起こし、凄《すさ》まじいばかりに血塗られた人生を歩んできたことはわかった。

目の前にいる、人のよさそうな顔をした、ごく平凡な中年女性……それが稀代《きたい》の殺人鬼だなどとは、すぐには信じられない。

「石塚さん、この頃、いい顔になってきたわね」

「え？　そうですか」

美和子がドキッとする。

「だって、ストレスで押し潰されそうになって、ひどい顔をしてたもんね。だいぶ、よくなったよ。何かいいことでもあったの？　厄介者のばあさんが死んで自宅介護から解放されたとか」

「何を言うんですか」

「ふうん、介護から解放されたわけじゃないんだね。じゃあ、根本的には何も解決してないわけか。気を付けた方がいいよ。好事魔多し……ちょっと意味が違うか。油断してると、足許にある落とし穴に気が付かないってこともあるからね……」

「石塚さん！」

芦田医師が病室に入ってくる。

「何をしてるんだね？」

「何って……点滴の準備ですが」

「今、近藤さんと話してただろう？」

「いいえ」

美和子が慌てて首を振る。

「話してるように見えたが」

「先生、変な勘繰りはやめなさい。わたしが声を出して新聞記事を読んでただけだよ。林葉っていう人殺しが逃げてるっていう記事を、ね。誰も話し相手になってくれないから退屈なの。先生が相手をしてくれる？　きっと楽しいよ」

房子がにやっと笑いかける。

「……」

芦田医師の顔色が変わる。

「お手伝いすることがなければ、ナースステーションに戻りますが」

房子に点滴を始めると、美和子が訊く。

「あ、ああ、構わんよ。モニターの数値をチェックに来ただけだから」

「失礼します」

美和子が病室から出て行く。ナースステーションに向かって廊下を歩きながら、

（近藤さんって、人の心が読めるのかしら。何だか怖いな……）

房子の言うように、今日の美和子は機嫌がいい。

自分でもわかっている。

気分がいいから、それが自然と表情にも表れる。

だから、「いい顔になってきた」と房子に言われたのであろう。

理由はわかる。

今までは文子の介護でストレスが溜まるだけだった。感謝の言葉でも口にされれば、少しは気も晴れるのだろうが、文子が美和子に感謝したことなど一度もない。感謝するどころか、不平や不満をぶつけ、絶え間なく嫌味を言い、時には声を荒らげて罵倒する。それが日常なのだから、ストレスが溜まらない方が不思議なのだ。

最近は我慢するのをやめた。

復讐している。

今朝も、こんなことがあった。

文子の食事には納豆や豆腐など、大豆を使ったものを出すことが多い。大豆ならば、食事制限にも引っ掛からないし、食材の値段が安いこともありがたい。塩分の取り過ぎは厳禁なので、醤油ではなく、ポン酢を使うように医者から言われている。

それが文子にとっては不満で、虫の居所も悪かったのか、

「こんなものばかり食べられるか！　納豆にポン酢をかけてうまいと思うのか。うんざりだよ」

と納豆を美和子の顔に投げつけた。

美和子の顔と胸に納豆が飛び散った。

「じゃあ、何か他のものを作りますから」

嫌な顔もせずに立ち上がると、食器を乗せたお盆を持って台所に行く。濡れたタオルで顔や胸に付いた納豆を拭い取ると、おかゆを作り始める。

（クソばばあ、自分では何もできないくせに生意気な口ばかり叩きやがって……）

どうにも腹の虫が治まらない。

冷蔵庫を開けて、何か腐っている食材がないかと探したが何もない。ふと、おむつ専用のゴミ箱に目が止まる。ワンタッチでおむつを捨てられる、消臭機能付きのゴミ箱である。使用済みのおむつをひとつ取り出し、シールをはがして広げる。むっとする糞尿の臭気に顔を顰める。プラスチックスプーンでひと匙《さじ》すくうと、おかゆに入れる。おむつをゴミ箱に戻す。

（やっぱり、臭うわね）

おかゆから異臭が漂い出ている。それをごまかすためにニンニクと生姜《しょうが》を入れる。更に醬油も入れる。塩分制限などお構いなしだ。医者の指示に従って作った食事が気に入らないのなら、味の濃いウンコ入りおかゆを食わせてやる、好きなだけ食って食中毒でも起こして死ね……そんな気持ちなのだ。

最後にシソを加えると異臭は消え、むしろ、香ばしい匂いに変わった。冷ましてから文子の部屋に運ぶ。

「ああ、腹が減った、腹が減った。わたしを飢え死にさせるつもりなんだろう。役立たずの年寄りに食わせるのはもったいないものねえ……ん？」

いい匂いがするじゃないの、と文子が鼻をひくひくさせる。

「どうぞ」

スプーンですくっておかゆを食べさせると、

「あら、おいしいわ。味が濃くて、いい香り……」

文子は、うっとりした表情で旺盛な食欲を示した。

(体にいいものを食べさせれば悪態をつかれて、こっちが不愉快になる。味付けしたウンコを食わせたら、こんなに喜ぶなんて、何て間抜けな年寄りなんだろう……)

思わず噴き出しそうになるのを必死に堪えながら、美和子は文子におかゆを食べさせた。

うまい、うまい、と文子はおかゆを全部平らげ、いつも納豆じゃ嫌になるわよ、たまには、こういうおいしいごはんをお願いね、美和子さん、と珍しく笑顔まで見せた。

思い出すだけで頬が緩んできて、今にも腹を抱えて笑い出したくなる。

廊下をすれ違う職員が怪訝な顔をするので、うつむいて唇を噛む。

以前は、文子に嫌な思いをさせられても、自分の胸に抱え込んで悔しい思いをするだけだったが、今は、こっそり復讐するようにしている。自分が意地悪する側に回ってみると、ストレスも解消されるし、自然と笑顔になる。胸がすーっとして気分がいい。房子のように邪魔な人間を排除しようとまでは思わないが、これからは嫌な人間には仕返しするようにしよう、と自分に言い聞かせる。

もうひとつ、いいことがあった。

帰宅時間がルーズで富田早苗に迷惑をかけていた仁志が、きちんと午後六時に帰宅するようになったのである。相変わらず美和子には優しい言葉ひとつかけないが、

(少しは悪いと思って、心を入れ替えたのかな)

という気がする。

「何となく、最近、調子がいいよなあ。運気が上がってるのかなあ」

うふふふっ、と忍び笑いを洩らす。

そう、美和子は変わってきた。

近藤房子を担当するようになってから変わってきたのだ。そのことに美和子自身、まだ気付いていない。

11

おとなもなくなんて、おどろいた。

わあわあないて、はなみずをたらして、さいごにはおしっこやうんちまでもらしたんだから。

たすけてくれ、しにたくない……そういって、わあわあないた。

うるさいなあ、おとななんだからしずかにしてほしいなあ、とおもった。

さいしょに、たろうがナイフでさした。

おじさんは、ぐえっ、とくちからちをはいた。

つぎに、じろうがさした。

うるさいおっさんだなあ、しね、しね、といいながらなんどもさした。おじさんのからだから、ものすごくたくさんのちがでた。

おまえもやってみろ、とたろうがいうので、ぼくもさした。すきなところをさしていいといわれたのでおなかをさした。やわらかくて、ナイフとてがおじさんのおなかにすいこまれるみたいなかんじがした。

それから、さんにんでおじさんのからだをバラバラにして、ゴミぶくろにつめた。イチは、ソファにすわってみていた。

「おまえ、いいどきょうしてるな。それとも、ただのバカか？　ひとをころしてもへいきなのか？」

たろうがいった。

「だって、わるいやつだってきかされたから」

そうだ。

あのおじさんはわるいやつで、よわいものいじめばかりして、こまっているひとたちからおかねをまきあげている、だから、このよからいなくなればよろこぶひとがたくさんいる、わたしたちはいいことをするのよ……そうイチがいったんだ。

だけど、ほんとうは、そんなこと、どうでもよかった。おじさんがわるいひとでもいいひとでも、どっちでもよかった。

イチがおじさんをころすのをてつだってくれ、からだをバラバラにするのをてつだってくれ、といったから、ぼくはてつだった。イチにたのまれたからやった。たぶん、イチにたのまれれば、どんなことでもした。

だって、イチだけがぼくにやさしくしてくれたし、イチのおかげで、らくにくらせるようになった。

イチにたのまれれば、ぼくはことわらない。ひとをころすのはへいきだ。たろうやじろうがすごいことのようにいうのがわからない。ナイフやほうちょうでずぶずぶさすだけだ。ちからもいらない。やわらかいところをさせばいいんだから。

ひとごろしがすきかきらいか……よくわからない。

すきなひとをころすのはいやだ。

イチをころすことなんかできない。

でも、きらいなやつならころせるかな。

すきでもきらいでもないやつなら、やっぱり、ころせるかな。

そうかんがえると、どちらかといえば、ぼくはひとごろしがすきだ。

きらいじゃないな……。


どうして後をつけたのか自分でもよくわからない。

いや、正直に言えば、よくわかっている。

焼き餅だ。

イチが三郎に声をかけ、二人でどこかに行くのを見て、

(なぜ、三郎と二人だけで……)

何となく仲間外れにされたというか、三郎にイチを奪われてしまったような気がしたのだ。それで後をつけた。

二人はコンビニでジュースを買って公園に行った。

街灯の近くにあるベンチに並んで坐った。

三郎は顔色が悪かった。真っ青だ。最初、街灯の光のせいなのかと思ったけど、イチの顔色はそれほど悪く見えなかったから、やはり、街灯のせいだけではない。

茂みを利用して、そっとベンチに近付いた。

二人には気付かれなかったはずだ。三郎がめそめそ泣いていて、イチは何とか三郎を励まそうとしていたので、周りを気にする余裕はなかったと思う。

「おれ、うちに帰りたい。ここは嫌だ」

「あんなうちに帰りたいなんて、本気で言ってるの？　親に殺されるところだったんだよ。忘れたはずがないよね？　まだ体に傷が残ってるでしょう？　何をされるかわからないから逃げたんじゃない」

「それなら施設に入りたい。学校の先生に勧められたことがあるんだ。きっと入れてくれる。頼むよ、イチ。ダーとマムに話してくれないかな」

「今の暮らし、そんなに気に入らないかな？　誰も三郎を殴ったり蹴ったりしないよ。真冬に水風呂に入れと言ったり、裸でベランダに放り出したりしない。体にタバコを押しつけたりもしない。ごはんだって食べられるでしょう？　今までは、どうだった？　何日も食べられないことがあったんだよね？　体重、今より一〇キロくらい少なかったよね？　ガリガリに痩せて骸骨みたいだったよ。今はちゃんと食べられるし、お金ももらえるし、何でも好きなことができるじゃない。何年かして大人になって、ここから出て行きたいと思えば好きにすればいい。貯まったお金を持って、好きなところに行って、好きなことをすればいいんだよ。もう少し一緒にがんばろうよ」

「いいことばかりじゃない」

「え?」

「おれ、人殺しなんかしたくない。あんなの嫌だ。人を刺したり、首を絞めたり、それに……それに、死体をバラバラにしたり……」

「悪い奴を殺すのは悪いことじゃないわ。他人を苦しめている悪い奴を殺せば、それで助かる人や喜ぶ人がたくさんいるんだよ。わたしたちがしていることは悪いことじゃない。それはいいことなのよ。警察だって、悪い奴を捕まえれば死刑にすることがあるじゃない。それと同じなのよ」

「それなら警察に任せればいいじゃないか。どうして、おれたちがあんなことをする必要があるの?」

「本当に悪い奴っていうのは警察の目をごまかすのがうまいのよ。だから、警察に捕まらない」

「嘘だ。お金のためだろう。いつだって、殺す前に拷問《ごうもん》してお金の在処《ありか》を白状させるじゃないか」

「ねえ、三郎、そんなことを言わないで……」

「おれ、三郎じゃない」

「え?」

「光岡悟《みつおかさとる》っていう名前がある」

「過去を捨てるために名前を捨てたんでしょう。みんな、そうだよ。わたしだって、太郎だって次郎だって……」

「できないんだよ！　やりたくないんだ。人を刺すなんて……、あんなにたくさん血が出るじゃないか。夢にも出て来る。恐ろしくてたまらない。こんなの嫌だ。もうここにはいたくない。出て行きたい。おれ、施設に入りたい」

三郎は、ずっと泣いていた。

何とかイチが落ち着かせようとしたけど、うまくいかなかった。

ぼくは、そっとベンチから離れた。

キャンピングカーに戻ると、太郎の姿は見えなかった。まだ戻っていないのか、それとも、一度戻って、また出かけたのか、わからない。

別に門限はない。何時に帰ってきても叱られたりしない。帰る時間を決められるのは仕事があるときだけだ。

でも、そんなに仕事をするわけじゃないから、ほとんど自由といっていい。

次郎はベッドに寝転がって、ゲームをしている。

コーラを飲み、ポテトチップを食べながら。

暇があると、ジャンクフードばかり食べている。

そのせいだと思うけど、次郎は太っている。顔が丸くて二重顎《あご》だ。着替えをしている姿を見たことがあるけど、おっさんみたいにお腹が出ていた。

次郎の嫌なところは、おならばかりするところだ。

すごく臭いおならをする。

あまりシャワーを浴びないせいだと思うけど、そばに寄ると、体が臭い。

綺羅もうんちばかりしていて、その始末をぼくがしていたから、うんちやおならには慣れているけど、それでも次郎のおならは臭いし、体からも嫌な臭いがする。キャンピングカーにはシャワーもついているし、お金があるから銭湯にも行ける。それなのに、なぜ、次郎が不潔なのか、よくわからない。

ベッドに横になろうとしたら、次郎が大きなおならを何発も続けてした。

わざとやったんだ。そうに決まってる。

ダーやマム、それにイチの前ではおならなんかしない。太郎がいるときも、あまりしない。

ぼくと三郎の前では、ブーブーおならばかりする。

ぼくと三郎を馬鹿にしているせいだと思う。

あまりにも臭いので、ぼくはキャンピングカーを出た。ドアを閉めると、中から次郎の笑い声が聞こえた。やっぱり、わざとしたんだ。

コンビニに行って、お菓子かマンガでも買ってこようかと思ったけど、それも面倒だ。もう一台のキャンピングカーから話し声が聞こえた。窓が少し開いていて、ダーとマムの声がする。だけど、話の内容まではわからないので、そっとそばに近付いて窓の下にしゃがみ込んだ。

ダーは酔っ払っていた。

声の感じがいつもと違うから、すぐにわかる。

将司やママもお酒を飲むと話し方がおかしくなった。やたらに機嫌がよくなったり、逆に機嫌が悪くなったりすることもあった。ダーは、将司やママのように大きくは変わらないけど、それでもいつもとは違う。マムの声は普段と同じだから、お酒を飲んでいるのはダーだけなのかもしれない。

「この前は、うまくいったな。あいつ、こっちが想像していたより、ずっと貯め込んでた」

「そうね。うまくいった。しばらく仕事しなくてもいいんじゃない？　キャンピングカーの生活って、いつまで経っても慣れないもの。地に足がつかない感じがして、すごく疲れる」

「家に帰るのは、もうひとつの仕事を片付けてからだな。欲をかいているわけじゃなく、もう段取りが進んでるから途中で放り出すのは、まずい」

かる」


「すぐなの？」

「あと二週間はかかる」

「それなら何日か別荘に行かない？」

「無理だな。準備が整うまで東京を離れられないし、準備が整えば、すぐに仕事に取りかかる」

「わたしや子供たちには、あまり関わりのないことなのになあ」

「ルールがあるだろう。仕事の前はみんなが一緒に過ごすというルールが」

「わかってるんだけどね」

「二週間なんて、あっという間だよ。大金を手に入れて贅沢に暮らすには、少しくらい我慢も必要だ」

「ええ、そうね」

「それにしても、四郎は掘り出し物だったな」

「太郎だって、次郎だって、一人前になるには時間がかかったもの。最初から、あのふたりと同じことができるなんて、ちょっと怖いくらいね」

「何が言いたいんだ？」

「子供って、恐ろしいってこと。四郎は、たぶん、一二歳か一三歳くらいよね。小学校高学年か、せいぜい、中一くらいじゃない？　そんな子が平気で人を殺すのよ」

「何を今更……。殺しが大変なのは最初の一回で、二回目、三回目と経験を積んでいくと、慣れて手際がよくなるものなんだ。大人より、子供の方が順応性がある」

「四郎は経験なんか積んでないわよ。初めてだったんだから」

「そういう子もいるさ。大抵は頭のネジがひとつかふたつ外れてるんだが……。まあ、おれたちにはありがたいけどな」

「最近、太郎の態度が気になるんだけど」

「生意気なことでも言ったのか？」

「ううん、それはない。あの子、バカじゃないもの。露骨に反抗したりしない。だけど、何て言うか……時々、嫌な目をするときがある」

「太郎が加わってどれくらいになる？」

「イチの少し後だから二年くらいかしら」

「二年か……。すると今は一五歳くらいだな」

「そうよ、そろそろ考えないと……」

「シッ！」

ダーが人差し指を口の前に立てる。

「誰だ？」

「わたしです。入っていいですか？」

「イチか。いいぞ、入れ」

「どうだったの？」

「それが……」

「浮かない顔だな。うまくいかなかったのか？」

「どうしても、ここを出たいそうです。施設に入りたいと言ってます。それに……」

「何だ？」

「もう人殺しなんかできないと言ってました。絶対にやりたくないそうです」

「説得は無理か？」

「無理そうですね。頭の中が混乱していて、ほとんどパニックを起こしている感じです。強引なやり方をすると何をするか……」

「ここを逃げ出して警察に駆け込みかねないか？」

「やりかねないと思います。ここにいるくらいなら親のところに戻る方がましだとまで言ってましたから。何をするかわかりません」

「それは、まずいな」

「線の細い子だものね。イチが無理だというのなら諦めた方がいいんじゃない？」

「四郎も加わって人手も足りているしな」

何となく嫌な感じのする話し合いになってきたな、という気がした。息を潜めて会話に耳を澄ませるのも疲れてきたので、コンビニに行って、ジュースとお菓子でも買うことにした。

朝起きると、三郎のベッドが空だった。

寝たような跡もなかった。

ゆうべのこともあったし、どうなったのか気になったけど、太郎や次郎は何も気が付かないような顔をしているし、話をすることも禁止されているから黙っていた。

ダーが来て、

「今日は特別だ」

太郎、次郎、ぼくの順に一万円をくれた。

いつもは五〇〇〇円だし、それだってすごい大金なのに、いきなり一万円もくれたから、びっくりした。

だけど、太郎と次郎は驚いた様子もなく、平然と一万円札を受け取った。

正直に言えば、五〇〇〇円もらっても使い道がない。

ごはんだって、大抵はコンビニでおにぎりやサンドイッチを買って食べるだけだし、それ以外にはジュースやお菓子を買うくらいだ。暇潰しにゲームセンターに行くことはあるけど、あまりお金は使わない。どちらかというと自分がゲームをするより、他の子が遊んでいるのを見る方が好きなんだ。

だから、暗くなってキャンピングカーに戻ったとき、ポケットに三〇〇〇円くらい残っていることがある。使い切れないからだ。

で、次の朝には、また五〇〇〇円もらう。

ポケットにどんどんお金が貯まっていく。

それをイチに話すと、

「無理して使い切ることはないのよ」

自分で管理するのが大変なら、わたしが預かってあげてもいいし、ダーやマムに頼んでもいい、ちゃんと預かってくれるし、貯まったお金で次郎のようにゲーム機やソフトを買うこともできるわよ、と言う。そう言われてからは、余ったお金をイチに預かってもらうことにした。毎日預けているから、少しずつ増えていると思うけど、どれくらい貯まっているかはわからない。お金にはあまり興味がないし。

一万円札を畳んでポケットに入れ、今日は何をして過ごそうかな、と考えながら、キャンピングカーを離れる。ぶらぶら歩いていると、

「おい」

と声をかけられる。物陰から太郎が手招きしている。何だろうと不思議に思いながら近付いていくと、次郎もいる。

「朝飯、一緒に食おうぜ。ハンバーガーでいいだろ?」

「ぼくたち、口を利いちゃダメなんだよ。それなのに一緒にごはんを食べてもいいのかな?」

「意外とアホだな、おまえ。誰がチクるんだよ。イチにしゃべるのか?」

「そんなことはしない」

「おれも次郎も黙ってる。何の問題もないだろ?」

「ああ、そうだね」

三人でファストフード店に行き、ハンバーガーセットを頼む。トレイを手にして二階席に上がる。子供の三人組でも変な目で見られたりはしない。制服姿の中学生や高校生もいるし、ランドセルを椅子に置いてモーニングセットを食べている小学生だっているからだ。同じようにモーニングセットを食べているサラリーマンやＯＬもいるけど、携帯の画面に目を凝《こ》らしてせわしなく食事をしているだけで、他人のことなど誰も気にしない。店員だって何も言わない。

ぼくたちは一番奥の、トイレのすぐ前のボックス席に坐った。周りに客がいなかったからだ。

「おまえさあ、残った金をイチに渡してるよな?」

ハンバーガーを頬張りながら、太郎が訊く。

「うん」

「そんなことして、どうすんの？　金、いらねえの？」

「いらないのなら、おれがもらいたいな」

　フライドポテトを次々に口に放り込みながら次郎が言う。

「いらないわけじゃないよ。預かってもらってるだけだよ。今は特にほしいものがないけど、ほしいものができたら返してもらうし、いつか、みんなと別れて出て行くときには、まとめて返してもらうことになってるよ」

「聞いたか？」

「ああ」

　太郎と次郎が顔を見合わせて、人を馬鹿にしたような嫌な笑い方をする。

「何がおかしいのか全然わからない」

「おまえは、お人好しのバカってことだよ。おれや次郎だって、毎日金を使い切るわけじゃない。それどころか、なるべく無駄遣いしないようにしてる。おれは一〇〇万、次郎だって五〇万以上貯めてるよ。その金をどこに隠してるかは秘密だけどな」

「おい、しゃべりすぎだぞ。こいつ、イチにしゃべるかもしれないぞ」

　次郎が太郎を注意する。

「しゃべらないよ。何でもイチに話すわけじゃないんだから」

ぼくは、ムッとする。

「よし、約束だぞ。いいな？」

「いいよ」

「ひとつ、いいことを教えてやる」

「何？」

「おれが仲間になったのは二年くらい前だけど、そのときは、おれも『四郎』だったんだよ」

「え？」

　意味がわからなかった。

「おれは最初、『三郎』だったなあ。上が消えて、ひとつ出世した」

　くくくっ、と次郎が笑う。

「何を言ってるかわからないみたいだな。つまり、おれが消えれば、次郎がおれの後釜に坐って『太郎』になるし、おまえはひとつ出世して『三郎』になるわけだよ。太郎とか次郎とか、そんなのは何の意味もない名前ってことだ。一号、二号、三号でも同じさ。A、B、Cだっていいんだ。イチだって、そうだぞ。おれが『四郎』だったとき、あいつは『ニイ』だったんだぞ。これって、ダーとマムの冗談なんだよな。ダーやマムって呼び方だって、別に深い意味なんかないわけだし」

「ちょっと待ってよ。『ニイ』って何？」

「だから、一、二、三ってことだろ。あいつが『ニイ』だったときには別の女が『イチ』だったんだよ。女が仲間になるのは珍しい。おれも二人しか知らないから『サン』がいたかどうか知らないけど」

「おれはイチしか知らないもんな」

次郎が言う。

「新しい仲間が増えると、古い仲間が出ていくっていうこと？」

「出て行くねえ……。それが本当だと嬉しいよなあ。だけど、出て行くんじゃなくて、消える……というか、消されるんじゃないかという気がするな。どう思う、次郎？」

「やっぱり、消されるんでしょ。だって、おれたちのやってること、普通に考えても、マジでヤバイもん。勝手に出て行かせて、外でべらべらしゃべられたら、みんな捕まるよ。一巻の終わりじゃん。おれたちは、まだ少年扱いだから少年院にでも送られるだけで済むかもしれないけど、ダーとマムは大人だから死刑だよ。そんな危ない真似をするかなあ」

「しないだろうよ。消しちまう方が安心できる」

「どうして、ぼくにこんな話をするの？」

「おまえが入ったせいで、おれがやばいことになりそうなんだよ」

「なぜ、太郎が……？」

「おれ、もう一五歳なんだよ。大人ってわけじゃないけど、子供でもない。イチの言うことを真に受けるような子供じゃないってことだ。ダーとマムが何を考えてるのかも何となく想像できるし、おれたちをこき使って大金を儲けてることもわかってる。おれたちには小遣いをくれるだけで、自分たちは何千万も貯め込んでるんだよ。そういうことがわかる。ダーとマムにすれば、おれなんか扱いにくいじゃないか。だけど、仕事はできるから、そう簡単に消すことはできない。そこにおまえが入ってきた。おまえはイチの言いなりで、しかも、仕事ができる。平気な顔で人殺しができるもんな。扱いやすい仲間が増えて、ダーやマムは大助かりだ。そろそろ、太郎に消えてもらおうか、なんて考えても不思議はないわけだよ」

「ぼく、帰ろうかな」

何となく不愉快になってきたので腰を上げようとすると、

「慌てるな」

太郎に腕をつかまれた。

「イチにルールを説明されたよな？　仲間同士で話をするなって。なぜ、そんなルールが必要か、今ならわかるだろ？　おれたちが手を組んで反抗したら困るからさ。ばらばらで仲が悪ければ、どうにでもできる。一人ずつ消すのは簡単だからな。イチの前にいた女、何で消されたと思う？」

「すんげえかわいい子だったんだ。ダーが酔っ払って手を出した。マムが怒って、消したんだよ」

「さあ……」

「……」

「ここに来た頃、イチはまだ子供だったけど、最近、大人っぽくなってきた。また同じことが起こるかもしれないな。イチが消されたら、おまえ、どうする？」

「嘘だ。そんなことにはならない」

「おまえだって、あと二年か三年すれば、おれと同じ立場になるんだよ」

「太郎が消されたら、おれが出世して太郎になるけど、全然嬉しくない。だって、その次は、おれが消される番ってことだからな。そうなる前に何かしないとな。消される順番が来るのをおとなしく待つなんて真っ平だ」

「ここから逃げるってこと？」

「それも考えた。だから、お金を貯めてるんだ。でもなあ、所詮、一〇〇万くらいじゃ、どうしようもない。すぐになくなって、ホームレスになっちまう。それなら、いっそ、革命を起こす方がいいんじゃないかと思ってな」

「かくめい？　それ、何？」

「ダーとマムのやり方はわかってる。何もかもわかってるわけじゃないけど、大体のことはわかってる。あいつらが貯め込んでいる財産と、今の仕事を引き継いでいくことだってできると思うんだよな」

「殺すっていうこと？」

「その返事をする前に、おまえの考えを教えろ。おれたちの仲間になるか？」

「三郎も仲間なの？」

「あいつには何も話してない。仲間になった最初から頼りない奴で、何の役にも立たなかったからな。おれが消される前に、まず、あいつが消されるんじゃないのかな。三郎と違って、おまえは役に立つ。だから、仲間にしようと思った」

「イチも殺すの？」

「殺さない。イチは役に立つからな。それに、イチを殺すなんて言ったら、おまえ、仲間にならないだろう？」

「ならない」

「じゃあ、仲間になるんだな？」

「よくわからない。イチに相談していい？」

「ダメだ。おまえ一人で決めろ。イチに話したら、きっと、ダーとマムに知られる。知られたら、おれも次郎も消される。だけど、おれたちは、ただでは消されたりしない。おまえがイチに何かしゃべったら、まず、イチを殺す。それから、おまえを殺す」

「何だか、怖いんだね」

「ふざけるな。笑ってるじゃないか。冗談じゃないんだぞ」

次郎が怒って、ぼくを殴ろうとする。

それを太郎が止める。

「いいか、よく考えろよ。さっきから仲間に入った、という言い方をしてるけど、それは正確な言い方じゃないぞ。おれたちは犬なんだよ。仲間なんかじゃない。人間が犬を飼うとき、犬を仲間にするとは言わないだろう」

「犬？」

「ああ、ダーとマムの犬だ。ダーとマムは、犬であるおれたちを使って狩りをする。金を持っている奴をどこかから探し出してきて、そいつをおれたちに襲わせる。犬をけしかけるわけさ。うまく大金が手に入れば、おれたちにも褒美をくれる。それが一日五〇〇〇円だよ。機嫌のいいときは、それが一万円だったり二万円だったりする。ドッグフードばかりじゃなく、たまには、うまい肉も食わせてやるぞっていうことだな。犬は自分で考えたりしない。飼い主に命令された通りに働くだけでいい。飼い主に逆らえば、お仕置きだ。役に立たなければお払い箱だ。この世から消されるってことだぞ。忠犬ハチ公のままでいても、やっぱり、消されるんだ。子供のうちは扱いやすくて逆らったりしないけど、大きくなるにつれて自分の頭で考えるようになるからな。そこが本当の犬とおれたちの違いだ。

おれたちを一人前に扱ってくれて、分け前も増やしてくれれば、こっちも文句はない。だけど、ダーとマムの取り分は減る。そんなことをするくらいなら生意気な犬を始末して、新しい犬を入れる方がいい。イチは腕がいいから、おまえみたいな奴をどこかから探し出してくるってわけだ」

「おい、太郎の言ってること、わかるか？」

次郎がじっとぼくの目を覗き込む。その目は真剣だ。次郎がこんな顔をするのは珍しい。

「わかる」

「二週間くらい先に、次の仕事をするとダーが話していた。ふたつ続けて大きな仕事をすれば、家か別荘に戻って、しばらくのんびりすることになる。逆に言えば、そのときが、こっちは危ない。仕事がなければ、おれたちは必要ないからな。邪魔な犬を始末して、新しい犬を探す時間もあるってことだ。次の仕事をする前に、どっちにつくか決めろ。いつも見張ってるからな。おまえがあっちに味方するとわかったら、おれたちは即座に行動する。最初におまえとイチを殺す」

「おれがイチを殺してやる」

ふふふっ、と次郎が二重顎を揺らせて笑う。

12

一〇月四日（日曜日）

石塚美和子が黙々と職務をこなしている。

その顔色は冴《さ》えず、表情も暗い。

人一倍、勘の鋭い房子が気付かないはずがない。

「何だか今日は暗い顔をしてるじゃないの。最近は割と明るい顔をしてることが多かったのにね。寝たきりのばあさんに嫌味でも言われたの？」

「……」

何も耳に入らないかのように、美和子は無反応だ。

「ふうん、違うんだ。もっと深刻なことみたいね……。結婚して子供もいるんだろうし、姑の介護以外にも悩み事はあるよね。夫婦仲がうまくいってないんじゃないの？　今の時代、中高年には厳しいからねえ。特に男は大変よ。昔みたいに終身雇用が当たり前ってわけじゃないから、ばっさりリストラされて、次の仕事が見付からなくてあたふたする……そんなことが珍しくもないもの。お宅も大変なんじゃないの？　そもそも、石塚さんが看護師としてフルタイムで働いてるのに、ばあさんを介護施設にも入れられないっていうのは、よっぽど旦那の稼ぎが悪いってことでしょう？　看護師の待遇は悪くないものねえ。

もちろん、子供にもお金がかかるだろうけど。息子さんが大学生で、娘さんが専門学校生だっけ？　社会人になるまでは大変よねえ。今は就職難だから、学校を出ても安心できないんだろうし」

「どうして知ってるんですか？」

声を押し殺して、美和子が訊く。両目が大きく見開かれている。怯《おび》えと驚愕《きょうがく》の色が滲んでいる。

「何が？」

「子供たちのことを……」

房子に家族の話をしたことなどない。大学生の息子と専門学校生の娘がいることを、なぜ、房子が知っているのか、と美和子が訝《いぶか》る。

「わたしの世話をしてくれてるのは石塚さんだけじゃないのよ。佐伯さんなんか、もっと愛想がいいし、芦田先生もわたしの質問には丁寧に答えてくれるわよ。わたしと話すときは、いつもびくびくしてるけどね」

「……」

患者と私的な会話を交わすことは禁じられている。その規則を破った上、美和子のことを、しかも、家族のことを話すなんて許せない、と佐伯奈々と芦田医師に対して、体の奥底から怒りが湧き出るのを感じる。頭に血が上り、顔が火照《ほて》っているのが自分でもわかる。

「怒ることないじゃないの。わたしが顔を合わせるのは石塚さんたち数人だけなんだし、少しくらい話し相手になってくれても罰《ばち》は当たらないわよ」

「……」

「そう言えば、昨日、林葉が捕まったわね。空港から外国に高飛びする寸前に逮捕されたらしいけど、随分と間抜けな終わり方だと思わない？　ＳＲＯの女性捜査官と格闘して取り押さえられたって書いてあったけど、あれは芝原のことよ。覚えてるでしょう、山根さんとインタビューに来たミイラ女。芝原は確か空手の有段者のはずだけど、だからって、中国人の殺し屋たちを簡単に片付けるような男が、そうあっさりやられちゃうかしらねえ。林葉が怪我でもして普段の動きができなかったというのなら納得できるけどさ」

　房子が首を捻る。

「そうでなければ……もしかして、わざと捕まったのかなあ」

「なぜ、わざと捕まるんですか？」

　思わず質問してしまう。林葉秀秋の事件は連日大きく報道されており、美和子も強い関心を持っているのだ。

「だって、ＳＲＯが空港に現れたっていうことは、林葉が外国に逃げようとしてることが、ばれてたってことじゃないの。当然、空港は蟻《あり》の這《は》い出る隙もないくらいに封鎖されてただろうし、逃げ道はないわよ。だから、逃亡を諦めて、次の手段に切り替えることにして、自分から逮捕されたんじゃないかな」

「次の手段って、何ですか？」

「新聞記事を読んでいるだけだから詳しいことはわからないし、まあ、わたしの想像なんだけど、林葉は人格障害なんじゃないかっていう気がするのよ。よく二重人格なんていう言い方をするでしょう？　林葉はその症状が深刻なんじゃないかな。犯行に一貫性がないのは、そのせいじゃないかっていう気がする。綿密な計画を立てて人を殺す反面、人を殺しまくって、自分がやったことを誇示するかのように指紋やら何やら、たくさん証拠を残したりもするわけでしょう？　普通、あり得ないもん。前に言ったかもしれないけど、人を殺すのは簡単なのよ。だんだん慣れてきて腕が上がるしね。難しいのは捕まらないこと。つまり、証拠を残さないことよ。死体を残さないのが一番いいんだけどね。マンガみたいな話だけど、もしかすると、林葉の心の中にはいくつかの人格が別々に存在していて、その人格がみんな人殺しなのかもしれないわね。その人格によって殺し方が違うわけ。だから、犯行の手口に一貫性がない。面白いと思わない？」

「何が面白いのかわかりません」

首を振ると、美和子は病室から出て行く。

廊下に出ると、どっと疲れを感じる。だいぶ慣れてきたとはいえ、やはり、近藤房子を担当するのは生易しいことではない。一般病棟の患者を担当する何倍も気を遣うし、常に緊張を強いられる。気が滅入っているときは平常心で勤務することが難しい。房子に心の中を覗き込まれる感じがするのである。

（あんなことをしなければよかった。なぜ、あんなことをしてしまったのだろう……）

魔が差してしまった、と後悔する。

しかし、次の瞬間には、

（いや、そうじゃない。知ってよかった。麻友は一人で苦しんでいるんだもの。親なんだから知っておいてよかった。だけど……）

だけど、どうすればいいのか、自分に何ができるのか、それがわからず、考えれば考えるほど胸が苦しくなってしまう。

ゆうべ、翔太はコンパで遅くなるというので、仁志、美和子、麻友の三人で食事をした。仁志は不機嫌そうな顔でむっつりと黙り込み、麻友もほとんど口を利かず、そそくさと食事を済ませる。美和子が学校の様子を訊いても、心ここにあらずという感じで生返事をするばかりだ。翔太がいれば、いくらか会話が生まれるが、それでも家族団欒《だんらん》という風景からは程遠い。仁志は食器も片付けずに席を立つと、さっさと茶の間に向かう。食後に衛星放送のスポーツ番組を観るのが習慣なのだ。

「ごちそうさま」

麻友も席を立つ。

せめて食器くらいシンクに運びなさい、と言いたくなるのを、ぐっと堪える。食器をそのままにして席を立つのは、仁志を真似して身に付いた子供の頃からの悪しき習慣だ。年頃の女の子が食事の後片付けもできなくて大丈夫なんだろうか、と心配になる。

だが、それを口にすると、

「おまえの躾《しつけ》がだらしないせいだろう」

と、仁志に怒鳴られるのがオチだ。

確かに、片付ける片付けないで言い争うより、さっさと自分が片付ける方が早いので何でも自分がやってしまうのがよくなかった、と美和子も反省している。

溜息をつきながら、美和子が食器を片付け始める。

「あら」

麻友の携帯が置きっ放しになっている。部屋に持っていってやろうと携帯を手に取る。

廊下に出ると、浴室から水音が聞こえた。風呂に入ってしまったらしい。麻友は長風呂で、一時間くらい平気で入っている。出たら渡せばいい、と考えて台所に戻る。

テーブルに置こうとしたとき、メールの着信音が聞こえた。そのとき、魔が差した。

麻友のメールを盗み読んでしまったのだ。

もちろん、携帯にはロックがかかっており、四桁のパスワードを打ち込まないと画面を開くことができない。

美和子はパスワードを知っていた。

以前、麻友の部屋を掃除したとき、パスワードをメモした紙片を目にしたことがあり、それを覚えていたからだ。

もちろん、今までそれを使ったことなどない。家族同士とはいえ、勝手に手紙や日記を読んだり、携帯の中身を見たりすれば、プライバシーの侵害である。それを承知しているにもかかわらず、麻友のメールを盗み読んでしまったのは、やはり、魔が差したとしか言いようがない。

ひとつ言い訳できるとすれば、ここ最近の麻友の様子が心配だったからである。ぼんやりしていたり、苛《いら》立《だ》っていたり、思い詰めた表情で溜息をついたり、何かに悩んでいるように見えるのだ。二人だけのときに、

「何か困ったことでもあるの？」

と訊いたことがあるが、

「何もないよ。変な詮索《せんさく》しないでよ」

と猛反発されてしまった。

そんなことがあったから、ついパスワードを打ち込んでしまったのだ。

メールを読み始める。

ほとんどは女友達との他愛《たわい》のないやり取りだった。

（ん？）
松浦茂樹《まつうらしげき》という男からのメールを読んで、美和子が顔を顰める。

振り込みが遅いだろ。
金額も間違ってる。
ちゃんと振り込め。
足りない分は来月分に上乗せする。
もちろん、利息をつけるからな。
一〇万五〇〇〇円。
きちんと振り込まないと殺すぞ、バカ女。

他のメールとは明らかに雰囲気が違う。
受信履歴を辿《たど》ると、週に一度か二度は松浦茂樹という男からメールが届いている。

昨日、また遅刻したな。
先月は無断欠勤も二回。
店長から苦情の電話。

なぜ、おれがおまえなんかのために店長に怒鳴られるわけ？

おれの信用が落ちるんだよ。

学校から五反田《ごたんだ》まで、そんなに時間かからないよな？

こっちは気を遣って通いやすい店を紹介してやったんだろ？

もっと、きつい店で働かせてもいいんだぞ。

シャーロットなんか楽な方なんだからな。

あまり、おれを怒らせるな。


それ以外のメールも読んだが、ほとんどが金と仕事のことで、一方的に松浦茂樹が麻友を責める脅迫めいた内容だ。友達同士のメールのやり取りという雰囲気ではない。

そもそも麻友がバイトをしているのも初耳だ。

今朝、通勤電車の中で、「五反田」「シャーロット」という言葉を手掛かりにしてネットで検索してみた。その結果を見て、美和子は心臓が止まりそうになった。「シャーロット」というのはファッションヘルス店、すなわち、風俗店だったのだ。

「先輩」

「え」

美和子がハッとわれに返る。

「どうしたんですか、ぼんやりして？」

佐伯奈々が怪訝そうな顔で見つめている。

「いや、あの……」

考え事をして、廊下の片隅に佇《たたず》んでいたらしい。咄嗟《とっさ》に何か言い訳しようとするが、何も思いつかず言葉が出てこない。

「疲れてるんじゃないですか？　何だか元気がないし、顔色も悪いですよ」

「そうかな」

「わかります。近藤さんの担当、大変ですもんね。他の患者さんの何倍も疲れますよ。芦田先生もぴりぴりしてるし、どっちにも気を遣うから疲れも倍増ですよね。わたしも、この頃、たまに変な夢を見たりするし、寝付きも悪いし……」

「ねえ、奈々ちゃん。近藤さんと話をする？」

「しますよ。治療に関することがほとんどですけど、いくら禁止されているからって、やっぱり、少しは雑談をしますよね。外の天気はどうなの、なんて訊かれたら無視できないし。近藤さん、新聞を隅々まで読んでるから、意外と世間の動きには詳しいですよね」

「わたしのこと、何か話した？」

「先輩のことですか？　どんなことです」

「家族のこととか……」

「話しませんよ、そんなこと。個人情報じゃないですか。何か言われたんですか？」

「ううん、そうじゃないけど……。近藤さん、いろいろ知ってるから」

「芦田先生ですよ、きっと」

「え？」

「近藤さんの言いなりですから。ものすごく怖がってますよね。それなら他の先生に担当を替わってもらえばいいのに、近藤さんの事件、ものすごく注目されてるし、ある意味、すごい有名人だから担当は替わりたくないみたいなんです。だけど、怖いからご機嫌取りに何でも言いなりなんですよ。先輩のことを話したとしたら芦田先生じゃないかな。あ……」

奈々の表情が引き締まる。噂《うわさ》をすれば何とやらですよ、と小声でつぶやくと、足早に立ち去る。

肩越しに振り返ると、芦田医師が不機嫌そうな顔でこっちに歩いてくる。慌てて美和子もナースステーションに向かう。

ゆうべから、ずっと麻友を心配し、今朝になって「シャーロット」が風俗店だとわかってからは、麻友が松浦茂樹に騙されて風俗店で働かされ、お金をむしり取られているのではないか、と想像している。

考えれば考えるほど嫌な想像ばかりしてしまう。情報が乏しすぎるために、かえって冷静な判断ができないのだ。

本人に問い質《ただ》すのが一番だとわかっているものの、それには勝手にメールを盗み読みしたことを白状しなければならない。できれば、それは避けたい。

ならば、夫の仁志に相談すべきだろうが、ここ最近の夫婦のぎくしゃくした関係を考えると、それもためらわれる。それでなくても、このところ、仁志は怒りっぽくなっている。麻友が風俗店で働いているなどと知ったら、どれほど激怒するかわからない。事情も聞かずに、頭ごなしに麻友を怒鳴りまくるかもしれない。落ち着いて話ができるとは思えない。

（どうすればいいの……）

重苦しい溜息が口から洩れる。

ふと、こんなとき、近藤さんなら、どうするんだろう、と考えてしまう。

美和子のようにうじうじ悩んだりせず、

「あら、そんなのこうすればいいのよ」

と、いとも簡単に解決策を提示してくれるような気がする。

第二部　居所不明児童

1

にっきをかくのはたいへんだ。

くちではなすのはかんたんなのに、ノートにじでかくのは、どうしてこんなにたいへんなんだろう。

めんどうくさいし、ときどき、いやになる。

だけど、イチが、

「かならずやくにたつことだから、たいへんだとおもうけど、がんばったほうがいいよ。わたしもてつだうから」

と、はげましてくれるので、がんばろうとおもう。

でも、にっきをまいにちかくのはたいへんだ。

まいにち、おなじことのくりかえしだから、おなじことばかりかくことになってしまう。たいくつだし、つまらない。

あさになると、ダーからおかねをもらってでかける。ゆうがた、かえってくる。

そのくりかえしだ。

コンビニでおにぎりをかうとか、ハンバーガーをたべたとか、そんなことばかりかいてもしかたがないとおもうんだけど。

おなじことをかくのがいやなら、そんなにながくなくてもいいから、なにかきになったことだけかけばいい、とイチはいう。

あ……。

ひとつある。

さぶろうのことだ。

なんにちかまえ、イチとさぶろうがふたりでこうえんではなしていた。ぬすみぎきした。いやなかんじのはなしだった。

さぶろうは、ここをでていきたい、いえにかえりたい、それがだめならしせつにはいりたい、とないていた。そのあと、イチはダーやマムとさぶろうのことをはなしていた。

つぎのあさ、さぶろうがいなかった。ベッドにねたあともなかったから、かえってこなかったんだとおもう。

へんだなあ、どこにいったんだろう、でていったのかな、いえにかえったのかな、それとも、しせつにはいったのかな……きになったけど、だれもさぶろうのことをはなさないので、ぼくもだまっていた。

なぜか、ダーはいちまんえんもくれた。

そのりゆうもわからない。

もっとへんだったのは、たろうとじろうにさそわれて、いっしょにハンバーガーをたべたことだ。

たろうは、おかしなことばかりいった。

よくわからないはなしだ。しゅっせすると、なまえがかわるとか、なかまがでていくっていうのは、じつは、けされることなんだとか。

けされるっていうのは、たぶん、ころされるっていうことだとおもう。

ぼくたちは、ダーとマムのいぬだから、なまいきないぬはいらないっていうことらしい。

おとなしくころされるのはいやだから、かくめいをおこそう、とたろうはいう。

かくめい……。

はじめてきくことばだ。

いみはよくわからないけど、つまり、ダーとマムをころして、なにもかものっとってしまおうということらしい。

どっちにみかたするかきめろ、とたろうとじろうはいった。みかたにならないなら、おまえもころしてやる、イチだってころすからな、というんだ。

むずかしいもんだいだ。

ぼくは、どうすればいいんだろう。

ほんとうはイチにそうだんしたい。

でも、そんなことをしたら、イチがころされてしまう。

だから、ぼくがひとりできめなければならない。

こまったなあ、どうしよう……。

なんにちもしんけんにかんがえているけど、まだ、まよっている。


日記を書いているところに、イチが来た。

ダーとマムが話があると言っているから一緒に来てほしい、というのだ。日記を途中で中断すると、何を書くつもりだったか忘れてしまって、その続きが書けなくなってしまう。だから、あまり気が進まなかったけど、仕方なくノートを閉じた。

ダーとマムがキャンピングカーで待っていた。

「四郎、おまえはよくやっている。偉いぞ」

「本当よ、偉いわ。仲間になってくれて嬉しい」

二人が口を揃《そろ》えて誉めてくれる。

「……」

　何が偉いのか、なぜ、誉められるのか、さっぱりわからなかった。よくやっていると、ダーは誉めてくれたけど、ここに来てから、ぼくがやったことといえば、一度、人殺しを手伝ったことだけで、それ以外には何もしていない。毎朝、ダーから五〇〇〇円もらって、ぶらぶら遊んでいるだけだ。

「三郎が出て行ったのよ。家族のところに戻ったの。引き留めたんだけど、どうしても戻りたいって言うから……。これまで貯めていたお金を渡して、家族のところに送り返したわ。ひどい親だし、うまくやれるかどうか心配だけど、本人がそうしたいと言うんだから無理に引き留めることもできないから」

　マムが言う。

「今日から、おまえが三郎だ」

「え」

「おめでとう」

　イチがにこにこしている。

「すごいことなのよ。こんなに早く四郎から三郎になれるなんて。ねえ？」

　マムがダーを見る。

「ああ、本当にすごいよ。四郎……いや、たった今から三郎だったな。おれは三郎を仲間にできて、すごく嬉しい。これからも一緒にがんばろう」

「……」

何と言えばいいのかわからず、ぼくは黙っていた。

ただ、心の中で、

（これが出世するっていうことなのか）

と思った。

大して嬉しくはなかった。

ダーやマム、それにイチは、三郎が家に帰ったと言うけど、たぶん、それは嘘だという気がした。

その点に関しては、太郎や次郎の言うことが正しい……理由はないけど、そうに違いない。

2

一〇月一八日（日曜日）
背後で、あっ、という叫び声が聞こえて、新九郎が肩越しに振り返る。夏目悠太郎《なつめゆうたろう》が馬場に大の字にひっくり返っている。落馬したのだ。
「大丈夫ですか！」
インストラクターの熊沢恵理《くまざわえり》が夏目に駆け寄る。

「うう～ん……」

夏目が薄く目を開ける。

「何が起こったんだろう」

「落馬したんです。馬から落ちたんですよ」

「おかしいなあ。何でだ？」

「わたしにもさっぱり……。いきなり体が傾いて滑るように落ちてしまって……」

熊沢恵理が困惑する。

「彼は、およそ運動とは無縁の人間です。理由がなくても落馬くらいしますよ。寝てたのかもしれないな。そうでなければ、頭の中でおかしな妄想を思い描いて、馬に乗っていることを忘れていたのかもしれない。とにかく、気にしなくていいんです。全身に脂肪の鎧をまとっていますから、馬から落ちたくらいでは怪我なんかしません」

まったく同情の色を見せずに、新九郎が冷たく言い放つ。

「気に入らない言い方だなあ」

腰をさすりながら夏目がよろよろと立ち上がる。

「ブス子ちゃんがどうしても来てくれって言うから来てやったのに」

「花子《はなこ》さんに対して、そういう言い方をするなよ」

新九郎が顔を顰める。

「休んだ方がよさそうですね。歩けますか？　わたしにつかまって下さい」

「え、いいの？」

夏目が嬉しそうに口許を緩ませる。若くてきれいな女性と接触する機会など滅多にないからだ。

じゃ、遠慮なく、と熊沢恵理の肩に手を載せる。

「山根さん、すぐに戻りますから。ゆっくり常歩をしていて下さい。ヤマトはおとなしいので心配ないと思いますが、何かあれば呼んで下さい」

「わかりました」

新九郎が余裕の笑みを浮かべる。

先週の日曜日、鈴木《すずき》花子から乗馬に行ってみないかと誘われた。ストレス発散に効果があるから、というのだ。正直、あまり興味はなかった。スポーツも得意ではないし、哺乳類も好きではない。

しかし、すでに夏目にも声をかけていて、新九郎が断れば、夏目と花子が二人で行くことになると知り、

「わたしも行かせて下さい」

と参加することになった。

花子の友達が会員になっているという、千葉市郊外にある山科《やましな》乗馬クラブで体験レッス

ンを受けることになった。花子は何度かビジターとして乗馬を経験しており、基本的な乗り方をマスターしているので、新九郎や夏目とは別にレッスンを受けることになった。

初日なので、まずは常歩と軽速歩を教えてもらう。

常歩は馬がゆっくり歩くことで、軽速歩は馬が小走りになる。常歩では馬の背中に坐っていられるが、軽速歩になると馬の背中が上下に揺れるので、それに合わせて乗り手も上下に動いて反動を軽減する必要がある。反動を抜かないと鞍《くら》に乗っていられなくなる。

乗馬というのは、傍目《はため》には馬に乗っているだけで人間は何もしていないように見えるが、実際には絶え間なく体を動かさなければならない全身運動である。その点、水泳に似ており、決して楽な運動ではない。

（どうなることか……）

無理をして来たものの、まったく気乗りしないまま馬に跨《また》がった。

ところが……。

いざ馬が動き出すと、その独特の上下動が何とも言えず心地よい。新九郎に割り当てられたヤマトという馬が、大柄な割には上下動の緩い馬だったことも幸いした。思いがけないことに、新九郎は乗馬を楽しんでいる。

「お待たせしてすいません」

熊沢恵理が走って戻ってくる。

「大したことなかったでしょう？」

「腰が痛いとおっしゃるので、念のためにクラブハウスで休んでもらっています」

「そう言えば、ここのクラブハウスにはビールの自販機があるって喜んでたな。あいつ、ビールが飲みたくてわざと落馬したのかもしれない」

「まさか」

「それくらいのことをやりかねない奴です」

「ここ数年、運動らしい運動をしたことがないそうですから、いきなりの乗馬は、ちょっときつかったのかもしれませんね」

「ここ数年どころか、たぶん、二〇年以上まともに運動なんかしてないはずですよ。高校の体育以来、何もしてないんじゃないかな。あの体型を見ればわかるでしょう？」

「無理は禁物ですし、やり方は人それぞれですからね。乗馬は何よりもまず第一に楽しむことが大切です。馬に乗った後、クラブハウスでくつろぐのも楽しみのひとつですよ。夏目さんのことはともかくとして……」

　熊沢恵理が話題を変える。

「山根さん、すごく乗り方がいいですね。どこか他のクラブで乗ってらしたんですか？」

「いいえ、まったく初めてです」

「初めて馬に乗る人は、特に男性の場合、緊張して力が入りすぎて馬の動きを邪魔してしまうことが多いんですよ。山根さん、とても柔軟ですね。とても初心者とは思えません」

「ありがとう。そう言われると嬉しいね」

ほんの二週間ほど前、新九郎は林葉秀秋という連続殺人犯を逮捕した。

いや、厳密に言えば、林葉を逮捕したのは芝原麗子で、新九郎は林葉に殴られて気を失ってしまったのだが、林葉が新九郎に気を取られたことで隙が生じ、その隙を麗子が衝《つ》き、それが林葉の逮捕に繋がった。だから、広い意味で言えば、新九郎も林葉の逮捕に貢献したと言っていい。

危うく殺されていたかもしれないという状況に身を置いたことを思えば、馬に乗るくらいで緊張はしない。

「初心者の方は、どうしても手綱に頼ってしまいがちですが、それはあまりいいやり方ではありません」

「西部劇なんかを観ると、手綱で馬を動かしているように見えますけどね」

「もちろん、手綱も使いますが、それは最後の手段くらいに思っていて下さい。手綱に頼ると、馬と力比べになってしまいますが、力では馬にかないませんからね。基本は脚《きゃく》です」

熊沢恵理が自分の両足をぽんぽんと叩く。

「それに腰。今、鞍に乗っていますが、鞍の上で腰を動かすことで馬に指示を送ることができます。それを騎座《きざ》と言います。まず、脚を使ってみましょう。馬のお腹を蹴るような感じでいいですよ」

「こうかな」

新九郎がヤマトを蹴る。

「弱すぎます。馬に伝わってませんね。もっと強く蹴ってみましょう。遠慮しないで」

「もっと強くね……」

新九郎が、えいっ、と蹴る。

ヤマトがびくっとして前に出る。

「馬の動きが変わったのがわかりましたか？　脚に反応してるんですよ。次は騎座です。馬の揺れに合わせて、山根さんのお尻が上がったり下がったりしていますよね？」

「ええ」

「お尻を上下ではなく、前後に動かすようにしてもらえますか？　ちょっと意識するだけでいいです」

「こうかな……」

「あ、うまい。できるじゃないですか。わかりますか？」

「うん、馬が反応したね。何だか動きがよくなった気がする」

「やるなあ」

熊沢恵理が感心したように笑う。

それから一時間、新九郎はレッスンを受けた。あまりにも楽しいので追加料金を払って時間を延長したのだ。

レッスンが終わって馬から下りると、汗だくになっている。地面に足がついた瞬間、膝ががくっと崩れそうになる。

「疲れましたか？」

「ええ、かなり」

「結構、ハードでしょう？」

「ハードですね」

「山根さん、とても上手です。ぜひ、乗馬を続けた方がいいですよ。後ほど、夏目さんや鈴木さんにも説明しますが、すぐに正会員にならなくても、三ヶ月の短期会員になるというやり方もありますから」

「ありがとう。本当に楽しかったよ」

自分でも意外だったが、爽快な気分だった。

シャワーを浴び、着替えてからクラブハウスに行くと、窓際のテーブル席に夏目がどっかり坐り込んでいるのが目に入る。テーブルの上にはビールの空き缶がいくつも転がっている。

「おいおい、ここは居酒屋じゃないぞ」

夏目の向かい側の席に坐りながら言う。

「うるせえ、おれはスポーツなんか好きじゃないんだ。すでに筋肉痛だ。痛みを抑えるためにアルコールを利用してるんだよ」

「筋肉痛になるほど乗ってないだろう」

「落馬したんだよ。ああ、痛かった」

そこに花子もやって来る。やはり、シャワーを浴びて着替えを済ませている。

「夏目さん、落馬したそうですけど、大丈夫なんですか？」

「いやあ、大変でした。腰のあたりがひどく痛むので、もしかすると骨折したかもしれないと思いましたよ」

「まあ、大変！　病院に行きましょう」

「せっかく誘ってもらったのに、花子さんに挨拶もしないで帰るわけには行きませんからね。痛み止めにビールを飲みながら、花子さんのレッスンが終わるのを待ってたんです」

「ごめんなさい。そんなこととは知らずにのんびりしてしまって……。知り合いがいたので、つい話し込んじゃったんです」

「いいんですよ。さっきより、だいぶ楽になったので、たぶん、骨折ではなさそうだ、打撲でしょう」

「お待たせしました」

パンフレットを手にした熊沢恵理が現れる。

「今日は、お疲れさまでした。よろしければ二〇分ほどお時間をいただいて当クラブのシステムをご説明したいのですが、よろしいでしょうか？」

「そうしたいんですが、夏目さんが落馬で腰を痛めたようなので病院に連れて行きたいんです」

「え、まだ痛むんですか？」

「まあ、痛むと言えば痛みますが、熊沢さんのために二〇分くらいなら我慢できます。痛み止めにビールを飲みながら聞きますよ。痛み止めね」

痛み止めという言葉を何度も強調し、がははは っ、と笑いながら新しい缶ビールに手を伸ばす。

「ビールを飲む口実ですから、気にしないで説明を始めて下さい」

新九郎が熊沢恵理に説明を促す。

「何だか、おまえだけ感じ悪いなあ」

夏目が新九郎を睨む。

「では、なるべく簡単に……」

三人にパンフレットを配り、熊沢恵理が説明を始める。二〇分弱で説明を終えると、

「何か質問はありませんか？」

「悪くないな、乗馬クラブ。物ばかり多くて狭苦しい研究室に籠《こ》もって仕事をしてるから、こういう開放的な場所でスポーツするのは悪くない」

酔いが回って顔を真っ赤にした夏目が上機嫌で言う。

「スポーツなんかしてないだろう」

新九郎が呆れる。

「研究室って……大学の研究室のようなところで何かお仕事をなさってるんですか？」

熊沢恵理が訊く。

「大学ではないよ。科警研ね」

「カケイケン？」

「科学警察研究所の略」

「夏目さん、警察官なんですか？」

熊沢恵理が驚いたように言う。

「いや、ぼくは警察官じゃないよ。ただの研究者。悪い奴らと戦うのは、こいつの役目」

夏目が新九郎を横目で見る。

「山根さんは警察官なんですか？」

「うん、警視庁勤務」

新九郎がうなずく。

「へえ、偶然ですね。最近、東京から熱心に通って来る警察官の方がいらっしゃるんですよ」

「警視庁勤務なの？」

「わたし、よくわからないんですけど、確か杉並が担当だとおっしゃっていました」

「ふうん、それなら杉並中央署かな」

「寺田《てらだ》さんという方なんですけど、０係にいるんだと話しておられましたよ」

「ゼロ係？」

「本当は『何でも相談室』っていうらしいです。ゼロって、いくつかけ算してもゼロじゃないですか。ゼロのような変梃《へんてこ》な人間ばかりを集めて設置された部署だから『０係』と呼ばれているんだ、と話してました」

「何だ、山根のところとそっくりじゃないか」

夏目が馬鹿にしたように笑う。

「山根さんも警視庁の０係にいらっしゃるんですか？」

「こいつのところは『ＳＲＯ』と呼ばれてるんだけど、変な奴ばかり集まってるのは同じだよ。変人の筆頭が山根新九郎」

「山根さん、全然変じゃないですよ」

「ふふふっ、青いね。人間の本質は表面だけじゃわからないんだよ」

「その点、おまえは外見と中身がほぼ一致してるからいいな」

「……」

今の新九郎の言葉を侮辱と取るべきなのか、それとも、誉め言葉と取るべきなのか、一瞬、夏目は迷う。外見に関しては、二枚目だとうぬぼれてはいないものの、まあまあ、十人並みだと自負しているし、中身に関しては間違いなく人並み以上だという自信があるから、とりあえず、誉め言葉として解釈することにした。

「正直じゃないか。ありがとうよ」

夏目がにやっと笑う。

3

「お茶でも淹《い》れましょうか？　それとも、コーヒーの方がいい？　あなたも疲れたでしょう」

台所から敏江《としえ》が声をかける。

「ああ、そうだな。緑茶がいいかな」

ソファにどっかりと深く腰を沈めながら尾形《おがた》が答える。

「すぐに淹れるから」

「うむ」

ネクタイを緩め、ふーっと大きく息を吐く。

敏江や誠《まこと》と一緒に三人で、カウンセラーの宮本輝代《みやもとてるよ》に会ってきたところだ。

誠が不登校になったのは春休み明けで、かれこれ半年くらい小学校には行っていない。五年生になってから一度も行っていないということだ。

それ以来、様々なことがあった。敏江は、誠の不登校の原因が自分の子育てが悪かったせいではないかと悩み始め、不眠症になり、気分が落ち込み、ついには精神を病むまでになった。

誠の反抗的な態度はエスカレートし、家事の手伝いに来てくれる祖父母をあたかも召使いの如くこき使った。小学校から紹介された宮本輝代と親子三人で定期的に面談していたが、誠の様子には何の変化も見られなかった。

それどころか、ついには敏江と尾形をナイフで刺すという「事件」まで起こした。もっとも、敏江と尾形が「事件」ではなく「事故」だと言い張ったため、正式な事件にはならなかった。

（終わったな……）

家庭が崩壊していくのを目の当たりにしながら、尾形には為す術がなかった。途方に暮れ、どうにもならない、と諦めそうになった。

ところが、その頃から少しずつ事態が好転し始めた。

入院した敏江は外科治療と並行して精神科でも診察を受けたが、その効果があったのか、精神状態が少しずつ安定してきたのである。

尾形も、それまで毛嫌いして、あまり真面目に耳を傾けなかった宮本輝代の言葉を真摯《しんし》に受け止めるようになり、アドバイスを実践した。

敏江が退院してからは家庭内の雰囲気が変わり、それに影響されたのか、敏江や尾形とろくに口を利こうとしなかった誠が心を開く兆しを見せ始めた。

今日のカウンセリングでも、

「いい感じじゃないですか。このまま順調にいけば、年内に学校に戻ることができるかもしれませんね。もちろん、焦りは禁物ですし、誠君に無理をさせるつもりはありません。でも、冬休み前に何日かでも登校しておけば、三学期からの復帰が楽になるはずです」

と、宮本輝代は尾形と敏江の努力を評価して、楽観的な見通しを口にした。

先々に明るい展望が開けたことで、敏江は表情がにこやかになり、尾形も何とも言えず胸が弾んだ。

（普通の家族に戻れるかもしれない）

と期待したからだ。

誠が不登校になるまでは仕事中心の生活で、ろくに家庭を顧みることもなく、家事とは無縁の生活だったが、今は、ごく当たり前にゴミ出しをしたり、頼まれた買い物をしたり、食事の片付けを手伝ったりする。休みの日には風呂掃除もするし、庭の手入れもする。自分でも不思議だが、それが苦ではない。むしろ、仕事のオンとオフの切り替えがスムーズにできて、仕事も楽しくなった。以前は、どっぷり仕事に浸《つ》かってしまい、家にいるときも事件のことばかり考え、捜査が行き詰まると敏江や誠に八つ当たりするようなこともあった。それがなくなった。

(雨降って地固まる、ってことなのかな)

そんな気がする。

4

東京駅近くのレストランで、芝原麗子は長坂文弥《ながさかふみや》と向かい合ってフレンチのコース料理を食べている。

ワイングラスを傾けながら、

「アメリカ映画やフランス映画を観てると、ごく当たり前のようにランチを食べながらお酒を飲んでるよね。商談するときも、ウィスキーを飲んだり、ワインを飲んだり……。日本だと、それはないよね。公務員がそんなことをしたら大問題になる」

長坂が言う。

「国民性の違いかしら」

さして興味もなさそうに麗子が答える。

「……」

長坂が困ったような顔で黙り込む。どんな話題を振っても、取って付けたような短い返事しか返ってこないからだ。会話が続かず、さっぱり盛り上がらない。

その理由はわかる。

長坂が肝心な話題を避けているからだ。

「今日は悪かったと思ってる」

「え？　何のこと」

「無理強いしてしまったようで……。男として情けないよな。未練がましいというか」

「長坂君と会って話をしろ……そう父に言われたのは確かだけど、だから、ここにいるわけじゃないわよ。いくら父に命じられたとしても、わたし、嫌なことは嫌だって言うから。ここにいるのは、わたし自身の考えよ。電話ではなく、きちんと会って話すべきだと思ったから」

「つまり、おれは二度振られるわけか。もう電話で一度振られているから」

長坂が冗談めかして言うが、麗子は笑わない。

「気持ちに応えることができなくて申し訳ないと思っています」

麗子が頭を下げる。

「よせよ。やめてくれ。あまりにもみじめじゃないか」

「みじめなんかじゃないわ。長坂君は何も悪くないもの。わたしが悪いの。わがままで自分勝手だから。父の言う通りなのよ」

「局長と君は、よく似てるよ。さすが親子だな」

「わたしと父が似てる？　嘘」

「いや、本質的な部分が似てると思うよ。自分の中に一本芯が通っていて、信念を決して曲げようとしない。正しいと信じれば、何があろうとその道を進む……違う？」

「そう言われると、そうかも……」

「似ているから、よく衝突するんじゃないのかな」

「そんな風に考えたことはないわ」

「局長も頑固で、こうと決めたら梃子《てこ》でも動かない」

「そういうときは、どうするの？　部下としては、仕事が進まなくて困るんじゃない？」

「鳴くまで待とうホトトギス……かな」

「ふうん、そうなんだ」

「あ……別に、君を諦めきれないから、いつまでも待つ、というつもりで言ったわけじゃないよ」

「大丈夫。そんな風には思わないから」

「これからも、いい友達でいられればいいな、と思ってるんだ。迷惑でなければ」

「迷惑なはずがないでしょう。でも、あまり優しいことを言わない方がいいわよ。わたしがひどい女だってこと、よくわかったでしょう？　父に似ているとしたら、ものすごく頑固で扱いにくいんだから」

「全然、平気だよ。おれ、局長のことも君のことも好きだから」

長坂がにこっと笑う。

新幹線で帰る長坂を麗子は改札まで見送った。

まだ時間があるというので、八重洲《やえす》地下街で長坂は麗子のため洋菓子を買ってくれた。何も手土産を用意してこなかったので、その代わりだという。

「事件を解決したばかりで疲れているのに、せっかくの休日に付き合ってくれてありがとう」

「ううん、いい気晴らしになったから」

「そんな優しいことを言われると、また誘いたくなってしまうな」

「え」

一瞬、麗子の表情が強張《こわば》る。

「冗談だよ。そんなに引かなくてもいいじゃないか。ちょっとショックだな」

「ごめんなさい」

「おいおい、これも冗談だよ。困ったな。そう何でも真に受けるなよ。事件の後っていうのは、やっぱり、ピリピリするものなのかな。温泉にでも行って、しばらくのんびりしたら……と言いたいけど、それも無理なんだろうな」

「そうね、無理そう」

「じゃあ、また」

「今日はありがとう」

「お節介だとわかってるけど、たまには実家に帰った方がいいよ。局長、強がってるけど、君のことをすごく心配してるよ」

「うん」

長坂が改札を通っていく後ろ姿を見送ると、麗子も丸ノ内線の乗り場に足を向ける。国会議事堂前で千代田線に乗り換えれば、代々木上原まで三〇分もかからない。

駅前のコンビニでビールとつまみを買う。手に取って、レジに並ぼうとしたとき、エクレアが目に入る。シュークリームもおいしそうだ。手に取って、カゴに入れる。中に生クリームが入っているものとチョコクリームが入っているものをふたつずつだ。生クリームとイチゴののったプリンもおいしそうなので、それも買う。

自宅に戻る。この部屋に戻ったのは先月の二九日だから、すでに三週間近く経っている。にもかかわらず、荷物はまったく片付いていない。

冷蔵庫や洗濯機などの家電製品や食器棚やダイニングテーブル、ソファセットなどの家具は引っ越し業者が並べてくれた。テレビは長坂がセッティングしてくれた。それ以外のものは、最低限必要な食器や手回り品を取り出しただけで、あとは段ボールに入ったままだ。林葉秀秋の事件が起こり、その解決に没頭していたという事情はあるにせよ、それにしてもだらしがないと自分でもわかっている。

荷物を出していないから、部屋は殺風景でがらんとしている。モデルルームより味気ない。

もっとも、そのおかげで散らかってはいない。

ろくに掃除もしないので床にうっすらと埃《ほこり》が積もっているが、足の踏み場もないほどゴミが散乱していた以前の部屋とは違う。

楽な部屋着に着替えると、ソファに腰を下ろす。

長坂が買ってくれた洋菓子の箱を開ける。ケーキが六つ入っている。どれもおいしそうだ。その横にコンビニで買ったエクレア、シュークリーム、プリンを並べる。ビールとつまみも置く。

「フランス料理を食べたばかりだけど、デザートは別腹だからね」

自分に言い訳しながら、まず、ショートケーキを食べ始める。ビールをぐいぐい飲みながら、立て続けにケーキをふたつ食べる。

「おいしいな……」

だけど、何だか物足りない、何となく落ち着かない……なぜなんだろう、と不思議に思う。

「そう言えば、長坂君も甘い物が好きだった」

長坂がセレクトしてくれた洋菓子は、もちろん、麗子が好きなものばかりだが、長坂が好きなものでもある。

一人暮らしの麗子のために消費期限の短い洋菓子を六つも買うのは不自然ではないか、自分も食べるつもりだったから六つも買ったのでは……そんな深読みをしてしまう。

「部屋で一緒に食べようって誘ってほしかったのかな……」

「長坂君、いい男なんだから、もっといい人が見付かるわよ。わたしなんかダメ。だらしがなくて、自己チューだもん。主婦なんか務まらない。人に気を遣って暮らすなんて無理だし」

独り言をつぶやきながら、洋菓子の包み紙を丸めて、ぽいっと放り投げる。ケーキの底に敷いてあったアルミホイルも丸めて投げる。ついでに飲み終わったビール缶を潰して投げる。床にぶつかって、いい音がする。

少し気分が晴れてくる。

エクレアとシュークリームを食べる。

その袋も床に捨てる。

「これが芝原麗子っていう女の本質よ。長坂君、何もわかってないんだから」

だらだらと飲み食いしながら床にゴミを撒《ま》き散らしているうちに、何となくホッとして落ち着いてくる。小ぎれいに暮らすより、適当に散らかっている方が安心できるのだ、とわかる。

5

口の周りをチョコレートと生クリームでべとべとにしながら、おいしいね、おいしいね、と篠原高志《しのはらたかし》が笑顔を見せる。

「そんなに慌てて食べないの。急いで食べると、すぐになくなっちゃうよ」

母の貴子《たかこ》がたしなめると、一瞬、高志が、えっ、という顔になる。できるだけ長い時間、たくさんの量を食べたいのだが、急いで食べるとすぐになくなってしまうから食べる量も少なくなってしまうということなのだろうか……と不安になったのだ。そんな気持ちを察したのか、

「大丈夫だよ。それを食べ終わったら、これを食べていいから」

針谷《はりや》が自分のケーキ皿を高志の方に押《お》し遣《や》る。

「ほんと？　いいの？」

高志の表情がパッと明るくなる。

「うん、いいよ」

針谷がにこっと笑い返す。

「食べ過ぎじゃない？」

貴子が優しく睨む。

「だって、おじちゃんが……」

高志の表情が曇る。

「ゆっくり食べるのよ。早食いは禁止。いい？」

「わかった」

高志が嬉しそうにパフェの続きを食べ始める。

「針谷さん、わたしのケーキ、半分食べますか？」

「いや、コーヒーだけで十分です。あまり腹が空いてなくて」

「あんなに歩いたのに？」

貴子が驚いたような顔になる。

朝から三人で遊園地にやって来た。高志にせがまれて、いろいろな乗り物に乗ったり、アトラクションを楽しんだりした。広い園内をろくに休憩もしないで歩きっぱなしだった。貴子もへとへとで、足が痛いくらいだ。

お昼にハンバーガーを食べたが、そのときも針谷はあまり食べなかった。それを貴子が指摘すると、

「元々、朝と昼はあまり食べないんですよ。朝はコーヒーを飲むだけだし、昼は食べたり食べなかったりで、食べるときも軽いものをちょっと食べるだけなんです」

「晩ご飯中心ですか？」

「まあ、そうですね。酒を飲みながら食事するという感じです。食生活が乱れているから、体によくないことは自覚してるんですが」

「自覚しているだけましです」

貴子がくすっと笑う。

「少しくらい自覚しないと、今頃、ぶくぶくのデブになってます。すでにその兆候が見られますが」

「あら、そんなことありませんよ。針谷さん、いい体してるじゃないですか……」

そう口にしてから、ハッと気が付いて顔が赤くなり、

「別に変な意味じゃありません」

「わかってますよ」

針谷が白い歯を見せる。

携帯が鳴る。

「針谷です……あ、兄さんか」

兄の耕助《こうすけ》からの電話である。耕助は国会議員の父・健一郎《けんいちろう》の秘書をしている。

「いや、暇じゃないよ。忙しい……今は無理だって……そっちの都合だけで勝手なことを言うなよ。おい、無理だって……」

電話が切れる。

「お兄さんですか?」

「ええ」

「用事があるのなら行って下さい」

「向こうが一方的におれを呼びつけようとしているだけです。こっちの都合はお構いなしです。いつものことですが……」

「国会議員の秘書には強引な人が多いんですよ。そういう人だから秘書になるのか、秘書になると強引な性格に変わるのか、それはわかりませんけど」

「警察を辞めて、親父の秘書になれと言われてるんです」

「秘書に?」

「群馬の選挙区に空きが出るらしくて、そこから兄貴は出馬するつもりらしいんです。縁もゆかりもない土地ですけどね。で、自分の代わりに、おれに親父の秘書になれという。勝手でしょう？」

「警察を辞めるんですか？」

「断ったんですが、諦めずにしつこく誘うので、とりあえず、もう少し考えたい、と言ってあります。それが悪かったのかな。一日に何度も電話がかかってくる。受信拒否したいくらいですよ」

「少しは迷ってるんですか？」

「兄貴に言われただけなら別に迷うこともないんですが、親父からもよく考えた上で決めてほしい、と頼まれたので」

「ということは、将来的に針谷さんがお父さまの選挙地盤を引き継ぐということですか？」

「何だか取材みたいになってきましたね」

針谷が苦笑いをする。

「まさか……許可なく勝手に記事にしたりしませんよ」

「じゃあ、オフレコですよ」

「はい」

「親父は六四なんですが、七〇で引退するつもりでいるらしいんです」

「あと六年で？　まだお若いのに」

「本人なりの考えがあるみたいです。よぼよぼになっても議員の椅子にしがみつくより、引退して好きなことをして暮らしたいみたいですよ」

「引き際をきれいに、ということですか？」

「そんなところなんですかね。何をしたいのか、よくわかりませんが」

「今時、珍しいですね。死ぬまで国会議員のままでいたいという人ばかりなのに」

「それが親父のいいところかもしれません。年齢《とし》を取るに従って物欲がなくなっている感じです」

「針谷さん、お父さまに似てますか？」

「自分ではよくわかりません。そう言えば、おふくろが面白いことを言ってました。兄貴は若い頃の親父に似ていて、おれは今の親父に似ているって」

「その見方が正しいとすれば、針谷さん、意外と政治家に向いてるかもしれませんね」

貴子がにこっと笑いかける。

6

一〇月一九日（月曜日）

八時三〇分の始業時間になると、部屋の中にけたたましい音楽が鳴り響く。マイスタージンガーの第一幕の前奏曲である。これを聞き終わってから朝礼を始めるというのがSRＯの慣例になっている。

言うまでもなく、これは新九郎の趣味だ。

音楽が終わると、新九郎が口を開く前に、

「室長」

尾形が手を上げる。

「何かな？」

「この音楽、もうやめませんか。朝っぱらから頭が痛くなるんですが」

「ふうん、元気が出ると思うんだけどなあ。でも、考えてみれば、この部署が発足してから、もう半年以上になるんだな。一年は同じ曲で通そうと思っていたけど、半年毎に替えるのも悪くないか。わかった。次はどんな曲にするか考えてみる。モーツァルトじゃ優しすぎるし、ベートーヴェンだと聞き入ってしまいそうだ。やっぱり、ワーグナーがいいかなあ。ワルキューレとか……」

「あ、それって『地獄の黙示録』のテーマ曲ですよね？　名画座で観ました」

純一《じゅんいち》が言う。

「うん、コッポラの映画ね。あの場面でワルキューレを使うのは、正直、どうなのかという気がしないでもないけど、あの映画のおかげで、一躍、有名な曲になったのは確かだね。

川久保《かわくぼ》君が知っているくらいなら、他のみんなにも馴染みやすいかなあ」

「そういう話じゃないんだよ。やめてくれってことなんだけどな」

尾形がぼやく。

しかし、新九郎は尾形のぼやきなどには耳を貸さず、

「富田課長、何か連絡事項はありますか？」

「いいえ、特にありません」

「木戸《きど》君からは？」

「ひとつだけあります。尾形さん、仮払伝票の提出、今日中にお願いします」

「わかった、わかった」

「わたしからも伝達事項はない。朝礼終わり。引き続き、ミーティングに移ろう」

新九郎が言うと、事務方の富田課長と木戸沙織《さおり》は自分の机に戻る。あとの五人はホワイトボードの前に集まる。

「実は、興味深い新聞記事を見付けてね。気になったので、さっきまで調べてたんだ」

「ああ、それで今日は出勤が早かったんですね」

純一がうなずく。

「これを読んで」

新九郎が新聞記事のコピーを皆に渡す。全国紙の社会面で、日付は昨日の日曜日だ。江《こう》

東区《とう》の亀戸《かめいど》中央公園そばの高架下で少年の遺体が発見されたという内容だ。遺体には目立った外傷などはなく、今のところ死因は不明、警察は、事件・事故の両面から調べている……そんな内容である。死因がわからないせいか、記事の扱いは小さい。

「どこが興味深いんですか？」

尾形が首を捻る。情報が乏しいので、何をどう判断していいのかわからないのであろう。

「これは昨日の記事なんだけど、遺体そのものは土曜日の夜に発見されている。通常の手順に従って遺体の身元確認や監察医による検案が行われた。その直後から本庁の捜査一課と新宿署の刑事課が動き出している。面白いと思わない？」

「待って下さいよ。遺体が発見されたのは亀戸ですよね？　あそこの管轄は……」

尾形がつぶやくと、

「城東署でしょう」

針谷が答える。

「ああ、そうだった。城東署だ。亀戸で不審な遺体が見付かったのなら、まず動くのは城東署じゃないですか。事件性が強いのなら、そこに本庁が首を突っ込むのはわかる。何で新宿署なんですか？」

尾形が訊く。

「そこが興味深い点のひとつなんだ。いくつもある興味深い点のひとつという意味だけどね。新宿は都内でも闇金業者が多いところだ。水商売の関係者、ホストやホステス、風俗嬢に一〇万とか二〇万くらいのお金を短期で貸す業者がほとんどで、個人でやっているような、こぢんまりとした業者ばかりらしい。正規の貸金業者として東京都から認可されてはいない。モグリだから、すべて摘発の対象になる。しかし、数が多すぎて、いくら摘発しても追いつかない。必然的に悪質な業者から優先的に取り締まることになる。悪質な業者というのは、つまり、利息があまりにも高すぎるとか、きちんと返済しない客に暴力を振るうとか、目に余るやり方をしている業者ということだ。悪質な上、暴力団の資金源になっている疑いがあれば、文句なしで摘発の対象になる。とは言え、悪質な業者も数が多いから、一度にすべてを摘発はできない。リストアップされた業者を内定し、頃合いを見計らって捜査員が事務所に踏み込むわけだな」

「話の流れがわからないんですが」

尾形が首を捻ると、

「本題に入る前の前置きでしょう。もう少し室長の話を聞きましょうよ」

麗子が言う。

「前置きが長くて申し訳ない。実際、わかりにくい話なんだ。ええっと、どこまで話したかな……」

「悪質な闇金業者の摘発についてです」

　純一が言う。

「ああ、そうだった。で、話の続きだけど……そういう闇金業者の一人に平子良和という男がいた。いた、というのは今はもういないという意味だよ、恐らくね」

「あれですか、その平子という闇金業者を新宿署が内偵していたが、摘発される前に高飛びされちまったということですか？　もしくは、平子に口を割られるとまずいと考えた連中に消されたとか」

　尾形が訊く。

「そこまで詳しいことはわからない。確かなのは、先月末、平子が姿を消したことだ。突然、行方がわからなくなった。捜査の手が迫っていることを察して飛んだ可能性もあるので、新宿署は平子の両親を説得して捜索願を出してもらった。で、平子の自宅マンションと事務所を家宅捜索した。厳密に言うと家宅捜索ではないんだけどね。両親の許可をもらって調べただけだから。自宅マンションには隠し金庫があった。寝室の床にあって、カーペットで隠していたらしい。金庫は空っぽだった。それだけなら、やはり、金を持って高飛びしたのか、と疑いたくなるところだ。しかし、事務所を捜索したら、血痕らしきものがいくつか見付かった。鑑識を入れて、事務所を徹底的に調べたら、部屋から大量のルミノール反応が出た。血痕の残り方が不自然なので、血を拭き取ろうとしたか、あらかじめ床にビニールシートでも敷いたのではないか、というのが鑑識の見立てだ。自宅の洗面所にあったブラシから毛髪を入手してＤＮＡ鑑定したところ、事務所の血痕は平子のものだとわかった。出血量から考えて、恐らく平子は生きていない。何者かが平子を事務所で拷問した。隠し金庫の開け方を聞き出し、金を奪ってから平子を殺して、死体をどこかに運んだのではないか、とわたしは想像している」

「なるほどねえ……」

尾形がふむふむとうなずきながら、

「で、それが亀戸の遺体と何の関係があるんですか？」

「遺体の身元は不明だが、今現在、遺体と特徴が一致するような少年の捜索願は出されていない。だが、ひとつだけわかったことがあるんだ。平子の事務所から複数の指紋が見付かったんだけど、その指紋のひとつが、その少年の指紋と一致した」

「それって、どういうことなんでしょうか？　平子の殺害に、その少年が関与しているということですか？」

麗子が訊く。

「今の段階では、そこまではわからない」

新九郎が首を振る。

「殺害とは無関係に、その少年が事務所にいた可能性はいくらでも考えられますからね。例えば、親が平子から金を借りていて、少年も一緒に事務所に行ったとか、あるいは、少年自身、平子の身内だとか……」

　針谷が言う。

「平子の身辺近くに該当しそうな少年は見当たらないようだね。平子に関しては、かなり前から新宿署が綿密に身辺調査を進めていたらしいから」

　新九郎が答える。

「話を戻すようですが、室長は、この事件のどこに興味を持ったんですか？」

　尾形が訊く。

「わたしが興味を持ったのは、第一にこの少年が何者なのかということ、第二に少年の指紋が平子の事務所で見付かったということだ」

「身元不明の少年と闇金業者殺し……どういう接点があったのか、そこに興味を持ったということですか。でも、新宿署と本庁の一課が本腰を入れて取り組むような事件なら、うちの出る幕はないでしょう。また理事官や管理官に嫌な顔をされるんだから、何にでも首を突っ込むのはやめませんか。今のところ暇だけど、林葉を逮捕した直後だし、ちょっとくらい暇だって罰は当たりませんよ」

　尾形が言う。

「今のところ取り組んでいる事件はないし、当面、この事件の捜査に全力を傾けたいと思うんだ」

「人の話、何も聞いてないよね」

尾形が小さな溜息をつく。

「さて、質問だ」

新九郎が立ち上がり、マジックペンを手に取る。

146センチ　41キロ

「これが少年の身長と体重だよ。うちのメンバーで子供がいるのは尾形さんと富田課長だけだから、お二人に訊いてみよう。尾形さん、この少年、何歳だと思う？」

「うちの息子は五年生だけど、ちょうど同じくらいかなあ。息子は平均より少し体格がいいらしいから、この少年は五年生か六年生……小学校の高学年というところでしょうね」

尾形が答える。

「富田課長、いかがですか？」

新九郎が富田課長に顔を向ける。

「息子はもう大学生ですからね。小さい頃の身長や体重、何も覚えてないですねえ。お役に立てなくてすいません」

富田課長が恥ずかしそうに頭を掻く。

１４５・２センチ　38・２キロ
１５２・６センチ　43・９キロ
１５９・８センチ　48・８キロ
１６５・１センチ　53・９キロ

「これは文部科学省の統計資料なんだけど、小さいほうから順に、小六男子、中一男子、中二男子、中三男子の身長と体重の平均だよ。年齢で言うと、一一歳から一四歳までだ」

「さすが成長期ですね。身長も体重も毎年ぐんぐん増えている」

　麗子が言う。

「うん、このあたりが成長のピークだね。高校生になると身長の伸びも、体重の増加も鈍化してしまう。大体一七〇センチ、六〇キロあたりが天井かな」

　新九郎がうなずく。

「この少年の身長と体重、ほぼ六年生の平均ですよね。それが言いたいわけですか？」

　純一が訊く。

「身元がわからない不審な遺体だから、監察医だけでなく、法歯学の専門家による調査も行われた」

「法歯学って……歯から年齢を推測したり、治療痕から身元を特定したりするやり方ですよね。普通は白骨死体の調査に呼ばれるんじゃないんですか」

麗子が訊く。

「うん、普通はね。だけど、身元特定の手掛かりが何もないときは、歯を調べることが有力な手掛かりになるからね。治療痕があれば、大抵は身元を突き止めることができる」

「突き止められたんですか？」

「いや、この遺体には治療痕そのものがなかったそうだ。それでは身元の突き止めようがない。しかし、面白いことがわかった。咬耗の程度でおおよその年齢を推定できる」

「こうもうって何ですか？」

尾形が訊く。

「咬耗というのは、何かを嚙んだときに歯と歯が互いにこすり合って摩耗することだよ」

「ああ、そうだった。思い出した」

「咬耗の程度から推定すると、この少年の年齢は一五歳から二〇歳くらいになるらしいんだ」

「え？　おかしいじゃないですか。身長と体重が六年生くらいなのに」

純一が首を捻る。

「その疑問を抱いたのは君だけじゃない。法歯学の先生も不思議に思った。それで更に念入りに調査した。わたしは専門家ではないので詳しい説明はできないが、歯の種類によって生え揃う時期が異なっているらしい。それ以外にも歯に含まれる成分の分析から年齢を推定するやり方があるらしい。そういう複数のやり方を組み合わせると、かなり正確に年齢がわかるらしいんだけど、この少年の場合、一三歳から一五歳でほぼ間違いないというんだよ」

「それは、おかしいでしょう。仮に一三歳だとしたら、平均的な一三歳に比べて、身長が一四センチ低く、体重が八キロくらい軽いことになる」

尾形が疑問を呈する。

「発育が遅れていた……もしくは」

麗子がつぶやく。

「虐待ですか」

針谷がつぶやく。

「そうだね。虐待を受けていたとすれば、同年齢の少年に比べて発育が悪いのも理解できるし、捜索願が出されていないのもわかる。子供の行方がわからなくなっても何もしないというのはネグレクトの一種だからね。しかし、そう断定するには慎重な見極めが必要だ」

「何をするんですか?」

る」

純一が訊く。

「幸い、わたしたちの身近なところに法医学と法歯学の両方に精通している専門家がいる」

「何だか嫌な予感がする」

尾形がつぶやく。

「わたしと川久保君、それに芝原君はこれから科警研に出かける」

「夏目さんに会いに行くんですか？　なぜ、わたしまで？」

麗子が小首を傾《かし》げる。

「彼が言うには、他にも山のように仕事を抱えていて、どれも急がなければならない重要な仕事だから、いくら親友の頼みでもそこに新たな仕事を割り込ませることはできない。しかし、自分にはスーパーパワーがあるから、それを発揮すれば他の仕事に支障が出ないように、わたしの依頼を引き受けられるというんだ」

「そのスーパーパワーとやらを発揮するには副室長が必要だと言ってるわけですか、あのデブは？　キモイ奴だなあ。要するに、副室長に会いたいってだけのことでしょうが」

尾形が呆れたように溜息をつく。

「夏目さんに対して偏見を持ちすぎよ。お仕事が忙しいのは本当だし、うちが無理を言ってるわけだから感謝しなければいけないのよ。わかりました。何か差し入れでも買っていきましょう」

　麗子が言う。

「その言葉を聞いたら、夏目さん、鼻血を出して倒れるね」

　新九郎が肩をすくめる。

「おれとハリーは留守番ですか？」

「尾形さんと針谷君には他に頼みたいことがある。楽ではないと思うんだけど……」

7

　科警研。

　新九郎、麗子、純一の三人は法科学第一部・夏目悠太郎の研究室を訪ねた。

「いやあ、相変わらずお美しいですなあ。麗子さんを見ると、拝みたくなります」

　夏目が興奮気味に言う。

「どういう意味ですか？」

　純一が訊く。

「京都や奈良に出かけて、昔の仏像を見物すると、その神々しさに圧倒されて、つい両手を合わせて拝むじゃないか。あれと同じだよ。麗子さんは神々しいほど美しいと言いたいわけ」

夏目が説明すると、ああ、なるほど、と純一がさして感心するでもなくうなずく。

「自分では気の利いたことを言ったつもりなんだよ。ユーモアのかけらも感じられないけどね。芝原君を仏像になぞらえて何が面白いのか、おれなんかにはまるで理解できない」

新九郎が呆れたように首を振る。

「おまえに理解してもらいたいとは思ってないんだよ。麗子さん、もしかして気分を害してしまったのでしょうか?」

夏目が心配そうに訊く。

「とんでもない。光栄ですよ。神々しいだなんて……。わたしなんか、つい最近までミイラ女と呼ばれていたんですから」

「ミ、ミイラ女……」

夏目が鼻の穴を大きく広げて、体をわなわなと震わせる。

「誰だ、そんな失礼なことを言ったのは? あ……わかった。あの加齢臭親父でしょう? 名前を呼ぶのも汚らわしい不愉快なおっさん」

夏目が顔を顰める。

「尾形さんですか? いくら口の悪い尾形さんだって、さすがにそんなことは言いませんよ。ねえ、副室長?」

純一が麗子を見る。

「ええ、外部の人たちですよ、夏目さん」

「あのおっさんのことだから、たとえ口に出さなくても、心の中で何を考えてたかわかりませんよ」

「夏目さん、そろそろ本題に入ってもいいかな？　要望に応えて、芝原君に同行してもらったじゃないか。本来であれば、彼女だって……」

「忙しいと言いたいわけだろ？　おれなんかに会うために、わざわざ出向くことはなかったと言いたいわけね」

ふんっ、と夏目が鼻を鳴らす。

「どうして、そう僻《ひが》むかなあ」

新九郎が溜息をつく。

「この野郎、わざとらしく溜息なんかつきやがって……。ああ、何だか気分が悪くなってきたなあ。昨日、落馬したせいで、腰だってまだ痛いし……」

ああ、痛い、痛い、とわざとらしく腰に手を当てる。

「わたし、夏目さんにお目にかかりたかったんですよ。だけど、ミイラ女だったので恥ずかしくて……。何とか包帯は取れて、絆創膏《ばんそうこう》程度にはなりましたけど……。夏目さんの方から、わたしに会いたいと言って下さって、とても嬉しかったです」

麗子がにこっと笑いながら、これ、差し入れです、シュークリームなんですけど、と手土産を差し出す。

「……」

夏目が真っ赤になる。感動で口も利けない様子である。が、すぐに、

「やべっ」

書類が山積みになった自分の机に駆け寄り、ティッシュを何枚もつかんで鼻を押さえる。

「鼻血ですか？」

純一が驚く。

「ま、まあ、ソファに坐れよ」

照れ隠しに、うひひひっ、と笑う。

新九郎が小型冷蔵庫からペットボトルのお茶を三本取り出し、純一と麗子に渡している間に、夏目はティッシュを丸めて鼻の穴に押し込む。

「で、どうなの？」

新九郎が夏目に訊く。

「ふがふがふが……」

「は？」

「ああ、すまん、すまん」

鼻の穴からティッシュを取り出して謝る。

「こんなものを詰めていたら息ができないし、話もできない。もう止まったかな……。あ、大丈夫そうだ。で、何の話だっけ？」

「いい加減に冗談はやめろよ。こっちだって忙しいんだぜ」

さすがに新九郎がムッとする。

「忙しいといっても、おまえなんか、おれの忙しさに比べれば遊んでるようなものなんだよ。もっとも、おれだって監察医の先生たちには負けるけどな」

「監察医？　もしかして監察医務院に行ったのか？」

新九郎が訊く。

「当たり前だろうが。おまえが調べてくれと頼んできた少年の遺体、発見されたのが土曜日の夜だぞ。一昨日じゃねえか。解剖されたのが昨日だ。まだ書類だってできあがってないし、電話で問い合わせて懇切丁寧に解剖結果を説明してくれるような暇で親切な監察医なんかいないんだよ。何しろ、忙しいからな。アポを取るのだって大変だ」

東京都監察医務院は文京区大塚にある。その職務は、二三区内で発生したすべての不自然死に関し、死体の検案や解剖を行って死因を解明することである。検案というのは、死体を解剖せず、外表を検査して死因を明らかにすることだ。

一年間に行われる検案は、およそ一万四〇〇〇体、解剖は二五〇〇体前後である。一日平均の検案は四〇体弱、解剖は七体弱ということになる。

この検案数は、二三区内における死亡者数のほぼ二〇％である。つまり、都内では死亡者の五人に一人が原因不明の事故や病気で亡くなっていることになる。

　検案班は夏季五班、冬季六班で編成されている。ひとつの班が一日に七体前後の遺体を検案し、そのうち一体を解剖することになるのだから、夏目の言うように目の回るような忙しさと言っていい。

「で、亀戸で見付かった少年の遺体なんだが、目立った外傷もないし、普通なら検案で済ませるところだろうが、発見の状況が不自然だし、身元もわからないので解剖された。遺体を解剖すると、三通の書類が作成される。検視調書、死体見分調書、解剖立会報告書だ。当然ながら、解剖されたのが昨日だし、まだ書類はできていない。仕方ないから大塚まで足を運んで解剖した岸田《きしだ》先生に話を聞いてきたってわけだ。麗子さんのためだと思えば、少しも苦になりませんでしたけどね」

「嬉しいです。ありがとうございます」

　麗子が感謝の言葉を口にすると、また夏目が赤くなる。

「死因はわかったの？」

　新九郎が訊く。

「たぶん、毒物だな。カリウム系じゃないかな」

「青酸カリ？」

「分析中で、まだ断定できないらしい」

　夏目が首を振る。

「毒殺となると、やはり、殺人なんでしょうか？」

　純一が訊く。

「自殺の線は薄いだろうなあ。カリウム系の毒物は、特に青酸カリなんかはあまりにも有名だから、そう簡単に素人は入手できないよ。知り合いに毒物劇物取扱者でもいれば別だろうけどさ」

　夏目が答える。

「何か身元を調べる手掛かりはなかったんでしょうか？　この少年には歯の治療痕がなかったと聞きましたが？」

　麗子が訊く。

「うん、治療痕ね。それさえあれば歯科治療記録から一発で身元を割り出させるんですけどねえ。残念ながら治療痕はありませんでした。でも、そのことで気になることがひとつ」

「何ですか？」

「治療痕がないってことは歯医者にかかったことがないわけじゃないですか。それなら歯が丈夫で健康だったのかと言えば、そうでもないんです。虫歯はあるんですよ、何本も。

だけど、歯医者に行ったことがない」

「親が行かせなかった、ということかな?」

新九郎が首を捻る。

「そうなると、当然、今のご時世、虐待を疑うよな。子供を病院に連れて行かないのも立派な虐待だからさ。で、岸田先生は遺体のレントゲン写真を撮った。すると、腕や足、指なんかに骨折した痕《あと》が見付かった。新しいものではなく、古いものばかりだったそうだけど、どれも治療された痕跡がなく、自然治癒だったらしい。虫歯の放置と同じだな。そうなると、ほぼ間違いなく、幼い頃から虐待を受けて育ったと考えていいだろう」

「この少年の身長と体重は、小学校六年生の平均値に近いけど、幼い頃から激しい虐待を受けていたとすると、実年齢はもっと上の可能性があるよな?」

新九郎が訊く。

「ああ、そうだな。暴力を振るう親が、きちんと子供に食事させていたとは考えにくいからな。幼児虐待の場合、暴力とネグレクトは切っても切り離せない関係だよ」

夏目がうなずく。

「実年齢を割り出せるか?　咬耗の程度から一五歳から二〇歳くらいと推定されているが、それでは幅が広すぎるんだ」

「ふうん、咬耗なあ。白骨化した死体を鑑定するときには役に立つよ。骨になっちまったら、見た目だけで年齢なんかわからないからな。歯から年齢を推定する場合、法医歯科学では咬耗を利用する方法と、もうひとつラセミ化法というのがある。分子生物学を利用した方法だよ。退屈だろうから詳しい説明は省くが、この方法を利用すると、実年齢±三歳くらいまで鑑定できる」

「で？」

新九郎が身を乗り出す。

「一四歳±三歳というところだな」

「ということは、被害者は一一歳から一七歳……咬耗から推定された年齢が一五歳から二〇歳ですから、それを重ね合わせると……一五歳から一七歳ということですか？」

純一が訊く。

「普通は、そうなんだけど、更に念を入れてそれ以外の測定方法も試してみたよ。六点法というやり方がある。咬耗、歯根の吸収の度合い、歯肉の後退、歯髄腔内の第二象牙質《ぞうげ》の添加、第二セメント質の添加、歯根部の透明象牙質……これら六つの要素は年齢と共に量的変化が生じる。ふふふっ、ちんぷんかんぷんという顔をしているな」

夏目が自慢気にほくそ笑む。

「すまん。専門的なことはわからないし、その説明を聞いても仕方がない。結論だけでいい。つまり、どういうことなんだ？」

新九郎が先を促す。

「感じ悪いなあ。なぜ、こっちのやる気を削ぐような言い方をするかなあ」

夏目が嫌な顔をする。

「室長に代わってお詫《わ》びします。いつも感じていることですが、夏目さんの幅広い分野にわたる該博な知識は素晴らしいと思います。尊敬しています。その知識が事件解決にどれほど役に立っているか……。できれば、もっと詳しく伺いたいところですが、今日はあまり時間がありません。別の機会にゆっくり聞かせていただけませんか」

じっと夏目を見つめながら麗子が言うと、夏目がぽわ〜んとした顔になり、

「もちろんです。麗子さんのためならいつでも時間を作ります。いや、作らせて下さい。お願いします！」

「それで、どういう結論に……？」

「ああ、そうでしたね。実は、ラセミ化法が最も優れていて、六点法はその補完的な役割を果たすために有効なんです。それに今回は白骨死体ではなく、ごく普通の遺体ですから、歯以外の肉体的な特徴も加味して検討しました。特にひどい虐待を受けていることが重要です。虐待の種類にもよりますが、成長期の虐待は成長を阻害しますからね。わたしの結論は、ずばり、この少年は一三歳だということです。とは言え、早生まれかもしれないし、遅生まれかもしれない。誕生月による誤差がどうしても生じますから、それを考慮すると、

一四歳である可能性もあり得ます。まあ、どちらかでしょうね」

夏目が自信たっぷりに言う。

「確かか？」

新九郎が訊く。

「おれは、そう言ってるよ。信じる信じないは、そっちの勝手だ」

夏目が肩をすくめる。

「そうか。夏目さんは変人だけど、仕事は一流だ。信じるよ」

「おまえに誉められても少しも嬉しくないんだよなあ……」

「本当に素晴らしいと思います。夏目さんは超一流の研究者ですね」

麗子が感心したように言うと、夏目は露骨に鼻の下を伸ばし、

「いやあ、それほどでも」

と笑う。

「ちょっと失礼」

新九郎が携帯を取り出す。

「もしもし、山根です。そっちは、どう？　ふうん、順調か。夏目さんが言うには、被害者の推定年齢は一三歳か一四歳らしい……。それくらいの数なら、念のために全部コピーしてきてもらおうかな……。うん、わたしたちは警視庁に戻る。では、よろしく……」

「尾形さんですか？」

純一が訊く。

「うん、針谷君と二人でがんばってくれている」

「あの加齢臭親父、どこにいるの？」

「新宿の児童相談センターさ」

8

「順調と言っていいんですかね？」

針谷が首を捻る。

「何を言ってるんだ？　順調だろうが。仕事、進んでるぞ」

尾形がテーブルの上に積み上げられたコピー用紙を顎でしゃくる。

「延々とコピーを取り続けてるだけですよ」

「それが大事なんだよ。よくわからないが、室長がそう言ってたからな」

児童相談所には「ＣＡ情報連絡システム」がある。「ＣＡ」は「Child Abuse（児童虐待）」の略である。これは行方がわからなくなった被虐待児童や、その家庭に関する情報を全国の児童相談所が共有するためのシステムで、一九九九年から運用されている。言うなれば、警察の捜索願のようなもので、行方がわからなくなった児童の氏名、年齢、身体的特徴、家族構成、行方がわからなくなったときの状況などが記入され、可能な場合には本人の写真が添付される。

捜索願との大きな違いは、情報がデータベース化されていないということである。CA情報はファックスで送受信され、受け取った児童相談所では、その用紙をファイルに綴《と》じるだけなので、せっかくの情報が有効活用されているとは言い難いのが現状である。平均して月に三〇枚ほどがファイルされる。

新九郎から命じられたのは、最近三年分のCA情報のコピーである。その数は優に一〇〇〇枚を超える。一枚ずつファイルから外してコピーを取る。単純な作業なので退屈だし疲れる。

「あと半分くらいだ。がんばれ」

「尾形さんも、もう少し働いて下さいよ」

「やってるだろうが」

「コピー機のボタンを押してるだけじゃないですか」

「うるせえなあ。つべこべ言うな」

「こんなことなら川久保をこっちに連れてくればよかった」

針谷がぼやく。

三時間後……。

コピー用紙の入った紙袋を両手に提《さ》げて針谷が調査室に戻ってくる。その後ろから、手ぶらの尾形が悠然と部屋に入る。

「お疲れさま。コーヒーでも飲んで一服したら、早速、作業に取りかかろう」

新九郎が二人に声をかける。

「年齢を絞り込むことはできたんですか？」

針谷が訊く。

「夏目さんが言うには、被害者の少年は一三歳か一四歳だそうだ。思った通り、かなりひどい虐待の痕が身体に残っていたよ。虐待のせいで成長が阻害されてしまったらしい」

「虐待された子供か……。その子がこの中にいるといいですけどね」

ホワイトボードの前に、長テーブルを三つくっつけて作業場が設置されている。その上に針谷が紙袋を置く。

「すごいな、こんなにあるんですか」

純一が驚く。

「どうぞ」

沙織が針谷と尾形にコーヒーを運んでくる。

「ひとつ質問していいですか？」

「何かな?」

　新九郎が沙織に顔を向ける。

「虐待された子供の行方がわからなくなるって、それは犯罪じゃないんですか?」

「なるほど、ファックスで情報を流すような悠長なやり方をしないで警察が捜査しろ……そう言いたいわけかな?」

「そうは言いませんが、何となく、しっくりこない気がしたので……。すいません。差し出がましいことを言って」

「いや、いいんだよ。木戸君が疑問を感じるのは、もっともだ。文部科学省は、毎年、『学校基本調査』を実施している。その調査では、住民票が残っているのに一年以上所在が確認できない子供を『一年以上居所不明者』としている。住民票があるのに行方がわからず、学校に通っているかどうかもわからないという意味だよ。対象になっているのは義務教育期間中の小学生と中学生だ」

「なぜ、そんなことが起こるんですか?」

「理由は、いろいろあるんだ。例えば、親が借金を抱えていて夜逃げしたとかね。そういう場合、住民票を移すと、それを手掛かりにして借金取りが追ってくるから、わざと住民票を残しておくことが多い。父親が妻や子に暴力を振るったりする場合、その暴力から逃れるために妻と子が逃げることがある。住民票を残すのは、父親に追われないためだよ。

両親の職業が不安定で、短期間に次々と仕事を代わり、その都度、転居するので、いちいち住民票を移すのが面倒だ、という事例もある。親が外国人で、国外転居の手続きをせずに子供を国外に連れ出してしまうなんてこともある。どれも実際に起こっていることだよ。もちろん、犯罪に巻き込まれて行方がわからなくなるという場合もあるだろうけど、ほとんどのケースは警察が介入するような事案ではないんだ。警察が関わりにくい理由は他にもある。警察が動くには、その子供や家庭に関する詳しい情報が必要だけど、今は個人情報の管理が厳しいから、学校や児童相談所もそう簡単に警察に情報を提供できないんだよ」

新九郎がテーブル上の紙袋を指差し、

「すごい数だと思うだろう？　だけど、実際には氷山の一角に過ぎない。虐待されていると認定するのも、そう簡単ではないからね。担任の先生や児童相談所の職員の熱心さ次第というところがある。今のCA情報システムが十分に効果を上げているとは言えないだろうけど、それでも何もしないよりはましだと思う。そもそも、CA情報を流すということ自体、そう簡単ではないからね」

「ひどい話だぜ」

尾形が顔を顰める。

「確かに、ひどい」

新九郎がうなずく。

「だけど、もっとひどいことだってある。この子たちは、住民票があるから、学校にも行けたわけだし、だから、先生や児童相談所の職員に心配してもらうことができた。住民票があるっていうのは、つまり、戸籍があるということだ。世の中には戸籍のない子供もいる。なぜ、戸籍がないのか？　理由は単純で、親が出生届を出さなかったからだよ。たったそれだけのことで、行政上、その子供はこの世に存在しなくなってしまう。行政支援を何ひとつとして受けることができないんだ。学校に行く権利すら奪われている」

「そんなことがあるんですか？」

麗子が驚いたように訊く。

「いわゆる、無戸籍児は、そう珍しくないんだよ。今でも、年に五〇〇人くらいは無戸籍児が誕生している」

「なぜ、そんなことに？」

「最大の理由は、離婚後三〇〇日問題だろうね。離婚して三〇〇日以内に生まれた子供は前夫の子と推定するという民法の規定があるけど、実際には新しいパートナーの子である場合もある。むしろ、その方が多いかもしれない。でも、出生届を出すと前夫の戸籍に入ってしまう。話し合いで解決できればいいけど、そこにＤＶが絡んだりすると、そもそも話し合いすら不可能になってしまう。前夫に居所を知られないために、わざと出生届を出さないことがあるくらいだからね。ただ、最近は、それ以外に、これといった理由もないのに出生届を出さないという事例も増えている」

「理由がないって、どういうことですか？」

純一が訊く。

「子供を産んだけど、子供に興味がないとか、未婚のまま子供を産んでしまい、夫となるべき男に逃げられてどうしていいかわからなくなってしまうとか、そもそも出生届を出すことを知らなかったとか……現実に起こっていることを調べると、呆れるような馬鹿馬鹿しい理由がたくさんあるよ。馬鹿馬鹿しいけど、そんなことが理由で子供の人生が大きく狂ってしまうわけだ。わたし個人の意見だけど、それ自体、一種の虐待じゃないのかな。形を変えたネグレクトだよ」

「子供が生まれた瞬間から虐待が始まるってことか……」

針谷がつぶやく。

「亀戸で見付かった少年が無戸籍児でないことを祈ろう。無戸籍児だったら、当然、この中に彼はいないし、彼の身元を探る手立ては何もない」

「じゃあ、始めますかね」

尾形がジャケットを脱ぎ、ワイシャツの袖をまくり上げる。

「どういう手順でやりますか？」

麗子が新九郎に訊く。

「すべてコピーしてきてくれたんだよね？」

「はい」

針谷がうなずく。

「じゃあ、男子と女子に分けよう。女子は除外だ。それから年齢によって絞り込む。判断に迷うものは、とりあえず残して、あとから、みんなで話し合う」


それから二時間……。

メンバー同士であれこれ話し合いをしながら、遺体で発見された少年かもしれないと思われる居所不明児童を選《え》り分けた。その結果、三一枚の用紙が残った。

「これ以上の絞り込みは難しいですね」

麗子が言うと、

「もう絞り込む要素がないからなあ」

新九郎がうなずく。

「写真がもっと鮮明だといいんですけどね」

純一が言う。

三一枚のうち半分には写真が添付されているのだが、ファックス送信されたせいで画像が不鮮明だったり、クラスの集合写真でも拡大したのか、表情がわかりにくかったりする者ばかりなのである。それでも写真がないよりましだが、写真を手がかりにして遺体で発見された少年と照合するのは難しい。それにＣＡ情報は古いものだと三年前、新しいものだと先月のものもある。成人ならば、三年くらいでは、さほど容貌も大きく変化しないが、成長期の少年では、そうはいかない。古い写真と似ていないからといって簡単に排除することはできない。

「遺体の写真を持って、ＣＡ情報を発信した児童相談所を訪ねるしかないね。虐待された子供を覚えている人がいれば、写真を見て、遺体の少年かどうか判断できるだろうから」

新九郎が言うと、

「日本全国を旅することになるのか」

尾形が溜息をつく。

三一人のうち、一四人は首都圏だが、残りは全国各地に散らばっている。九州に二人、四国に三人、関西方面に六人、北陸に一人、東北・北海道に五人である。

「大変だと思うけど、みんなで手分けしてがんばりましょう。言ってみれば、これが本来のわたしたちの仕事なんだから」

麗子が言う。

「ああ、そうだったな。近藤房子とか林葉秀秋とか、いかれたシリアルキラーを東京で追いかけ回してたから忘れそうになるが、この部署の正式名称は『警視庁広域捜査専任特別調査室』だった。広域捜査が専門なんだから全国を旅するのは当たり前ってことなんだよな」

尾形がうなずく。

「休憩して、全国の児童相談所を回るスケジュールを立てよう。アポを取る必要もあるしね。二手に分かれて効率よく回れば、木曜には終わるかな」

新九郎が言う。

「三日で回るのか……」

尾形が溜息をつく。

「必ずしも全部回るとは限りませんよ。運が良ければ、最初に行った先で、この少年の身元がわかるかもしれませんからね」

針谷が慰めるように言う。

「おまえ、本気でそう思ってるのか？」

尾形が横目で睨む。

「いや、少しでも尾形さんの慰めになればと思って言っただけです」

針谷が肩をすくめる。

9

三郎、とこえをかけられても、それが自分のことだとわからずにへんじをしないことがある。

まえは、四郎とよばれていた。

じぶんのなまえだから、がんばってかんじでかけるようにした。それなのに、いきなりなまえがかわったから、こんどは三郎というかんじをがんばってれんしゅうした。

三郎と四郎、このふたつはかんじでかける。

しゅっせして三郎からじろうになったら、またれんしゅうしようとおもう。

しゅっせするっていうのは、まえからいたなかまがいなくなることだ。三郎がいなくなったから、ぼくは四郎から三郎にしゅっせした。

なかまがいなくなるっていうのは、けされることだ。ころされるんだ。たろうがおしえてくれた。

ぼくたちはダーやマムのいぬで、なまいきないぬはけされてしまうんだ。なまいきじゃなくても、としをとっておおきくなるとけされる。

たろうは、そろそろ、あぶない。

だから、けされるまえにかくめいをおこしたいという。じろうもさんせいしている。たろうがけされれば、じろうがたろうになるけど、たろうになると、だいたい、いちねんくらいでけされてしまうからだ。

　つまり、だれでもいつかはけされてしまうということだ。それがいやならかくめいをおこすしかない。

　おまえもなかまになれ、とたろうはいう。じろうもいう。うらぎって、ダーやマムにいいつけたら、おまえもイチもころすっていうんだ。

　ぼくはまよっている。

　ダーやマムのことはきらいじゃない。

　ママやまさしのようになぐったりけったりしないし、しねとかきえろとか、いやなことをいわない。おかねもくれる。ここでみんなとくらすようになってから、ぼくはおなかをすかせたことがない。いつもすきなものをすきなだけたべることができる。

　もっとはやくにげだせばよかったかな、そうすれば、きらにもすきなものをいくらでもたべさせてやれたのになあ……それがとてもざんねんだ。

　かくめいがせいこうして、ダーとマムがいなくなっても、いまのせいかつができるのなら、それでもいいとおもう。イチといっしょにいられるなら、どっちでもいいんだ。やさしいし、しんせつだから、ぼくはイチがすきなんだ。

　どうするかきめてないけど、あれから、たろうやじろうもかくめいのことをいわないから、ぼくもなにもいわないようにしている。

そういえば、このまえ、いやなことがあった。

ダーにおかねをもらってでかけた。

コンビニでおにぎりとジュースをかって、こうえんでひとりであさごはんをたべた。よるまでなにをしようかな、ゲームセンターはたのしいけど、いつもひとりだとてんいんがへんなかおでみる。ほかのこどもがあそんでいるときでないと、ぼくひとりだとめだってしまう。ゲームセンターにいくのなら、ゆうがたがいいんだ。

イチがいっしょならゲームセンターにもいけるし、えいがをみにいくこともできる。でんしゃにのって、ゆうえんちにいくこともできる。

だけど、イチはいそがしいから、いつでもいっしょにでかけてくれるわけじゃない。ざんねんだけどしかたがない。

あさごはんをたべて、なにをしようかかんがえながらブランコをこいでいると、ぼうや、とこえをかけられた。じぶんがよばれたとはおもわなくて、ブランコをこいでいると、また、ぼうや、とこえをかけられた。ブランコをとめてふりかえると、おまわりさんがふたりいた。

ぼうや、なんねんせいだい、なまえは、がっこうにいかなくていいのかい、おとうさんかおかあさんといっしょなのかな、ひとりでこうえんにきたのかい……いろいろしつもんしてきた。

ぼくは、だまっていた。

イチにいわれていた。こどもがひとりでぶらぶらしていると、おまわりさんにはなしかけられることがある。そんなときは、あわててにげたりしてはだめだよ。なにもわからないふりをしてだまっていればいい。パトカーにのせられてこうばんかけいさつしょにつれていかれるかもしれないけど、ひどいことはされないから、こわがらなくていい。おとなしく、おまわりさんのいうとおりにしていれば、そのうち、ひとりきりになるときがあるから、そのすきににげだせばいい。イチにいわれたことをおぼえていたから、ああ、おまわりさんだ、なにもしゃべってはいけないんだったな、だまっていよう、ときめた。

ぼうや、おじさんたちのいうことがわかるかい、こわがらなくていいんだよ、なまえをおしえてくれないかな、どこにすんでるの……なにをきかれてもだまっていたら、こまったな、もしかして、しゃべれないのかもしれないな、とりあえず、こうばんにつれていくか、おまわりさんたちがそうだんして、ぼうや、いっしょにこうばんにいこう、すぐそこだから、というので、ぼくはおとなしくついていった。

こうばんにいくと、むぎちゃをだしてくれた。

すきじゃないのでのまないでいたら、こうばんのそとにあるじはんきでオレンジジュースをかってきてくれた。それは、のんだ。おいしかった。ありがとう、といいそうになったけど、あわててくちをとじた。

　もうひとりのおまわりさんがどこかにでんわしていた。こうえんでおとこのこをほごしました、しょうがっこうよねんせいくらいにみえます、かなりやせています、なにをきいてもこたえません、いや、もしかするとほんとうにくちがきけないのかもしれません、こっちのいうことがわかっているかどうかもわからないかんじでして……。

　ぼうや、なまえいえるかな、かみにかいてくれてもいいんだよ……ぼくはだまったまま、おちんちんをゆびさした。トイレにいきたいのかい、おしっこ？　こっちだよ、もらすとたいへんだからね。

　にこにこしながらトイレにつれていってくれた。

　こしつにはいると、おもったとおり、かべにちいさなまどがあった。せのびしてもてがとどかないので、バケツをひっくりかえしてだいにした。うまくとおりぬけられるかしんぱいだったけど、なんとかそとにでることができた。はしってにげた。

　そのひは、いくつもしっぱいをした。

　はずかしいので、イチにもいわなかった。

　ぼんやりしていて、おまわりさんがくることにもきがつかなかった。ほかにこどものいないこうえんで、ずっとブランコにのっていれば、あやしまれるにきまっている。

　これからは、そのひになにをするか、まえのばんに、きちんとかんがえておこう、ときめた。

トイレにまどがあったからにげられたけど、まどがなかったら、どうなっていただろう。もうイチとあえなくなっていたかもしれない。

ママやまさしのところにつれもどされていたかもしれない。ちいさなしっぱいのせいで、ぼくはいまのらくなくらしをなくしてしまうところだった。

にどとおなじしっぱいをしないぞ、とちかった。

10

何が起こったのか、すぐにはわからなかった。

ぼくのすぐ前を歩いていたイチの体が宙に舞い上がった。あとから考えるとバカなことだとわかるけど、そのときは、イチが空を飛んだのかと思った。

もちろん、そんなはずはない。

車にはねられたんだ。

横断歩道を渡り始めてすぐに、信号無視して突っ込んできた車にはねられた。

一五メートルくらい、はね飛ばされた。

びっくりして、すぐには足が動かなかった。

近くで悲鳴が上がり、何人かがイチに駆け寄った。

ぼくもようやくわれに返って駆け寄ろうとした。

「駄目よ」

背後から腕をつかまれた。

マムだ。

ぼくは洋服をあまり持っていないし、自分ではどんなシャツや靴下を買えばいいのかわからない。だんだん寒くなってくるからジャンパーも買った方がいいと言われたけど、何をどう選べばいいのかわからない。そうイチに言うと、一緒に選んであげるよ、と言ってくれた。二人で買い物に行くはずだったけど、出かけようとしたら、

「わたしも行こうかしら。買いたいものがあるの」

珍しくマムがついてきた。

と言っても、三人で一緒に買い物するわけではなく、待ち合わせの時間を決めて、ショッピングモールの入口で別れた。ぼくはイチと二人で買い物をした。そのショッピングモールはとても大きくて、建物がいくつも並んでいて、建物によって売っているものが違う。別の建物に行くときは、一度外に出て、道路を渡って行かなくてはならない。

イチがはねられたのは、ぼくのものを買い終わって、次にイチのものを買うために、他の建物に向かっているときだった。

「でも、イチが……」

「あんなに人がいる。誰かが救急車を呼んでくれる。わたしたちにできることはないの。わかった?」

「放っておくの?」

「すぐに病院に運ばれる。放っておくわけじゃない。わたしたちは医者じゃないんだから、できることは何もないのよ」

「……」

マムの言うことは、どこかおかしい、そんなの変だ、という気がしたけど、何がおかしくて何が変なのか、うまく口では説明できなかったから、仕方なく黙っていた。

一〇分もしないうちに救急車が到着した。

そして、ほんの二分くらいでイチを乗せて走り去った。

あっという間のことで、何が何だかわからなかった。

三〇分くらい前にはイチと買い物をしていた。

歩きながらソフトクリームを食べて、イチがふざけて、ぼくの鼻の頭にクリームを付けて、それを鏡で見たら変な顔になっていて、二人で大笑いした。

それなのに、イチは車にはねられて、救急車に乗せられて、どこかの病院に運ばれてしまった。

「さあ、行くわよ」

マムがぼくの手を引っ張る。

「病院に行くの？」

「どこの病院に運ばれるかわからないもの。あとで調べるから」

「……」

「もたもたしてると……」

イチが倒れていた方をマムが顎でしゃくる。

救急車と入れ替わるように二台のパトカーがやって来て、何人ものおまわりさんが降りた。野次馬を整理したり、イチをはねた運転手から話を聞いたりしている。イチの知り合いを探しているおまわりさんもいて、現場の近くにいる人たちに何か話しかけている。もうすぐ、ぼくたちのところにも来そうだ。おまわりさんに関わるのは嫌だったから、マムと一緒にその場を離れた。イチが倒れていた場所には大きな血の染みができていた。

キャンピングカーに戻ると、ダーはいたけど、太郎と次郎はまだ帰っていなかった。

「大変よ」

「どうした、慌てて？」

「イチが事故に遭ったの。信号無視の車にはねられて病院に運ばれた」

「ひどいのか？」

「そう思う。車はスピードを出してたし、ものすごくはね飛ばされた。かなり出血もしてたみたいだし」

「意識はあるのか？」

「わからない」

「どこの病院に運ばれた？」

「それも、わからない。警察が来たから、すぐに現場を離れたの」

「おまえと三郎が知り合いだってことは？」

「それは大丈夫」

「ちょっと待て」

ダーが電話をかける。どうやら警察のようだ。

「ええ、一時間くらい前なんですが、店の前で事故があったと聞きまして……。実は、娘と連絡が取れないので、もしかして、と思いまして……。ああ、そうですか、わかりました。問い合わせてみます」

ありがとうございます、と電話を切る。

「病院がわかった。電話してみる」

ダーがまた電話をかける。今度は病院だ。

「一時間くらい前に、交通事故でそちらの病院に運ばれた少女がいると聞きました。実は、娘と連絡が取れないので、もしかしてと思いまして……。名前はわかりますか？　はあ、わからない……。うちの娘は一五歳なんですが……。意識不明ですか……。命に別状は……。なるほど、念のために、そちらに伺って確かめようと思います」

ダーが電話を切る。

「聞いてたな？　まだ意識が戻らないそうだ。精密検査をして、すぐに手術をするそうだから、もしかすると助からないかもしれない。命に別状はないのかと訊いたら、向こうは言葉を濁していた」

「どうするの？」

「そうだな……」

ダーは、ぼくを見た。

ぼくがいることを忘れていたみたいだった。

「三郎、マムと大切な話をするから、おまえは向こうに行きなさい。イチのことは心配するな。無事だから」

「助かる？」

「ああ、助かるとも。とりあえず、おれが病院に行って様子を見てくる」

「ぼくも行ける？」

「手術が終わるまでは無理だな。心配しないで向こうでマンガでも読んでいなさい」

ぼくは外に出た。

だけど、イチのことが気になるので、ドアを完全には閉めず、わざと隙間を開けておき、そのそばにしゃがみ込んだ。ダーとマムの話を盗み聞きするためだ。

「どうするの？」

「軽い怪我なら、すぐに引き取りに行くが、思っていたより重傷のようだ。長く入院するくらいなら、いっそ手術で死んでくれればありがたい。身元がわかるようなものは持っていないだろうな？」

「身元といっても偽物だけどね。何も持ってないはずよ。そういう点は、しっかりした子だから」

「おれたちに繋がるようなものは？　携帯は持ってるだろう」

「ああ、携帯は持ってるわね。だけど、ロックされてるでしょう。わざわざ警察がロックを解除するかな？」

「いつまでも身元がわからず、家族も現れないと解除しようとするかもしれないな。そう簡単に解除なんかできないだろうが……。むしろ、病院で血液や指紋を採取されて、警察がそれを犯罪者データと照合する方が心配だ」

「ＤＮＡや指紋を調べるってこと？　だけど、それだけじゃ身元なんかわからないでしょう。イチは逮捕されたことなんかないから」

「犯罪現場に残っている身元不明のＤＮＡや指紋と照合されれば、どうなるかわからない」

「そうか。現場に残ってるかもね。まあ、それはイチだけの話じゃないけど」

「怪我が治って、ここに戻ったとしても、今までのような仕事は無理だろう。入院中に血液や指紋だけでなく顔写真も撮られるだろうから、今後、現場に証拠を残せば、すぐにイチが追われることになる。そうなれば、イチだけじゃなく、おれたちも危なくなる」

「つまり、どうしたいわけ？」

「手術がどうなるかだな。これから病院に行ってくる。失敗して死んでくれればいいが、もし成功したら……」

「消す？」

「そうだな。消すしかない」

そこまで聞いて、ぼくは自分のキャンピングカーに戻った。太郎と次郎は戻っていなかった。イチのことが心配で、どうすればいいだろう、とずっと考えたけど、いい考えは何も浮かばなかった。

夜になって太郎と次郎が帰ってきたけど、イチのことを知っているのか知らないのか、いつもと変わらない様子でゲームをしたりマンガを読んだりしていた。

次の日、昨日の事故現場に行ってみた。

血はきれいに洗い流されていて、ほんの少し黒っぽい染みが残っているだけだった。

イチがどうなったか心配でたまらなかった。

でも、病院がわからないのでお見舞いに行けなかった。起きてすぐにダーとマムに訊いたけど、心配するな、大丈夫だ、と言うだけで何も教えてくれなかった。

ダーがやっていたように警察に電話すればいいかと思い、公衆電話のあるところに行ってみた。受話器を手にしたけど、電話をして警察にどう話せばいいのか、それを考えると、何だか怖くなって、結局、警察には電話できなかった。

夕方まで、その店にいて、ご飯を食べたり、ゲームセンターで遊んだり、事故現場をうろうろしたりして過ごした。

暗くなってきたので、晩ご飯用にコンビニでおにぎりとジュースを買って、キャンピングカーに戻った。珍しく太郎と次郎が先に帰っていた。二人は何やらひそひそ話をしていた。ぼくの顔を見ると、わざとらしく話をやめ、それぞれマンガを読んだり、ゲームを始めたりした。嫌な感じがした。

次の朝、キャンピングカーを出て、今日は何をして過ごそうかなと考えながら歩いていると、

「おい、三郎」

と声をかけられた。太郎だった。次郎も一緒だ。

朝飯を一緒に食おうぜ、と誘われた。

断ろうとしたら、

「イチの話だぞ」

と、太郎が言うので、ついていくことにした。

ファストフード店の二階でモーニングセットを食べた。

「イチの話って、何？」

「助かったぜ。手術がうまくいったらしい」

「本当？」

「ああ、ダーに聞いた。病院に行ってきたってさ」

「よかった……」

「ひどい怪我をしたみたいだから、すぐには退院できない。二週間くらいは入院するみたいだな。もしかすると、もっと長くなるかもしれない」

「そんなに長く……。でも、仕方ないよね。命が助かったわけだし」

ぼくが言うと、太郎と次郎が顔を見合わせて、くすくす笑った。

「甘いなあ、本当に助かったと思うわけ？」

太郎が笑いながら訊く。

「どういう意味？」

「昨日さ、おまえがいないとき、おれと次郎がダーに呼ばれたんだよ。何を言われたと思う？　イチを始末しろってさ」

「え」

「やり方は、おれたちに任せるそうだ。どうやって殺すか、二人で相談してたんだ。おまえだったら、どうする？」

「嘘だ。ダーがそんなことを言うはずがない。太郎は嘘をついているんだ」

腹が立ったので、ぼくは席を立とうとした。

「おい、何で、おれたちがおまえに嘘をつく必要があるんだよ。以前、教えてやったじゃないか。おれたちはダーとマムの犬なんだよ。役に立つ間は面倒を見てもらえるけど、役に立たなくなったら消されるんだ。忘れたのか？」

「覚えてるけど……。イチは役に立つよ。車にはねられて入院しただけじゃないか。何で、消されるんだよ？」

「バカだなあ」

次郎が呆れたように溜息をつく。

「病院で動くことができない間に警察がいろいろ調べるじゃないか。名前を訊かれる。住所を訊かれる。親は？　兄弟は？　学校は？　写真も撮られるし、指紋も採られる。すぐにはしゃべらないかもしれないけど、心細くなってきたら何を言い出すかわからない。ダーやマムのこと、おれたちのこと、今までやってきたこと……何だってしゃべるかもしれない。そんなことにならないように口封じをするってことなんだよ。わかったか？」

「ダーとマムからは、三郎には何も言うな、と念を押されたよ。おまえがイチにべったりなのを知ってるからな。手術が失敗して死んだ……たぶん、そんな嘘でごまかすつもりなんだよ」

「どうして教えてくれたの？」

「ダーとマムの正体を思い知らせるためだ。おれと次郎は革命を起こす。おれたちの仲間になるように誘っただろう？　まだ返事を聞いてなかったよな。どうする？　もう迷ってる時間はないぜ。おれと次郎はイチを消すように命令されてるんだからな」

「ぼくが革命の仲間になったらイチは助かるの？」

「助かるさ。先手を打って、ダーとマムを消しちまうんだから。つまり、イチが助かるかどうかは、おまえ次第ってことなんだよ」

「どうするんだよ？　ここで決めろ」

太郎と次郎に詰め寄られた。

どうすればいいだろう……ちょっと迷ったが、二人の言うように、もう迷っている時間はない。この二人なら本当にイチを殺すに違いないと思った。

たぶん、今日か明日だ。

「わかった。革命の仲間になる」

そう言うしかなかった。

イチが入院している病院を太郎に教えてもらった。

一人で病院に行った。

太郎は病室も知っていたし、面会時間も知っていた。面会は禁止されているから、看護師や医者に注意されたら、間違って病室に入った振りをしろ、と言われていた。重傷だから頻繁に看護師が見回りに来るし、時々、警察も来るらしい。イチの知り合いだと知られたら、おまえだって捕まるかもしれないぞ、と太郎に脅かされた。

大きな病院で人がたくさんいた。

患者も多いし、医者や看護師も多い。

どこを見ても人がいる。

エレベーターに乗り、教えられた病室を探した。

よくわからないので廊下で迷ってしまい、あっちに行ったりこっちに行ったり、でたらめにうろうろ歩き回った。病院の人に注意されたらどうしよう、と心配したけど、誰にも話しかけられなかった。医者も看護師もみんな忙しそうだった。面会に来ている人もたくさんいた。そのおかげで、ぼくもあまり目立たなかったのだと思う。

イチの部屋には、ドアに「面会謝絶」という札がかかり、ドアが閉まっていた。鍵はかかっていなかったので、素早く部屋に入った。

　イチがベッドに横になっていた。

　顔や頭を包帯で覆われ、鼻と口にチューブが入っている。腕にも何か貼られていて、そこからコードが伸びて機械に繋がっている。

　その姿を見ただけで、ひどい怪我をしていることはわかった。顔色も悪くて、やけに白っぽく見えた。

　ベッドに近付いて、

「イチ」

　と呼んでみた。

　返事はない。

　イチは深く眠っている。

「ぼくが守る。前はイチが助けてくれた。今度は、ぼくが助ける。何も心配しなくていいよ」

　イチが死ぬなんて絶対に嫌だ。

　事故で死ななくてよかった。

　助かってくれてよかった。

　せっかく助かったのに、ダーはイチを役立たずとして殺そうとしている。

そんなことは許さない。
絶対に許さない。
イチを守るためなら、ダーもマムも殺す。
何の迷いもない。

11

一〇月二一日（水曜日）

クラシックの流れる喫茶店の奥まった席で、石塚美和子は娘の麻友と向かい合っている。テーブルにはアイスコーヒーが置かれているが、二人とも手を付けていないのでグラスが汗をかき、コースターが水で湿っている。

麻友はうつむいたまま黙りこくっている。

美和子も何から訊けばいいのか、どう切り出せばいいのか迷ってしまい、まだ言葉を発することができずにいる。

美和子は休日だが、病院で大切な手術をすることになり、急に休日出勤しなければならなくなったと夫の仁志に嘘をつき、介護ヘルパーの富田早苗に文子の世話を頼んだ。出費は痛いが、どうしても外出する必要があった。麻友と話をしたかったのだ。

まるでスパイのように麻友を尾行した。帽子を被り、サングラスをかけて変装した。見るからに怪しい中年女ができあがったが、人目など気にしていられなかった。

麻友が専門学校で授業を受けている間は、ビルの外で待った。水曜は授業が少ないと知っている。

二時間ほどで麻友は外に出てきた。友達と一緒だったが、駅前で別れ、麻友は一人でファストフード店に入った。ハンバーガーを食べながら三〇分ほど休憩し、それから電車に乗って五反田に向かった。

思った通り、麻友は「シャーロット」に向かう。

店に入る直前、美和子は声をかけた。振り返った麻友は、目の前に母親が立っているのを見て顔色を変えた。

「話があるの」

「あ……。でも、今は……」

何か言いかけるが麻友は口をつぐみ、わかった、と小さくうなずく。これから仕事だから、とは口にできなかったのであろう。美和子がここにいるということは、当然、その仕事がどんなものか承知しているに違いないからだ。

そんな事情で、二人は今、喫茶店で向かい合っている。

「いつからなの？　あのお店だけど」

ようやく美和子が口を開く。

「えっと……半年くらいかな」

顔を伏せたまま、麻友が答える。

「どうして！」

つい声が大きくなる。周囲に視線を走らせ、慌てて声を潜め、

「どうして、あんな店で？」

「お金。他に理由なんかないよ」

「それにしたって、何もあんな……」

言葉に詰まる。

「風俗って言いたい？」

麻友が顔を上げて美和子を見る。口許に薄ら笑いを浮かべている。

「コンビニとか居酒屋でバイトした方が世間体がいい？　娘が風俗で働いてるなんて知られたら、お母さんだって職場に居辛いよね」

「そんな話をしてるんじゃないわ」

「当たり前のバイトじゃ稼げないもん。時給八〇〇円とか九〇〇円じゃどうにもならないの。焼け石に水。好きでやってるわけじゃないし」

「なぜ、そんなにお金が必要なの？」

「借金の返済」

「借金って……いくらあるの？」

「二〇〇万くらいかな……。最初は、それくらいだったけど、利息がバカ高いし、返済が遅れると延滞金を上乗せされるから、今はもっと増えて、四〇〇万くらいになってるかも。よくわからない」

麻友が首を振る。

「何のために、そんな借金を作ったの？」

喉がからからになり、氷が溶けて水っぽくなったアイスコーヒーを口にする。体が小さく震えているのがわかる。底知れぬ真っ暗な深淵を覗き込んでいるような気がする。

「最初は、ちょっとだけだった。三万とか五万とか……。必要なときに、ちょこちょこっと借りるだけ。簡単に借りられるから、あまり深く考えずに気軽に利用したっていうか……。向こうは喜んで貸してくれたし。そのうちに、だんだん返済が苦しくなってきて、そのたびに借りて、それで返して、また借りて……その繰り返しで、いつの間にか借金がどんどん増えた。わたし、いいカモだったのね」

「銀行……そんなはずはないわよね。サラ金？」

「闇金。サラ金より簡単に貸してくれるけど、取り立てが厳しいし、利息も高い」

「お金が必要なら相談してくれればよかったのに……」

美和子が口にすると、麻友の形相《ぎょうそう》が変わり、

「それ、本気で言ってる？　相談すれば、お金をくれた？」

「必要なお金なら、あげたわよ」

「去年の夏、友達みんなで沖縄に行きたいって頼んだら、ダメだって言ったじゃない」

「あれは……お父さんの新しい仕事がなかなか見付からなくて、うちも節約しなければと思っていたから……。あのときは自分の貯金から旅行費用を出したんでしょう？」

「貧乏って嫌だよね」

麻友が溜息をつく。

「お金がすべてだとは思わないし、お金があれば何でもできるとか幸せになれるとか、そんなことも考えてないけど、お金がないと、すごくみじめになるのは本当だよね」

「誰だって少しは我慢してるわよ。わたしだって、お父さんだって……」

「バカな娘だと思ってるよね。こんな大きな借金を拵《こしら》えて、その揚げ句、返済ができなくなって風俗なんかで働いて……。でもね、わたし、ブランド物を買ったり贅沢したり、そんなことにお金を使ったわけじゃないわよ。友達が普通にやってることを、わたしも普通にやろうとしただけなの。普通にやっていくお金が足りなくて、人並みに生活したくて、それでお金を借りただけ……。まさか、こんなことになるなんて思ってなかったけど」

「お小遣い、足りなかった？」

麻友と翔太には月に三万円の小遣いを渡している。決して多いとは言えないだろうが、今の石塚家にはそれが精一杯だ。仁志の小遣いは二万円、美和子は一万円だ。

「家計が苦しい中からお小遣いくれてるのはわかってる。感謝してるよ。でも、そこからお昼代を出したら、洋服も買えないしコンパにも行けない。もちろん、足りない分をバイトで賄うべきだとわかってる。だから、わたしもそうしてた。それで行き詰まったから……」

「やっぱり、こんなことになる前に相談してほしかった」

「相談なんて無理」

麻友がふーっと重苦しい溜息をつく。

「お父さん、会社を辞めてから人が変わったよね。ものすごく意地悪で怒りっぽくて嫌な人になった。お母さんに八つ当たりばかりしてる。お母さんは、すごくがんばってる。看護師としてフルタイムで働いて、口うるさくてわがままなおばあちゃんの世話をして……。お父さんに相談すれば怒鳴られるだけだとわかってるし、お母さんには、これ以上、苦労させたくなかったから相談できなかった。自分で何とかするしかないと思ったの」

麻友が指先で目許を拭う。

「麻友……」

美和子の目にも涙が滲む。

「……」

二人が黙り込む。

美和子は頭が混乱している。何とか麻友の窮状を救ってやりたいが、どうすればいいかわからない。お金があれば解決できるだろうが、今の石塚家に何百万という大金を用意するのは不可能だ。

麻友の携帯が鳴る。

「出たら？」

「うん……」

気の進まない様子で麻友が電話に出る。その途端、慌てて携帯から顔を離す。テーブルを隔てた美和子の耳にも携帯の向こうから男の怒鳴り声が聞こえてくる。あまりの大声に驚いて、咄嗟に携帯を離したのであろう。

(あの男だわ)

松浦茂樹に違いない、と美和子は直感する。

「携帯を貸して。その男なんでしょう、闇金？」

美和子が手を差し出す。

「……」

麻友はどうしようか迷ったが、すぐに携帯を美和子に差し出す。

「もしもし」

「てめえ、また無断欠勤しやがったな！　今度という今度は……」

「わたし、麻友の母です」

「は？　何だって」

「麻友の母親です」

「母親？」

「はい。母親です。うちの娘がお宅様からお金を借りていると聞きました」

「娘さんに代わってもらいたいんですけどね」

「うちの娘に変なことをさせないで下さい」

「待って下さいよ。金を貸してくれと言うから貸してやった。返せないと言うから、仕事を紹介してやった。それだけのことですよ。返すあてもないのに他人から金を借りたりするから、こんなことになったんです。貸した金を、利息をつけてきちんと返してもらう。それが、わたしの商売なんですよ。それとも何ですか、お母さんが娘さんに代わって返済してくれますか？　そうしてもらえれば、こっちもありがたいんですが」

「詳しいことを聞かせて下さい」

「いいですよ。これから時間、ありますか？」

「大丈夫です」

「今、どちらに？」

「五反田の駅前です」

「はあ、五反田ね……。娘さんの職場の近くってことですか。わたし、今、新宿にいますので、渋谷で待ち合わせでどうですか？」

「はい、それで結構です」

「では……」

松浦茂樹が待ち合わせ場所を指定する。

「三〇分ほどで行けると思います」

「わたしもすぐに出ます」

「あの……」

「何でしょう？」

「娘さんに、これから出勤するように言ってもらえませんかね？　どうせ五反田にいるわけでしょう」

「……」

美和子は返事をせずに携帯を切る。

12

三〇分後……。

美和子は渋谷駅近くのマークシティにいる。

指定されたコーヒーラウンジの前で待っていると、

「石塚さんですか?」

と声をかけられた。

黒いスーツを着た三〇歳くらいの男だ。白いシャツにレジメンタルのネクタイ、黒の革靴、焦げ茶色のビジネスバッグを手にしている。髪は短く、銀色の地味な眼鏡をかけている。ごく普通のサラリーマン姿で、全体的に地味で落ち着いた雰囲気なので、銀行か証券会社のような堅い職場に勤めている感じだ。とても闇金業者には見えない。携帯の向こうで麻友に怒鳴りまくっていた男と同一人物だとは思えず、美和子は戸惑《とまど》いを感じた。

「松浦さん?」

「はい、松浦です。先程は失礼しました。入りましょうか」

先になって店内に入り、ウェイターに指示して奥のテーブル席に案内させる。席に着くと、何になさいますか、と丁寧に訊く。

「コーヒーをお願いします」

「ブレンドでいいですか?」

「はい」

「ブレンドとエスプレッソ」

オーダーして、ウェイターが去ると、

「早速ですが本題に入って構いませんか？」

「お願いします」

「別に面倒な話ではないんです。こちらとしては、娘さんに貸したお金を返してもらえれば、それでいいだけのことですから」

「いくら返せばいいんですか？」

「お待ち下さい……」

ビジネスバッグから書類と電卓を取り出す。ピンク色の大きな電卓だ。松浦が書類を確認している間にコーヒーとエスプレッソが運ばれてきた。

「どうぞ」

「あ……はい」

美和子がコーヒーに砂糖とミルクを入れ、スプーンでかき混ぜる。

「一日ごとに利息が増えていきますので、とりあえず、これが昨日までの貸付残高です。厳密に言うと、今日はもう少し増えてますね」

数字を打ち込んだ電卓を、松浦が美和子に差し出す。

「……」

美和子は息が止まりそうになる。

5、017、054

「こ、これ……」

ごくりと生唾を飲み込む。

「五〇〇万ということですか？」

「そうですね。五〇〇万を少し超えてますか」

「麻友は二〇〇万くらいだと話してましたが」

「最初は、それくらいでしたよ。でも、追加で借りたり、返済が遅れたり、遅れると延滞金が上乗せされますし、どんどん増えたという感じですかね」

「毎月、返済してるんですよね？」

「約束では、月々一〇万五〇〇〇円の返済なんですが、今月は九万しか入ってませんでした。よくあるんですよ、約束の金額より少ないことが」

「毎月それだけのお金を返して、返済が終わるのはいつなんですか？」

「一〇年はかからないでしょう。たぶん、八年くらいじゃないですか。もちろん、約束した金額をきちんと払い続ければ、という前提ですが」

「八年……」

美和子は呆然《ぼうぜん》とする。

「ご両親が肩代わりして一括返済して下さるというのであれば、そんなにはかかりません。今月中に一括返済して下さるのであれば、五〇〇万そこそこで済みますよ」

「そんな大金、どうやって……」

「普通のバイトなんかじゃ無理ですよね。だから、稼ぎのいいバイトを紹介したんです。だけど、もうあそこでも無理だな。ヘルスの稼ぎなんかではどうにもならないから、ソープに移ってもらおうかと考えていたところです」

「何を言ってるんですか、冗談じゃない。うちの娘をソープだなんて」

「さっきも言いましたが、わたしは貸した金を返してもらえれば、それでいいんです。ご両親が払って下さいますか？」

「無理ですよ、そんな大金」

「それなら……」

松浦がエスプレッソを飲み、ふーっと息を吐く。

「お母さんも働きますか？」

「え？」

「看護師をなさっていることは知っています。お仕事の邪魔にならないような働き口を紹介します。週に二日くらい、五時間か六時間働くだけでかなりの稼ぎになります。今は様々な需要がありましてね。七〇歳を過ぎていても構わないし、容姿も関係ないんです。ブスが好きだとかデブが好きだとか年寄りが好きだとか、人によって好みはいろいろですから。看護師であることをアピールすれば間違いなく稼げます。コスプレで……」

「やめて下さい！」

声は低いが、強い口調で美和子が言う。

「無理強いしているわけではありません。そういうやり方もあると申し上げただけです」

松浦がジャケットの胸ポケットから名刺入れを取り出し、名刺を一枚、美和子の前に置く。携帯の番号とメールアドレスが印字されただけのシンプルな名刺だ。

「三日待ちます。ご両親でよく相談なさってはいかがですか。一括返済していただけないのであれば、娘さんにソープで働いていただきます」

13

一〇月二二日（木曜日）

美和子は暗い気持ちで家を出た。

足が鉛のように重い。絶望という言葉の意味を骨身に沁《し》みて理解したような気がした。

昨日、麻友から話を聞き、その後、松浦茂樹に会った。恐ろしい話だった。自分が立っている地面が音を立てて崩れていくような衝撃を受けた。

しかし、それでも絶望はしなかった。何とかしなければ、麻友を助けなければ、という強い使命感が心の奥底からふつふつと湧いてきて武者震いしたほどだ。母親としての強さであろう。

(所詮、お金の話じゃないの)

突き詰めて考えれば、麻友の借金を何とかすればいいだけの話である。五〇〇万は大金だし、今の石塚家にそんな大金がないのも事実だが、資産がないわけではない。資産といっても古ぼけた家があるだけだが、それでも持ち家である。都内の一戸建てだし、土地を担保にすれば銀行から五〇〇万くらい借りられるのではないか……渋谷で松浦に会った帰り道、そんなことを美和子は思案した。法外な利息を取る闇金業者に延々と返済するより、銀行に返済する方がましではないか、と思うのだ。

もちろん、美和子の一存で決められることではない。持ち家は仁志の父親が建てたもので、父親が亡くなったときに仁志と文子が権利を半分ずつ相続した。その家を担保にして銀行からお金を借りるとなれば、当然ながら二人の了解を得る必要がある。

美和子は楽観していた。

普段は仁志とも文子とも必ずしも良好な関係だとは言えない。ぎくしゃくしていると言っていい。

美和子のためにお金が必要だというのであれば、二人とも相手にしてくれないかもしれないが、麻友は仁志にとっては娘、文子にとっては孫である。その麻友が困り果てているのだ。きっと救いの手を差し伸べてくれるに違いない、と美和子は考えた。

が……。

その期待は、あっさり裏切られた。

麻友が拵えた借金を返済するために家を抵当に入れて銀行からお金を借りたい……麻友が風俗で働いていることを隠して、美和子が説明すると、仁志は怒り狂った。

「バカ娘が！」

と、麻友を罵り、そんな間抜けな娘のために大切な家を抵当に入れることなどできない、と拒否した。

美和子は啞然《あぜん》とした。

今のままでは法外な利息を取られた上、この先、一〇年近く返済を続けなければならない、まだ若い娘にそんな重荷を背負わせるのはかわいそうだから、わたしたちが助けてやりましょう、わたしたちの娘なんですから……何とか仁志を説得しようと美和子は言葉を尽くした。

「ふざけるな！　自分で蒔《ま》いた種だ。一〇年だろうが二〇年だろうが自分で責任を取らせればいい。大体、母親であるおまえがだらしないから娘までだらしなくなるんだ……」

仁志はここぞとばかりに美和子を責め立てた。それまで腹の中に溜め込んでいた不平不満、怒りや腹立ちをすべてぶちまけるかのように悪口雑言を美和子に浴びせた。憎悪の凄まじさに美和子はめまいがしそうだった。

その夜、美和子は、ほとんど眠れなかった。

それでも、いつものように五時に起きた。

台所でぼんやりしていると、チリン、チリンと鈴の音が聞こえた。文子だ。

ドアを開けると、むっとするような糞尿の臭気が鼻をつく。何年経とうが慣れることのない嫌な臭いである。カーテンを開け、少し窓を開けて空気を入れ換える。おむつを取り替えてから、部屋の掃除をするのが習慣だ。それが終わってから、みんなの朝食を作る。

「美和子さん」

掃除をしている美和子に文子が声をかける。

「はい」

「仁志から聞きましたよ。麻友が困ったことになっているそうね」

「あ……」

いったい、いつ、そんな話をしたのだろう、ゆうべ、わたしが入浴している間だろうか、と美和子が訝る。

「大金が必要だって、仁志が言ってたけど」

「そうなんです」

「この家を担保にして銀行からお金を借りたいんですって？」

「あの人が言ったんですか？」

美和子の前では激しい怒りを爆発させたが、頭を冷やしてから、やはり、何とかしなければならないと考えて文子に相談してくれたのだろうか……そんな淡い期待を抱いて美和子の胸が高鳴る。

「冗談じゃないよ、って」

「え？」

「こうも言ってましたよ、バカからバカが生まれて、バカがバカなことをする」

「……」

「まったく呆れるわ。二〇歳そこそこで大きな借金を拵えて、実家を売らせようとするなんて」

「売るわけじゃありません。担保にして銀行からお金を借りるだけです」

「そのお金を返せなければ、この家を銀行に取られるって話でしょう？　仁志だって、仕事を替わってから、ろくな稼ぎもないじゃないの。いつまた失業するかわからないし、お金なんか借りたらどうなることか……」

「それは先の話です。今は麻友のことが……」

「だらしがないわねえ。仁志が言うのよ。美和子はバカで、だらしのない女だって。そんなことを言うもんじゃないって注意しましたよ。だって、美和子さんが看護師として一生懸命に働いてくれているから、うちは何とか暮らせているわけですからね。少しくらい美和子さんが威張っても仕方がないわよ。ねえ？」

「わたしは別に威張ってなんて……」

「いいのよ、美和子さん。あなた、立派なんだから。こんな嫌なばあさんの世話をして、ほとほとうんざりしているでしょうに、娘が借金まで拵えて、しかも、まだ学生だっていうのに……。どういう育て方をすれば、そうなってしまうのか、わたしのような頭の古い人間には、さっぱりわかりませんけどね」

「あの……銀行からお金を借りる話は……？」

「仁志はね、誰がそんなことをするもんか、絶対に許さないって、すごい剣幕でしたよ。母さんも美和子の口車に乗っちゃダメだぞってね。だけど、わたしとしては胸が痛むわ。だって、美和子さん、困ってるんでしょう？　それがわかっていながら、いつもお世話になっている美和子さんに頭を下げられたら断れるかしら……これでも悩んだのよ。どうせ長くもない命だし、わたしが死んだら、あなたたちの財産になるわけだものねえ」

「お母さん……」

「でも、やめたわ。確かに麻友は大切な孫ですよ。かわいくないはずはないわ。だけど、向こうは、どう思ってるのかしら。同じ屋根の下で暮らしていながら、翔太も麻友もろくに顔も見せやしない。たまに会うと、汚いものでも見るように嫌な顔をする。まあ、その気持ちはわかりますよ。だって、汚いばあさんだもの。気持ちはわかる。だからこそ、お金なんか用立ててはいけないと思うのよ。自分で何とかしないとね。身内に冷たくしている者は、自分が困ったときにも身内を当てにしてはいけないの」

「お母さんの気持ちはわかりますが、あの子が自分で何とかできる金額ではないんです」

「話は変わるんだけど、あなた、仁志に優しくしてる？」

「は？」

「ほら、富田さん」

「富田さんが何か？」

「あの人もシングルマザーで苦労してるらしいのよ。知ってるでしょう？　仁志もいろいろ苦労してるし、何だか、話が合うみたいなのよ。この頃、よく台所の方から二人の笑い声が聞こえてくるのよ。男と女って、何かのきっかけで垣根が取り払われると、そこから先は早いじゃない？　美和子さんががんばってるのはわかるけど、少しは仁志を大事にしないと、どうなるかわからないわよ」

「……」

美和子の足取りは重い。

職場に向かうのではなく、このままどこか誰も知らない場所に消えてしまいたい気持ちだ。仁志の怒りは理解できなくもない。麻友の窮状を知りながら、自分は何もしない、放っておけという態度には腹が立ったものの、いきなり、ゆうべのような話を聞かされれば、パニックにならない方がおかしい。時間が経ち、冷静さを取り戻せば、また落ち着いて話し合えるのではないか、と美和子は期待した。

しかし、文子は、そうではない。

（なぶられた……）

という強い憤《いきどお》りを感じる。

文子は美和子が困っているのを知って、嬉しくてたまらなかったに違いない。だからこそ、いつもは尖った口調で文句ばかり言うのに、今朝は猫撫で声で、いかにも物分かりのいい姑を演じて見せたのだ。

もちろん、金を工面しようなどという気持ちは最初からなかったであろう。美和子を期待させ、その期待を裏切ることで、美和子をなぶったのだ。美和子の心を弄《もてあそ》び、文子の言葉に一喜一憂する美和子の様子を見て、腹の中で大笑いしたはずである。

それだけでは飽き足らず、仁志と富田早苗の不倫まで匂わせ、美和子の心を掻き乱そうとした。

（何て嫌な女なんだろう……）

なぜ、自分は、あんな嫌味で意地悪な年寄りの世話をしなければならないのだろう、こっちが困っているときには何もしてくれず、それどころか、笑いものにまでされるというのに……通勤の道々、いったい、どれだけの溜息をついたか、美和子本人にもわからないほどだ。

それでも、さすがにベテラン看護師である。気持ちがどれほど落ち込んでいようと、制服に着替えて職場に立つと体が勝手に動き、てきぱき仕事をこなしていく。

「近藤さん、着替えましょうか」

特別病棟にいる患者に接するときは、必ず二人の看守が立ち会い、看護師を見守ることになっている。病気や怪我で入院しているとはいえ、相手は凶悪な犯罪者だから、隙を見せれば何をするかわからないからだ。

しかし、着替えのときだけはベッドの周りをレールカーテンで囲み、看守の視線を遮る。入浴できないので体をタオルで拭い、新しい下着に取り替えなければならないからだ。

美和子が黙々と作業すると、

「今日は、ひどい顔をしているのね」

房子が押し殺した声で話しかける。

「何か悩んでるんでしょう?」

「話しかけないで下さい」

患者との個人的な会話は禁止されているので看守に聞かれないように美和子も声を潜める。

「ばあさんの介護が原因じゃないわね。旦那さんかな？」

美和子の顔をじろじろ眺め、その反応を窺《うかが》いながら質問を続ける。

「違うか。とすると、子供かな？　ああ、そうなんだ。子供は二人だよね。息子と娘。どっちかな……。わかった。娘さんのことでしょう？」

そう言われた瞬間、美和子はびくっと体が震えた。顔色が変わるのが自分でもわかる。

「ふうん、娘さんのことで悩んでるのか。まだ学生でしょう。その娘が母親を困らせるとなると……。やっぱり、男関係かしらね？」

「……」

「でも、それだけじゃないな。今時、娘が妊娠したくらいじゃ大して驚きもしないもんね。男関係プラスお金……そんなところ？」

「……」

「石塚さんって、正直ね。何でも顔に出るじゃないの。ダメよ、自分の気持ちを素直に表しすぎるのはよくないんだから。男絡みでお金の問題となると、相手がだらしのない男で娘さんが大金を貢いだとか、そういうことかしら？　違うな、そうじゃない。失礼だけど、石塚さんのお宅、それほど裕福じゃなさそうだものねえ。娘さん、どこかからお金を借りたんじゃないの？　サラ金とか闇金とか……」

「近藤さん、お願いだから、もう黙って下さい」

美和子は自分の手が震えているのに気が付く。

しかし、どうしようもない。震えを止めることができないのだ。

「そういう理由で石塚さんが暗い顔をしているということは、お金を返せないってことで

でしょう？　だけど、ふうん、それだけじゃないようね……」

房子が目を細めて、じっと美和子を見つめる。

「そのお金を返すことができないと、娘さん、困ったことになるんじゃないの？　業者に
脅されてるとか。金を返さないと、ソープに売り飛ばすぞ、なんて。あら……図星？」

「……」

「石塚さん、これまで真っ当な暮らしをしてきたんだろうから、そういう連中と渡り合っ
た経験がないでしょう？　だから、どうしていいかわからなくて困ってるのよね。わたし
が助けてあげましょうか」

「近藤さんが？」

「わたし、そういう連中のことに詳しいのよ。で、どこから借りたの？　サラ金？　闇
金？」

「闇金です」

「まあ、ラッキーじゃないの」

「は？」

「サラ金はね、昔と違って、最近は、意外とまともなやり方をするようになっているし、会社組織になっているところがほとんどだから、かえって厄介なのよ。借金を踏み倒すことなんか不可能だから。こっちが変なことをすると訴えられたりするしね。その点、闇金が相手なら楽よ。大抵、個人でやってるし、利息も法外で法律無視、そもそも免許なしに貸金業を営んでるから客を警察に訴えることもできないのよ。そいつを何とかすれば借金もチャラにできるから」

「何とかするって、いったい、どうやって……？」

「殺しちゃえばいいのよ。わたしが教えてあげる。絶対にばれないから大丈夫よ」

「……」

　美和子が絶句する。

「世間では、わたしのことを血も涙もない冷酷な殺人鬼みたいに言ってるらしいけど、そうじゃないのよ。好きで人殺しをする人間なんかいるはずないじゃないの。わたしだって、最初は仕方なくやっただけ。そうしないと生きていけないから。幸せになれないから。普通は泣き寝入りして不幸になるんだろうけど、わたしは我慢しなかった。自分の手で邪魔な人間を排除した。だから、幸せになれた」

「幸せ？　人を殺して、どうして幸せになれるんですか」

「悩みやストレスが何もなければ不幸になる理由もないじゃないの。不幸の原因を取り除けば、誰だって幸せになれるわよ。殺されても文句なんか言えないような人でなしを殺すんだから、別に良心が痛むこともないわけよ」

「……」

「それにね、人殺しって、全然難しくないのよ。きちんと計画を立てて、落ち着いて実行すれば、ばれないいんだから。前にも言ったよね？　お先真っ暗な人生を明るく楽しい人生に変える方法があるって。石塚さんの娘さん、まだ若いでしょう？　人生、これからじゃないの。ゴキブリみたいな奴のせいで、大切な娘の人生を滅茶苦茶にされてもいいわけ？　わたしだったら、人殺しだろうが何だろうが娘のために何でもするな。石塚さんは、どう？」

「……」

美和子は言葉を失って立ち尽くしている。

14

一〇月二三日（金曜日）

新九郎がぐるりとメンバーの顔を見回し、

「こうしてみんなが顔を合わせるのは四日ぶりか。ご苦労さま。思ったより時間がかかったけど、収穫があってよかった」

「結局、千葉じゃねえか。誰だよ、遠隔地から首都圏に向かおうなんて言ったのは……」

尾形が溜息をつく。

亀戸で遺体となって発見された少年の身元を明らかにすべく、新九郎と純一、尾形と針谷が二手に分かれて火曜日から全国の児童相談所を訪ねた。可能性のある少年は三一人いて、首都圏に一四人、それ以外の一七人は北海道や九州など全国各地に散らばっていた。

新九郎と純一はまず九州に飛び、それから四国、関西方面へと旅した。尾形と針谷は最初に北海道へ、それから東北、北陸へと進んだ。それら一七人は空振りで、昨日、首都圏の一四人を手分けして調べた。その結果、市川の児童相談所で、それらしき少年に行き当たった。

新九郎がホワイトボードに、
光岡悟
という名前を書く。名前の下に、一三歳、と書き加える。更に、

一四二センチ　三一キロ

と書く。

「亀戸で遺体となって見付かったのは、この光岡悟という少年で間違いないと思う。行方がわからなくなったのは、八ヶ月ほど前だ」

新九郎が説明する。

「一三歳って、中学生ですよね？　こんなに小さかったのか……」

尾形が驚きの声を発する。

「行方不明になる直前には、小学四年生程度の体格だったわけだ」

新九郎がうなずく。

「この八ヶ月で身長が四センチ伸びて、体重が一〇キロ増えてますすね。暮らしぶりがよくなったせいではないでしょうか？」

麗子が小首を傾げる。

「昨日、市川の児童相談所で話を聞いていたんだけど、光岡悟のケースは典型的な児童虐待だね。親が暴力を振るい、食事も与えずに放置する。顔や手足に傷や痣をつけて、しかも、骸骨のようにガリガリに痩せて登校するわけだから、学校の教師たちも虐待を疑って、児童相談所に通報したわけだ」

「そんな親が、よく学校に通わせましたよね」

針谷が驚いたように言う。

「普通は隠そうとするよな。だけど、子供が学校に行こうが行くまいが、それすら、どうでもいいという極端なネグレクトだったんだろう。担任の教師や児相の担当者が家庭訪問を繰り返して親とコンタクトを取ろうとしたけど、それも難しかったようだ。子供を虐待している親が話し合いを拒否するのはよくあることだけど、この家は、実際、あまり両親が家にいなかったらしい。時には何日も両親が帰宅しないことがあって、そんなとき光岡悟は金もなく食べるものもなく、一人で家にいたようだ。学校に通い続けたのは、学校に行けば給食が食べられるから……そう担当者に話したそうだよ」

「人でなしだな。それでも親か」

尾形が腹を立てる。

「教師や担当者が熱心に家庭訪問を繰り返したおかげで、いくらか情報がある。両親は不仲で、父親は借金を抱えていたらしい。父親はトラック運転手で、あまり家にはおらず、たまに家にいると酒を飲んで暴れた。息子を虐待しただけでなく妻にも暴力を振るっていたそうだよ。あまり家にお金を入れないので、妻はスナックでアルバイトをしていた。借金取りもよく家に来ていたそうだ」

「じゃあ、この子を虐待していたのは父親なんですか？」

麗子が訊く。

「父親がいないときは母親が虐待していたというし、時には二人で虐待したらしい。当たり前のように日常的なネグレクトが行われ、何の世話もせず、食事も与えない。自分たちの虫の居所が悪いときには、怒りのはけ口として暴力を振るう……その繰り返しだったようだ」

新九郎が答える。

「学校や児相の対応は、どうだったんですか？」

針谷が訊く。

「親から引き離して児童養護施設に入れることを検討していたものの、それが実現する前に行方がわからなくなってしまった」

「この子の行方がわからなくなった、ということですか？」

麗子が訊く。

「子供だけでなく、一家そのものが消えた。夜逃げじゃないかな。借金の取り立てがかなり厳しくなって、夜中に借金取りが押しかけることもあったそうだからね」

「子供を連れて逃げたんですか？　散々、虐待していたくせに？」

尾形が呆れ顔で訊く。

「そのあたりの事情はわからない。八ヶ月前、光岡一家は行方をくらまし、今になって虐待されていた息子が遺体となって発見された。しかも、彼の指紋が闇金業者の殺害現場に残っていた。今のところ、わかっているのは、それだけだからね」

「親子で人殺しを始めたってことですか？　いくら何でも、そんなことがあるんですかね」

尾形が首を捻る。

「行方をくらました途端、背が伸び体重も増えたというんですから、単純に考えれば、この子の生活環境が大きく変わったということじゃないでしょうか。両親が心を入れ替えたとも考えにくいし」

純一が言う。

「生活環境が変わるって、どういうことだ？」

尾形が訊く。

「ぼくの想像ですが……」

「言ってみろよ」

「両親は光岡悟を置き去りにした。食べるものもないので光岡悟は部屋を出た。もしかすると逆かもしれません。両親の虐待に耐えかねて光岡悟が家出し、その後で両親が夜逃げをしたのかも……。とにかく、光岡悟は家を出た後、第三者と出会った。その第三者が光岡悟に食事や住むところを与えた。その見返りに犯罪行為に加わることを強要された

「……」

「その第三者って誰だ？」

「それは、わかりません」

「何のために、虐待されて今にも飢え死にしそうな子供を仲間にする必要があるんだ？」

尾形が純一を質問攻めにする。

「川久保は、そういうことも考えられるのではないか、と言ってるだけですよ。そんなにムキにならなくてもいいでしょう」

針谷が割って入り、尾形を宥《なだ》める。

「みんなが全国の児相を訪ね歩いている間に、面白いものを見付けたのよ」

麗子が立ち上がって、自分の机からパソコンを持ってくる。

「何ですか、面白いものって？」

純一が訊く。

「平子良和の自宅マンションの防犯カメラ映像よ。セキュリティのしっかりしたマンションだから、たくさんの防犯カメラが設置されているの。エントランスにも駐車場にもエレベーターにもあるわ。防犯カメラに映らないでマンションに入るのは、ほぼ不可能と言っていいでしょうね。外壁でも登って敷地内に侵入すれば別でしょうけど」

「平子が殺されたのは先月末だったよな？　三週間も前の映像が残ってるのか？」

尾形が訊く。

「ビデオテープで撮影していた頃は、二日か三日で古い映像を消去していたけど、今はハードディスクに大量の映像をコンパクトに保存できるから一ヶ月くらい前の映像なら大抵は残っているのよ。何者かが平子を事務所で拷問し、自宅マンションにある金庫の開け方を聞き出したのではないか、寝室の床にあった隠し金庫は空っぽだったから、恐らく、犯人が金を奪ったのではないか……そう室長はおっしゃいましたよね？」

麗子が新九郎を見る。

「うん、わたしの想像に過ぎないけどね」

新九郎がうなずく。

「捜査報告書で確認したんですが、その金庫、かなり大きいんです。一万円札なら、楽に一億円以上は入る大きさです。もちろん、金庫の中に何が入っていたかはわかりません。宝石類かもしれないし、純金のインゴットやクルーガー金貨が入っていたかもしれません。宝石類ならあまりかさばらないけど、それ以外のものなら……」

麗子が説明する。

「なるほど、犯人が平子を拷問して金庫の開け方を聞き出したとすれば、当然、マンションの防犯カメラに金を奪いに行ったときの犯人が映っているはずですね」

純一がうなずく。

「仮に一億円の現金を奪ったとすれば、マンションから出るときには、かなり大きな荷物を運んでいることになる。マンションに出入りする人間をチェックしたんですか？」

針谷が麗子に訊く。

「そうよ」

「手間のかかる作業だったんじゃないですか？　そもそも、平子がいつ殺害されたのかもわかってないわけですから」

純一が言う。

「ある程度、条件を絞り込んでみたの。平子は九月二六日、土曜日の午後、母親と電話で話しているの。父親の体調が思わしくなくて、入院させるかどうか、入院させるとしたら、どこの病院がいいか、そんな相談をしたらしいのよ。少し調べて連絡する、そう言って平子は電話を切った。翌日、日曜日の夕方、平子から連絡がないので母親の方から電話したものの、留守電に切り替わって繋がらなくなっていた。その後、何度電話しても同じ状態だった。そこから、平子が犯人に拘束されたのは土曜日の夜以降だと推理したの」

「拘束されたとしても、すぐに殺されたとは限らないわけですよね？　金庫の開け方を白状させるまで殺すわけにいかないですから」

純一が言う。

「そうなのよ。土曜日の夜に拘束されたとしても、平子がなかなか口を割らなければ、犯人は平子のマンションに行くことはできない。仕方がないから、九月二六日の夜以降の防犯カメラ映像をすべてチェックすることにしたの」

「何だか気の遠くなるような作業だな」

尾形がつぶやく。

「ビデオテープの時代は映像を早送りでチェックするしかなかったから、三倍速で観ても、一日分の映像をチェックするのに八時間もかかったのよ。さすがに今はそんなことはないわよ。こちらが検索条件を設定すれば、その条件に合致する映像をコンピューターが選び出してくれる。マンションの管理会社が許可してくれたので、『マザー』でアクセスしてみたのよ……」

麗子は、どのような条件設定をしたのか説明する。

自分の鍵でエントランスを通り抜けた者。

そのマンションはエントランスの通過にも鍵が必要で、鍵を持っていない部外者、例えば、宅配業者などはインターホンでマンションの住人を呼び出してロックを解除してもらう必要がある。

エントランスを通ってマンションに入ってから二時間以内にエントランスを通って外に出た者。

犯人は金庫から金を奪い、速やかに退去したに違いないからである。

また、退去するときに手ぶらである者は除外する。

金庫から大量の現金を持ち出したとすれば、かなりかさばるはずだからである。

以上の条件に当てはまる者のうち、更に、マンションの一一階、一二階、一三階でエレベーターを乗り降りした者を選び出した。平子の部屋はマンションの一二階にあるが、用心深い犯人であれば、わざと目的とする一二階では降りず、ひとつ下かひとつ上の階で降りて非常階段を利用した可能性もあると考えたからだ。

それらの条件を踏まえた上で、エレベーターに設置されている防犯カメラ映像とエントランスに設置されている防犯カメラ映像を麗子はダブルチェックした。

「大雑把な感じがするでしょうけど、あまり細かく条件設定すると、該当者なし、という結果になりがちなのよ。だから、最初は、この程度でいいかな、と大して期待もしなかったんだけど……」

麗子がパソコンを操作する。

すると、画面にやや粗い感じのする映像が現れる。

防犯カメラ映像である。

九月二六日、土曜日、午後一〇時一四分、帽子を目深に被った女性がエントランスを通過する。リュックを背負っているが、ぺしゃんこだ。

その三分後、同じ女性がエレベーターに乗り、一二階で降りる。防犯カメラは共用部分の通路には設置されていないので、一二階のどの部屋に入ったのかはわからない。

午後一一時二一分、同じ女性がエレベーターに乗る。同じリュックを背負っているが、かなりぱんぱんに膨らんでいる。それだけでなく、大きな手提げ袋もひとつ持っている。中に何が入っているのかは見えない。

二分後、その女性がエントランスから出て行く。

麗子が映像を停止する。

「この女が犯人なのか？」

尾形が訊く。

「念のために九月二六日の夜から九月三〇日までの映像はすべてチェックしたの。条件に当てはまったのは、この女だけよ」

「闇金業者を惨殺した犯人にしては、何となく違和感がありますね」

針谷がつぶやく。

「犯人は複数なんだろうよ。平子を拘束して拷問する役目と、金を奪う役目は別々なんだよ」

尾形が言う。

「それはそうだと思いますが、そういう意味ではなく……」

「じゃあ、何だよ？」

「大人に見えない、そう言いたいんじゃないの？」

新九郎が針谷に訊く。

「ああ、そうだ。そういうことです。ぱっと見の印象が子供みたいだな、と感じたんだと思います」

針谷がうなずく。

「身長は、たぶん、一六一センチ前後。そんなに低くはないわね。体重は五〇キロ前後でしょう。ただ体つきが幼いというか、まだ成長途上という感じなのよね。胸も小さいし、ボーイッシュな感じ。それこそ、ぱっと見だと中学生くらいよね。高校生っぽい感じはしないわね」

画像を見つめながら、麗子が言う。

「そこまでわかるもんかね？」

尾形が訊く。

「根拠はないのよ。あくまでも印象に過ぎないわ」

「光岡悟は一三歳でしたよね。この少女も同じくらいの年齢なんでしょうか？」

純一が新九郎を見る。

「どうだろうなあ……」

新九郎が腕組みして首を捻る。

「もう少し上かもしれないね」

「おいおい、ちょっと待てよ。すると、何だ、子供のギャング団ってことか？　子供たちが闇金業者を殺して、大金を奪ったってのか？　あり得ないだろう、そんな話。まるでマンガだぜ」

尾形が首を振る。

「平子の事務所にも防犯カメラがあればよかったんだけど、事務所のある雑居ビルにはダミーの防犯カメラがあるだけなの。だから、出入りする人間のチェックができないのよ」

麗子が残念そうに言う。

「子供だけのギャング団というのは、わたしも荒唐無稽《こうとうむけい》だという気がする。しかし、この事件に複数の少年少女が関わっていることは間違いない。もしかすると……」

新九郎が何事か思案する。

「何か気になることがあるんですか？」

麗子が訊く。

「長良川《ながらがわ》の鵜飼《うか》い……。妙な話だけど、いきなり、鵜飼いの映像が頭に思い浮かんだよ」

「鵜飼いって、つまり、漁師役の大人が子供たちを操って犯罪行為をさせているという意味ですか？　自分たちは安全なところに身を潜め、危ないことを子供たちにやらせている、と？」

純一が訊く。

「そんな想像も、やっぱり、荒唐無稽かもしれないけどね」

新九郎が首を振る。

「顔認識ソフトではヒットしないんですか?」

針谷が麗子に訊く。

「帽子を深く被っているし、防犯カメラの位置を意識して顔を背けているから、エントランスやエレベーターの中では、まったく顔がわからないの。ただ一枚だけ、エントランスからエレベーターに向かう途中、地下駐車場への出入口に向けられた防犯カメラに、たまたま横顔が映っていたわ。もっとも、映像が不鮮明で、横顔だけだから、さすがに顔認識ソフトでも判別不能という結果なんだけど……」

麗子がパソコンを操作する。

粗い画像が画面に出て来る。画面の左端に少女の上半身が映っている。

「どうやら、エントランスを通った後、エレベーターホールの場所を間違えて中庭に行きそうになったらしいの。すぐに気が付くんだけど、そのとき、ハッとしたように顔を上げたのね」

麗子が少女の画像を拡大する。それでなくても粗い画像が更に粗くなる。

しかし、そこには少女の横顔がはっきり映っている。イチの横顔だ。

15

病院内のカフェラウンジの片隅に、石塚美和子が暗い表情で坐り込んでいる。食欲がまったくないので弁当には手を付けていない。無料で提供されているお茶を紙コップに注ぎ、時折、口を付けているだけだ。

（余計なことを言うのではなかった……）

昨日、うっかり自分の悩みを近藤房子に話したことを後悔している。いくら悩んでいるからといって、選りに選って稀代の連続殺人犯に相談するとは自分もどうかしている、と強く反省した。患者と私的な会話を交わしてはならないという職務規程にも違反しているし、しかも、ただの世間話などではない。松浦茂樹を殺害してしまえ、と房子から勧められたのだ。そんな話をしたことを誰かに知られたら叱責《しっせき》程度では済まないはずだ。さすがに解雇はされないだろうが、停職処分くらいはありそうだ。もちろん、担当を外されるだろう。美和子を嫌っている芦田医師ならば、大喜びで停職に賛成するに違いない。

ここは普通の病院ではなく、看護師として世話をする相手は凶悪な犯罪者ばかりなのだから、相手に付け込まれるような隙を少しでも見せてはならない……新たに配属されることになった看護師たちに先輩看護師が口を酸《す》っぱくして戒めることである。相手に同情したり、親近感を抱いたりしてはならない、とも忠告される。美和子自身、若い看護師に何度も注意してきたことだ。

その自分が、ベテラン看護師として若い看護師のお手本にならなければならない自分が連続殺人犯と人殺しについて話をするなんて……思い出すだけでゾッとする。

そういう反省があったので、今日は房子とは口を利かず、ほとんど目も合わせなかった。房子の方でも美和子の態度から何かを感じ取ったのか、いつもはうるさいほど饒舌《じょうぜつ》に話しかけてくるのに神妙な顔で口を閉ざしていた。

だが、悩みの本質は近藤房子ではない。

麻友が作った借金の返済である。

水曜日に松浦茂樹に会い、三日待つから、その間に金の工面をしろ、と言われた。もう二日経った。期限は明日である。工面の当てはない。五〇〇万以上もの大金を自分の力でどうにかできるはずがないのだ。やはり、もう一度、仁志ときちんと話し合うべきではないのか、今度は何もかも正直に打ち明ける、麻友が風俗店で働かされていることも、このままではソープランドに行かされてしまうことも……実の娘がそんな目に遭っているのに、それでも勝手にしろ、放っておけ、と突き放す父親がいるだろうか。仁志に相談し、何とか文子を説得してもらい、家を抵当に入れて銀行からお金を借りて返済に充てる……それ以外に麻友を救う方法はないような気がする。もちろん、その手続きには時間がかかるだろうから、松浦に事情を説明して、もう少し返済を待ってもらわなければならない。

そんなことを考えていると、携帯が鳴った。

「はい、石塚です……」

相手の話を聞いて、美和子の顔色が変わる。

麻友が車にはねられて病院に運ばれたというのだ。


一時間後……。

美和子は、新宿にある大学病院のＥＲ（救命救急センター）にいる。受付で名乗ると、麻友を治療した医師がやって来た。ＥＲは混み合っていて、その医師もかなり忙しそうだ。美和子も看護師だから、ＥＲの大変さはよくわかる。

「怪我そのものは大したことはありません。右腕を切ったので四針縫いました。あとは腰のあたりの打撲。青痣ができています。倒れたときに頭を打ったようなので、念のためにＣＴスキャンで脳波を確認しましたが、特に異常は見当たりませんでした。軽い脳震盪《のうしんとう》を起こしているようなので休んでもらっています」

「ありがとうございます」

美和子が頭を下げると、あとは警察の人と話して下さい、それが終われば帰って結構ですから、と医師は、せかせかした足取りで次の患者のもとに向かう。医師と入れ替わりに制服警官がやって来た。

「石塚麻友さんのお母さまですね？」

「はい」

「まず住所や電話番号など、基本的なことを確認させて下さい……」

麻友から聞き取った内容を美和子に確認する。

「間違いありませんか？」

「はい」

「赤信号に変わったことに気が付かずに横断歩道を渡ろうとしたんです。携帯でメールをチェックしていたと娘さんは言ってます。よくあるんです。幸いと言いますか、車が大してスピードを出していなかったので軽傷で済んだようです」

「そうですか」

「相手のドライバーからも話を聞き、現場検証も済んでいます。娘さんからも話を聞きましたので、治療が終わり次第、帰って結構です。すぐに連絡がついてよかったです」

手に持ったボード上の書類に何やら書き込みながら警官が言う。

看護師に付き添われて麻友がやって来る。右腕に包帯を巻き、顔色が悪い以外、特にいつもと変わった点はない。電話では、単に麻友が車にはねられて病院に運ばれたことを伝えられただけだったので、美和子はやきもきした。自分も看護師だからわかるが、患者の容態については敢えて電話では詳しく話さないことになっているのだ。軽傷ならいいが、万が一、重傷だったり、場合によってはすでに死亡していることもある。そんなことを電話で伝えれば、相手が動揺するに決まっている。

「麻友、大丈夫なの？」

「うん」

小さくうなずくと、心配させてごめん、と麻友が謝る。看護師と警察官にお礼を述べ、会計を済ませると、

「帰ろうか。今日はタクシーがいいよね」

「喉が渇いちゃった。何か飲みたいな」

「じゃあ、待合室で缶ジュースでも飲む？」

「あまり人のいないところがいい。ちょっと頭が痛くて……」

そう麻友が言うので、二階にあるラウンジで休憩することにした。空いている。窓際のテーブル席についた。食券を買って、カウンターで頼んだものを受け取るセルフサービス方式だ。ココアとコーヒーを頼んだ。美和子がふたつのカップをトレイに載せてテーブルに運ぶ。麻友は頬杖《ほおづえ》をついて、窓の外をぼんやり眺めている。

「はい、ココア」

麻友の前にカップを置く。

「ありがとう」

「痛む？」

「ううん、平気。かすり傷だよ」

「そんなことないわよ。右腕の傷、縫ったんでしょう？」

「車に轢《ひ》かれて、この程度だもん。かすり傷みたいなものでしょう」

「そうかもしれないけど……。メールをチェックしていて赤信号に気付かなかったんだって？」

「頭がぼーっとしてたんだよね。メールをチェックしてたのは本当だけど、信号が赤なのは何となくわかってた」

「何となくって……。わかっていたのなら、どうして立ち止まらなかったの？」

「このまま生きていても仕方ない、死んだ方がいいんじゃないのかなって……正直、そう思った」

「何てことを言うの」

麻友の言葉にショックを受けて、美和子の表情が凍りつく。

「だって……」

麻友が重苦しい溜息をつきながら、松浦からメールが来て、今の仕事ではろくな稼ぎにならないから、ソープかAVか、好きな方を選べ、と迫られたと話す。メールだけでなく、直に電話もかかってきたという。ソープなら、出勤は週に三日で日給は一〇万以上を保証するという条件で月に一〇〇万以上は楽に稼ぐことができる。ＡＶであれば、内容にもよるが一本あたり二日間の拘束で三〇万以上を保証、月に二本出るという条件だ。短期間の完済を望むのならソープとＡＶを掛け持ちすることも可能だ、と松浦は言ったという。

「もう逃げられないよ……」

　具体的な条件まで決められて、がんじがらめにされて否応なしにどちらかを選ばざるを得ない状況に追い込まれている……そう感じて、生きていくのが嫌になったのだ、と麻友は言う。

「ＡＶだとか、ソープだとか、とても自分に関係あることには思えないの。本当に起こっていることなのかな？　悪い夢でも見ているんじゃないのかな？　わたし、そんなひどい目に遭わなければならないようなことをしたのかな？」

　麻友の目から涙がぽろぽろこぼれる。

「あの男とは、わたしがちゃんと話をしたのに、どうしてそんなことを……。明日まで待つという約束だったのに」

「どうせ親だって貧乏だから払えない、待つだけ無駄だって」

「……」

　三日待つと約束したくせに、どうせ支払いは無理だと見切りを付けて、松浦は着々と麻友を売り飛ばす準備をしていたのだ。

美和子は目の前が暗くなるような怒りを覚える。

その怒りをぐっと抑え込んで、

「大丈夫だから。何も心配しないで」

「だけど、そんなこと言っても……」

「お母さんを信じて」

「うん。わかったよ」

二人はラウンジを出る。タクシーで一緒に帰るつもりだったが、コンパがあるから行ってくる、と麻友が言い出した。

「何もこんな日にコンパだなんて……」

美和子は呆れた。

「こんな日だからこそ行きたいの。パーッと騒ぎたいっていうか……。うちに帰っても落ち込みそうだし」

「でも、脳震盪まで起こしたのに」

「お酒は飲まない。それに、もう変なことにはならないから。赤信号なのに渡ろうとするとか……。お母さんを信じるって言ったでしょう？」

「じゃあ、遅くならないでね」

麻友に押しきられる格好で、コンパに行くことを許した。考えてみれば、麻友の言うことも、もっともだと思った。二〇歳の学生が、軽はずみなやり方で借金を拵えてしまい、自分ではどうにもならないくらいの重荷になっている。

その揚げ句、風俗店で客まで取らされている。麻友の精神状態は、ぎりぎりなのに違いない。どうしていいかわからずに思い悩んでいたから、死んだ方が楽かもしれないなどと考えて、赤信号の横断歩道を渡ろうとしたのだ。

（少しくらい羽目を外して気分転換させてあげた方がいい）

そう美和子は考えた。

仁志に連絡するべきだろうか、と迷う。娘が交通事故に遭ったのだから、普通であれば、すぐにでも連絡すべきだとわかっている。

しかし、たまたま事故に遭ったという単純な話ではない。借金絡みの話である。電話ではうまく説明する自信がない。幸いにも麻友は軽傷を負っただけで、一刻を争うという事態でもない。

やはり、帰宅して、仁志と面と向かって説明する方がいい、と自分を納得させた。

五時前に家に着いた。いつもは定時に病院を出ても帰宅は七時頃になってしまう。

「ただいま」

家には介護ヘルパーの富田早苗と文子の二人しかいないはずだ。仁志が帰宅するのは早くても六時だし、翔太の帰宅は八時か九時というところだ。

（ん？）

美和子が首を捻ったのは、家の中から笑い声が聞こえたからだ。しかも、男の声と女の声である。文子が明るい笑い声を発するのを耳にしたことなどないから、恐らく、一人は早苗に違いない。もう一人は誰だろう、翔太が早めに帰宅したのだろうか……。

靴を脱ぎ、廊下に上がる。笑い声は台所から聞こえてくる。無意識のうちに美和子は忍び足になっている。そっと台所を覗く。

（あ）

と声を上げそうになる。

早苗がシンクで何か洗い物をしており、その背後に仁志が立っている。笑い合いながら体を密着させている。少なくとも美和子の目には、そう見えた。

人の気配を感じたのか、早苗がちらりと振り返る。

美和子と目が合う。

驚愕の表情を浮かべ、慌てて仁志を押し遣る。

「お、お帰りなさいませ」

声が上擦っている。

「早いんだな」

今し方まで浮かべていた笑顔が一瞬のうちに消え失せ、いつものむっつりとした不機嫌な顔に戻って仁志が言う。

「ちょっと用事があったものだから。あなたこそ、早いんですね」

「たまたまだ」

ふんっ、と仁志が台所を出て行く。

「富田さん、今日はもう帰っていいですから。あとは、わたしがやります」

「いいんですか？」

「ええ」

「それじゃ、お願いします」

やり残した仕事について説明すると、富田早苗が身繕いして帰る。玄関先まで見送って、

（お義母さんの言ったことは嘘じゃなかった）

美和子が溜息をつく。

早苗と仁志は話が合うらしく、台所から二人の笑い声が聞こえてくる、どうなっても知らないわよ……そんな言い方で、あたかも二人が不倫でもしていることを文子は匂わせたのだ。それを聞いたときは、下らない嘘をつくものだと呆れたが、嘘でないことがさっきわかった。

（こんな早い時間に帰ってきて）

以前は、そうではなかった。早苗は六時に仕事を終えて帰宅する。美和子の帰宅は七時過ぎだから、仁志に六時に帰宅してもらい、美和子が戻るまで文子の世話をしてもらうように約束していた。にもかかわらず、仁志は六時に帰宅しないことがたびたびあった。そのことで早苗に苦情を申し立てられたこともある。

それなのに、早苗と親しくなった途端、まだ五時だというのに家にいる。何年も聞いたことのないような明るい笑い声を発し、誰もいないと思って、いやらしく体を密着させていた。

(気持ち悪い)

嫌なものを目にしてしまった、と不愉快でたまらない。仁志は何の取り柄もない冴えない中年男だ。見栄えもよくない。ビールばかり飲んでいるから、ぽっこり下腹が出ていて見苦しい。早苗にしても、これといって特徴のない顔立ちで、お世辞にも美人とは言えないし、スタイルもよくない。仁志は早苗のどこがいいのか、早苗は仁志のどこがいいのか、年齢も一〇歳くらい離れているはずだ、いったい、どうして……いろいろ想像すると胸がむかむかして吐きそうになる。

洗面所に行き、化粧を落とす。化粧水を含ませたパフで顔を叩きながら、

(今日は、それどころじゃないのよ。あの二人の間に何があろうと、今日はどうでもいい。麻友のことを話し合わなければ……)

何とか気持ちを落ち着かせて、美和子がリビングに行く。仁志はテレビをつけながら夕刊を読んでいる。見るからに機嫌が悪そうだ。

「あなた、話したいことがあるの」

「よせ、何も言うな」

「え？」

「いい年齢《とし》をして、嫉妬なんかするな。みっともないだけだぞ」

「わたし、別に嫉妬なんか……。そんな話じゃない」

「たまには鏡を見てみろ。いつも疲れ切った老け顔をして、口を開けばつまらないことばかり言う。うんざりする。人並みに焼き餅なんか焼く前に、自分が女だってことを思い出したらどうだ？」

「何を言ってるの？　わたしは麻友のことを相談したくて……」

「麻友の相談？　ああ、あの金のことか。この家を抵当に入れて銀行から金を借りるとか何とか……。まだ、そんな間抜けなことを言ってるのか？」

「間抜けって、どういうことですか？　わたしたちの娘のことでしょう？　娘の将来がかかってるのよ。とても大切な話なのに何の相談にも乗ってくれないの？」

「相談には乗ってやる。だが、金は出さない。一円も出さない。バカ娘に出す金はない。この家は、おれと母さんのものだ。おまえたちには関係ない。こっちの財産に目を付けたりするな」

「ちょっと待って。こっち、って何？　あなたとお義母さんだけが家族で、わたしや麻友や翔太は家族じゃないんですか？　そういう意味ですか？」

「ヒステリーを起こすな。だから、おまえと話すのは嫌なんだよ。自分勝手な理屈を振り回して、思い通りにならないと、ぎゃあぎゃあ猿のように喚き立てる」

「猿？」

美和子の顔色が変わる。

「わたしは猿なんですか？」

「そういう話じゃない。モノの喩《たと》えだ」

「それにしたって……」

「鬱陶《うっとう》しい。そんな顔、見たくもない」

仁志がまた夕刊に目を落とす。わざとらしく美和子から顔を背ける。その横顔を見ながら、

（この人は、いったい、誰なの？　本当に、わたしの夫？　麻友と翔太の父親？　いつから、こんな嫌な男になってしまったのかしら？）

美和子は、ふーっと重苦しい溜息をつくと、リビングを出る。その後ろから、

「バカが！」

という吐き捨てるような仁志の声が追ってくる。

台所に入り、椅子に坐ってテーブルに両手を置く。

（あんなケチ臭くて思いやりのない男には、もう何も相談しない。わたしが何とかする。わたしが麻友の未来を、麻友の人生を松浦みたいなクズに滅茶苦茶にされてたまるもんか。わたしが麻友を守る）

美和子の心から迷いが消える。

16

七時前に自宅に着いた。

（何だか普通の公務員みたいだな）

自宅を見上げて、尾形は、ふーっと大きく息を吐いた。

この半年、尾形家ではいろいろなことが起こった。

誠が不登校になり、それを思い悩んで敏江の精神状態が不安定になった。揚げ句の果てには誠が尾形と敏江を刺すという信じられないことまで起こった。尾形家は崩壊しかかっていた。

それまで仕事一筋で家庭など顧みなかった尾形が、壊れかかった家庭を守るために、家族中心の生活に切り替えた。家事などしたことがなかったのに買い物をしたり、掃除や洗濯をした。料理もした。その献身的な努力が実り、退院した敏江は次第に落ち着きを取り戻した。誠もまだ登校するには至っていないが、カウンセラーの観察によれば、あと少しで元の生活に戻れるだろうという。

　敏江の勧めもあり、尾形は仕事に復帰した。

　元々、仕事人間である。警察官という職業が天職のような男なのだ。復帰すると、また捜査に没頭するようになった。以前の尾形に戻ったのである。

　そうなっても、敏江と誠は落ち着いているように見えたから、尾形は安心していた。

　今週は出張捜査で二日ほど家を留守にした。針谷と二人で北海道、東北、北陸と忙しく旅した。その甲斐あって、亀戸で遺体となって発見された少年の身元が判明した。今日になって、平子良和の殺害に関与したと疑われる少女の存在も判明した。大きな成果である。その少女の身元を突き止めることができれば、それ以外の容疑者も明らかになるのではないか、来週からは、そこを重点的に捜査する、というSROの方針も決まった。

　大まかな捜査方針が決まったので早めに退庁した。居残りしても、今日のところは特にすることもないからだ。久し振りに早めに帰宅したので、定時に帰宅する公務員のようだ、と思ったのである。

「ただいま」

　玄関で声をかけ、家に入る。返事はない。テレビはついているがリビングには誰もいない。台所を覗くと、敏江が夕飯の支度をしていた。炒め物をしているので、尾形の声が聞こえなかったらしい。

「おい、帰ったぞ」

少し大きめの声を出す。

「あ」

振り返った敏江の目が驚きで大きく見開かれる。

「早いのね」

「たまたま仕事が片付いてな」

「晩ご飯、もうすぐできますから」

「急がなくていい。風呂は沸いてるんだろう？」

「ええ」

「じゃあ、先に風呂だ」

ネクタイを緩めながら台所から出ようとして、ふと、

「誠は？」

と訊く。

「え〜っと……」

尾形から視線を逸《そ》らし、敏江は落ち着きがなくなる。視線があちこちに泳ぐ。その表情

が尾形は何となく気に入らなかった。どうやってごまかそうか、どんな嘘をつけばいいか、必死に捻り出そうとしている顔だ。何を慌てているのか、何を隠そうとしているのか……。ピンときた。

「いないのか?」

「は、はい……」

「どこに行ったんだ?」

「買い物に。おやつだったか、マンガだったか、何か買いたいものがあるらしくて」

尾形と目を合わせないようにして敏江が答える。

(嘘だな)

商売柄、相手の嘘には敏感だ。

しかも、敏江は嘘をつくのが下手だ。簡単に見破ることができる。

「いつからなんだ?」

「何が?」

「誠の夜遊びだよ」

「そんな……夜遊びだなんて大袈裟《おおげさ》だわ。まだ七時くらいでしょう」

「まだ学校にも戻ってないんだぞ。いくらか状態がよくなったといっても不登校は続いている。それなのに夜になると、ふらふら出歩いているのか? そんなことが許されるのか？」

「ずっと家にばかり籠もっていると息が詰まるって言うし、ちょっと出てくるだけだって言うし、わたしだって最初は止めたけど、いつも二時間くらいで帰って来るし、帰ってきたときにはいつも機嫌がいいから……」

見るからにうろたえた様子で、敏江がしどろもどろに弁解する。

「いつからだ？」

また尾形が同じ質問をする。

「……」

「いつから夜に出歩くようになった？」

「今月になってから」

「……」

尾形が仕事に復帰したのが先月の下旬である。敏江と二人だけで過ごす時間が長くなるや、すぐさま誠は勝手なことを始めたことになる。

（いや、待て、待て。決めつけるのは早い。ちゃんと話を聞いてからだ。本当に、ただの息抜き程度なのかもしれない。そう大袈裟に騒いだり怒ったりする必要はないのかもしれない……）

すぐにカッとなって怒鳴ったり手を上げたりしたら、今までの自分と何も変わらないではないか、これまでの努力が水泡に帰してしまいかねない……自分自身に、落ち着け、落ち着くんだ、と言い聞かせながら、尾形が深呼吸する。

「何時に出かけた？」

「六時くらいかな」

「何時に戻る？」

「九時には帰ってくるはずだけど」

「九時か……」

つまり、尾形が帰宅する前には帰って来るということだ。夜遊びを気付かれないためであろう。おやつやマンガを買いに行くだけなら三時間もふらふらする必要はない。

「まさか、金なんか渡してないよな？」

「……」

敏江がそわそわし始める。

「渡してるのか？」

「だって、おやつとかマンガとか、お金がないと買えないでしょう」

「いくらだ？」

「千円」

「千円って、出かけるたびに渡してるのか？」

「……」

「敏江」

「どうして、わたしばかり責めるのよ」

両手で顔を覆い、肩を震わせて泣き出す。

「責めてるわけでも怒ってるわけでもない。心配してるんだ。なぜ、話してくれなかった？」

「だって……」

「何だ？」

「お父さんには言わないでくれって……そう誠が言うから」

「……」

尾形が絶句する。

（何も変わってなかったのか？）

この数ヶ月の努力は何だったのか、何も改善されていなかったのか、と目の前が暗くなる気がする。

「どこに行ったのか、わかってるのか？」

「知らない」

敏江が首を振る。

「でも……」

「でも？」

「部屋の掃除をしていたら、銀色のメダルが何枚かあったから、たぶん……」

「ゲーセンか」

尾形が顔を顰める。不登校の小学生が夜に一人でゲームセンターで遊んでいる姿を、誰か知り合いにでも見られたら、万が一、盛り場を巡回している警察官や教師に補導でもされたら……嫌な想像が脳裏に思い浮かぶ。

「ちょっと出てくる」

尾形が玄関に向かう。靴を履いているところに敏江がやって来て、

「叱らないでね」

尾形の袖を引きながら懇願する。

「わかってる。誠が心配なだけだ」

「本当よ。お願いよ」

目に涙を浮かべて訴える。

「おれを信じろ」

そう言い残して家を出る。

一時間後……。

駅の周辺にあるゲームセンターを何箇所か見て回り、ようやく誠を見付けた。

クレーンゲームの前にいた。一人ではない。誠より少し年上に見える少年と一緒だ。

(誠……)

尾形がショックを受けたのは、いかにも楽しそうな誠の笑顔を目にしたからである。尾形や敏江の前で、誠がそんな笑顔を見せたのは、いつのことだったか思い出せないほどだ。以前より、ましになったとはいえ、今でも家にいるときはあまり感情を表に出さず、むっつりと黙りこくっていることが多い。生き生きとした姿や、溌剌《はつらつ》とした笑顔を目にすることはない。無邪気に笑い声を発している誠を見ているうちに、尾形の目に涙が滲んでくる。

「くそっ」

拭っても拭っても、涙が止まらない。われながら情けないと思うものの、どうにもできない。

17

「ああ、今週も働いたなあ……」

コンビニで買い物してきたビニール袋をテーブルに置くと、芝原麗子がふーっと大きく息を吐く。

仕事に復帰して、ほぼ一ヶ月になる。自分でもよくがんばっていると思う。SROに配属されてから、何人もの凶悪な犯罪者たちと対決し、精神的にも肉体的にも大きな痛手を被った。その都度、何とか立ち直ってきたのだから、その根性を誉めてやりたい気持ちである。

すぐにシャワーを浴びる気にもならず、椅子に坐って缶ビールを取り出す。ごくっ、ごくっと喉を鳴らしながら一気に半分くらい飲む。口についた泡を拭いながら、

「報われない仕事だなあ」

と、つぶやく。

帰り際、愉快でない話を聞いた。

SROが逮捕した連続殺人犯・林葉秀秋が精神鑑定を受けることになったというのだ。

林葉は、ただの人殺しではない。

プロの殺し屋でもある。

自分の欲望を満たすために人の命を奪っただけでなく、誰かから依頼されて、金のために人の命を奪った。いったい、どれだけの人間を手にかけてきたか想像もつかない。そんなモンスターが精神鑑定の結果によっては死刑を免れ、刑務所に収監されることもない。もちろん、精神病院に入院させられるだろうが、いつか退院を許される日が来るかもしれない。自由の身にすれば、再び殺人を繰り返すとわかっているような人間が法の裁きを受

けずに逃げおおせるかもしれない……何て恐ろしいことだろう、と麗子は思う。

林葉は多重人格の可能性があるのだという。

つまり、本来の自分とは違う人格が殺人を犯したかもしれないというのである。

二重人格という言葉なら聞いたことがあるが、多重人格とはどういうことなのか、麗子には想像がつかない。自分の心の中に何人もの別人が住みつき、その中の一人、あるいは二人か三人、もしかすると、もっと多くの、林葉本人とは異なる人格が殺人を犯していたというのだ。そう簡単に信じられる話ではない。

（これも、わたしの中に別の誰かがいるせいなのかな……）

缶ビールを手に、台所からリビングに入る。

ほとんどの荷物が引っ越してきたときと同じように放置されている。壁際にいくつもの段ボールが積み上げられている。必要なものがあれば、その都度、段ボールから取り出している。

それだけなら、仕事が忙しすぎて荷物を片付ける時間がない、という言い訳もできる。

しかし、床に散乱しているゴミの山は、どう説明すればいいのか、麗子は自分でもわからない。読み終わった新聞、新聞に入っていたチラシ、飲み終わって潰されたビールの缶、空のペットボトル、コンビニで買ったおにぎりやサンドイッチの包み紙、ジャンクフードの空き袋、丸められたティッシュペーパー、不要なダイレクトメールなど、それ以外にも無数のゴミが無造作に放置されている。ゴミ箱がないわけではない。いくつも置いてある。それなのに、なぜ、ゴミを床に捨ててしまうのか……自分自身に問いかけても答えは出てこない。なぜなら、意識的にやっていることではないからだ。知らぬ間にやってしまう。

暗い気持ちでリビングを眺め回す。缶ビールを飲み終わると、両手でぎゅっと潰して、ぽいと放り投げる。何も考えずに、体が勝手に動いたのだ。思わず、ハッとする。新たなゴミとして加わったビールの缶を見つめながら、

（わたし、大丈夫なのかしら？）

と、麗子は不安になる。

ゴミが散乱しているのはリビングだけではない。台所も寝室も似たようなものだ。バスルームも、そうだ。洗濯カゴには汚れた下着類が溢れている。洗濯しなければと思いながら、ついつい先延ばしにしてしまう。いくら何でも汚れた下着をそのまま身につけたりはしない。次々と新品を買ってくる。まるで下着を使い捨てているかのようだ。まだ捨てていないだけの話である。すぐに洗濯しないと汚れが落ちにくくなるので、結局は捨てることになるとわかっている。寝室の床には、クリーニングに持っていこうと思っているブラウスやパンツ、スカート、ジャケット類も積み上げられている。

このマンションに戻って、それほどの月日が経っているわけではない。わずか一ヶ月ほどである。にもかかわらず、着々とかつてのゴミ屋敷状態に戻りつつある。日々、ゴミが

増えていく。

　遠からず、以前の状態に戻ることは確実であろう。

　そのことに微かな不安を感じつつ、正直に言えば、その状態に居心地のよさを感じているのも事実なのである。そんな自分の心の中を覗き込んで、もしかすると心の中に別人格が住んでいるのでは、という疑いを抱いたわけである。

　しかし、そんな別人格が存在していないことは麗子自身がよくわかっている。認めたくはないが、

（これが、わたしなのだ）

　有能なキャリア警察官であり、人も羨《うらや》むような美貌に恵まれながら、同時に、日常生活における細々とした雑用に関してはまるっきり無能な女……それが芝原麗子なのだ。

18

　一〇月二四日（土曜日）
　石塚美和子が近藤房子の病室に入る。
「着替えさせますので」
　見張りの看守たちに一礼し、ベッドを囲むようにカーテンを引く。てきぱき着替えをさせながら、

「教えて下さい。どうやればいいいんですか？」

美和子が房子の耳許で囁《ささや》く。

「覚悟を決めたのね？」

「他に方法はありません」

「正しい選択よ。確実だし、後腐れがないから。但し、きちんと計画を立てて、その計画を正確に実行する覚悟がいる。それに後戻りはできない。わかってるよね？」

「はい。覚悟はできています」

美和子がうなずくと、房子が口を開けて、うふふふっ、と楽しそうに、そして、満足げに笑う。


その一時間後……。

非常階段の踊り場で、美和子が松浦茂樹に電話をかけている。

「もう連絡をいただけないものと諦めかけていましたよ」

「何とか、お金を工面しようとしてたんです。今日が期限だということは承知しています。明日、会えないでしょうか？　全額を一括返済するのは無理ですが、半分くらいなら何とかなりそうなんです。残った分をどうするか、ご相談もしたいですし」

「ほう、半分、返済していただけるんですか。それは、ありがたいですね。わかりました。

明日、お目にかからせていただきます……」

　この前と同じ、渋谷のマークシティにあるコーヒーラウンジで待ち合わせるのではどうか、と松浦は提案し、美和子は承知した。

「あの……」

「何でしょう？」

「わたしのような中年女でも働けるところがある、とおっしゃってましたけど、それは本当ですか？」

「ええ、いい働き口がありますよ」

「そういうことも教えていただければ……。できるだけ早く返済を終わらせたいものですから」

「わかりました。お任せ下さい」

19

「いらっしゃいませ。お待ちしてました」

　受付で熊沢恵理がにこやかに迎えてくれる。

　この前の日曜日、新九郎は鈴木花子に誘われて初めて乗馬を経験した。昆虫の観察と飼育以外、これといった趣味もなく、スポーツも得意ではないので、あまり気乗りしなかったが、花子の誘いを断るのも失礼だと思って足を運んだ。思いがけず乗馬は楽しかった。だから、時間があれば、土曜日にご一緒しませんか、という花子からのメールをもらったとき、さして悩むこともなく簡単に承知したのである。

本当ならクラシックのコンサートにでも誘い、その後、ワインを傾けながらフランス料理でもごちそうしたいところだったが、生憎《あいにく》、これといってよさそうなコンサートが見当たらなかったので、乗馬に誘われたのは、新九郎にとってもありがたかった。

ビジターとしての来場なので、受付で書類に記入し、保険料込みの料金を支払う。花子の分も新九郎が払うつもりだったが、

「自分で払いますから」

やんわりと、しかし、有無を言わせぬ意思の強さを滲ませる口調で花子が断る。

手続きが済むと、

「前のレッスンが終わらないと馬場が空きませんから、もう少々、お待ちいただけますか？　あと二〇分くらいです。そうだ、もうお友達がラウンジでお待ちですよ」

熊沢恵理がにこやかに言う。

「お友達？」

新九郎がぎくりとする。嫌な予感がする。

「夏目さんですが」

「ああ、やっぱり」

嫌な予感が当たった。

夏目は窓際のテーブルに陣取り、馬場のレッスン風景を眺めながら、ビールをがぶがぶ飲んでいる。すでに空き缶がいくつもテーブルの上に転がっている。

「何だよ、遅いじゃないか」

「レッスン時間に合わせて来たんだから、これでちょうどいいんだよ。おまえ、朝っぱらから酒か？　まあ、休みだから朝から飲んでも構わないが、乗馬の前に飲酒はまずいだろう。前回、落馬してるんだし」

「今日は乗らん」

「は？」

「まだ腰が痛む。無理は禁物だからな」

「じゃあ、ビールを飲みに来たのか？　わざわざ千葉まで来なくても、自分の家で飲めばいいんじゃないか」

「こいつ、憎らしい言い方をしやがって」

夏目が不機嫌そうに顔を顰める。

「こっちだって来たくて来たわけじゃねえ。そこのブス子ちゃんがどうしても来てくれというから来てやったんだ。そうだよね？」

　夏目が花子に訊く。

「ええ、そうなんですよ、山根さん。夏目さんが一緒だと場が華やぐというか、とても楽しいじゃないですか」

「ふっ、枯れ木も山の賑《にぎ》わい、ということですか」

　新九郎が皮肉めいた笑みを口許に浮かべる。

「えっ？」

　花子が驚いたように両目を大きく見開いて新九郎を見つめる。

　やがて、その目に涙が溢れてくる。

「わ、わたしは、ただ、みんなが一緒の方が楽しいかなって……山根さんと夏目さんは仲のいいお友達だと思っていたから……」

　涙がぽろぽろと花子の頰を伝い落ちる。

「あっ……いや、あの……その……」

　それを見て、新九郎の方が慌てる。

「あ〜あ〜っ、女性を泣かすなんて最低だよな。たとえ相手がブスだからって嫌味を言って泣かせていいって法はないぜ。どう責任を取るんだよ、山根え〜っ」

　夏目は、ここぞとばかりに新九郎を攻撃する。

「すいません。つい口が滑ってしまって。花子さんの思いやりには感謝しています」

「ご迷惑じゃありませんでしたか？」

「とんでもない。大歓迎です」

「おいおい、それは本音か？」

夏目が目を細めて新九郎を睨む。

「もちろんだ」

「それじゃ、おれに不愉快な思いをさせたこととブス子ちゃんを泣かせたお詫びに晩飯くらい奢《おご》ってくれるだろうな？」

「まあ、それくらいなら……」

一瞬、嫌な顔をするが、ここで揉めるとまた花子が泣き出すかもしれないと危惧《きぐ》し、晩ご飯くらい奢るのは仕方ないか、と諦めてうなずく。

「よし、許してやる。ブス子ちゃんも許してやってよ。山根がうまい焼き肉をごちそうしてくれるらしいから。久し振りに腹一杯、牛タンを食わせてもらおうかな。三〇人前くらい」

「山根さんと夏目さんが仲直りして下さるなら、それだけで幸せです」

「焼き肉、好きじゃないの？」

「大好きです」

「じゃあ、いいじゃん」

「わたしはそんなに食べられませんけど……。牛タンを三〇人前なんて、いいんですか？」

花子が山根を見る。

「いいんです。好きなだけ食わせます」

「それ以外に、ロースとカルビを一五人前はいけるかな。せっかくだから、ビールじゃなく、もっと高い酒を飲もう」

「勝手にしてくれ」

もはや夏目と言い争う気力もなくなってくる。

せめて乗馬が楽しければいいのだが、と新九郎は願わずにいられない。

20

「どうしたんですか、浮かない顔ですね？」

篠原貴子が針谷に訊く。

貴子の息子・高志と三人でファミレスで食事をしているところだ。貴子はパスタセット、高志はキッズプレートを頼んだが、針谷はあまり食欲がないのでドリンクバーだけを頼み、コーヒーを飲んでいる。

「あ……。すいません」

「先週、お兄さまと話していた件ですか？」

「ええ」

「悩んでらっしゃるんですね」

「自分なりに真剣に考えてはいます」

「こんな話を聞いたことがあります。何かに迷っているときというのは、実は、もう自分の中で結論が出ている場合が多い。結論が出ていても、そこに踏み込む勇気がないから迷う時間が必要なのだ、と」

「勇気がないか。そうかもしれないな」

　針谷がうなずく。

「警察に残るつもりなら迷う必要なんかないわけですよね。いくら親父の頼みとはいえ、自分の人生なんだから本当に自分が好きなことをやるべきだ。こんな風に悩むというのは、政治家という仕事に興味があるのかもしれない。だけど、いきなり政治の世界に飛び込むのが怖いし、やっていけるという自信もない。つまり、勇気がないから迷っている。そういうことかもしれません」

「失礼な言い方かもしれませんが……」

「遠慮なく何でも言って下さい」

「最初、わたしは針谷さんを誤解していました。警察という巨大組織を背景に権力を振りかざして弱い者いじめをする、人の命を軽んじて平気で拳銃を撃つ、世間知らずのエリートが好き勝手をしている……そんな見方をして、厳しく批判する記事を書きました」

「はい」

「でも、深く知り合うにつれて、そんな人でないことがわかりました。たぶん、針谷さんは、ごく単純に犯罪や悪事を許すことができない人なのだと思います。それが警察官になり、今も警察官を続けている動機なんじゃないでしょうか。人を傷つけたり、人の命を奪ったりする凶悪犯を逮捕することが、結果として多くの人たちを救ったり守ったりすることになるから。違いますか？」

「そうかもしれません」

針谷が生真面目な表情でうなずく。

「そうだとすれば、政治家になっても同じことができるじゃないですか。警察官を続けて、犯罪者を逮捕するのも立派なことですが、政治家として人のために尽くすのも立派なことです。政治家になることで、今よりも多くの人を救うことができるかもしれない。針谷さん自身、それがわかっているから迷うのではないでしょうか」

「なぜ、警察官になろうとしたのか、その根本的な動機は単純なのかもしれませんね。正義のヒーローのように悪い奴らを懲らしめたい……それだけのことなのかもしれないな。政治家になっても同じことができると思いますか？」

「政治家って、何となく腐敗したイメージがあるじゃないですか。陰で悪いことばかりしているような。それって、なぜかというと、政治家の手には大きな権力が集中するからなんですよ。その権力をちょっと歪めて使えば、何でも思い通りになったりするし、誰かのために権力を使えば、その見返りにお金をもらえたりする。志のない人が大きな権力を握ると、そうなってしまうんじゃないかと思います。でも、その権力を正しいことに使えば、きっと素晴らしいことができるんじゃないでしょうか。お父さまも清廉な政治家でいらっしゃいますけど、針谷さんも同じような政治家になれそうな気がします。お金や地位や名誉、そういうものに執着しそうな感じがしませんから」

「そんな大した人間ではありませんが……」

針谷が苦笑いをする。

「親父の秘書になれと兄貴に言われたとき、何をバカなことを、とすぐに断りましたが、その後、自分なりにいろいろ考えて、正直、今は迷っています。いや、そうじゃないな。貴子さんと話しているうちに警察を辞めた方がいいような気持ちになってきましたよ」

21

一〇月二五日（日曜日）

石塚美和子は七時三〇分に自宅を出た。いつもの出勤時間である。日曜日だが、看護師は休みが不規則なので土曜日や日曜日に出勤することも珍しくない。家族が不審に思うことはない。黒っぽいカーディガンに白いブラウス、丈の長いスカートという地味な格好である。出勤時のスタイルだ。

仕事に出かける振りをして家を出たが、行き先は勤務している東京拘置所ではない。いつもは定期で電車に乗るが、今日は切符を買う。Ｓｕｉｃａを使うと、記録が残ってしまうからだ。

「できるだけ記録を残さず、人の記憶にも残らないようにすることが大切なのよ」

房子からの忠告に従ったのだ。

美和子は新宿に向かった。平日のラッシュアワーに比べれば空いている方だろうが、それでも坐ることはできなかった。吊革につかまって、何度も重苦しい溜息をつく。眉間《みけん》に皺を寄せ、苦しげな表情をしている。

新宿には九時前に着いた。

デパートの開店まで時間を潰すために、駅の近くのファストフード店に入る。アイスティーを頼む。二階の窓際の席に坐り、外の景色をぼんやり眺める。知らず知らず、また口から溜息が洩れる。できることなら、このまま家に引き返したいのが本音だ。

（ダメよ、ダメ！　ここで弱気になって、どうするの？　あなたが何もしなければ、麻友の人生は終わってしまうのよ。誰も助けてくれないし、誰を頼ることもできない。だから、自分でケリをつけると決心したんじゃなかったの？）

そうだった、もう後戻りはできない、ここで決心が鈍ったら麻友を見捨てることになる、しっかりしなければダメなのよ、麻友を守るの、あなたは母親なんだから……そう自分に言い聞かせる。

一〇時になるとデパートに行く。婦人衣料品のバーゲンセールがあることは事前に調べておいた。すでにかなりの人だかりだ。美和子はさして迷うこともなく、派手な色合いのワンピースと薄手の赤いコートを選んだ。注意したのはサイズだけで、デザインなどは気にしなかった。かなり安っぽい造りだが、それもどうでもいい。帽子とサングラスも買った。それらの品物は、色もデザインも本来の美和子の趣味とはまったく相容《あいい》れないもので、今まで一度も買ったことがないようなものばかりだ。会計し、大きな紙袋に入れてもらう。全部合わせて一万円にもならなかった。安い買い物だ。

いや、長く愛用するつもりはないから、むしろ、高い買い物だったと言えるかもしれない。

トイレに入り、今し方、買ったばかりのものを身に付ける。自宅から着てきたものは紙袋に入れる。着ているものに似合った派手な厚化粧にメイクも直す。個室を出て、洗面所の鏡の前に立つ。

（これが、わたし？）

鏡の中には、見たこともないケバケバしい中年女がいる。普段の美和子であれば、決してそばに近付きたくないと嫌悪感を抱くような女だ。唯一、髪型だけが地味で、美和子の面影を留めているが、帽子を被ると、そのわずかな面影も消え失せた。

他の階に移動し、日用雑貨品コーナーで荷造り用の紐《ひも》とハサミを買う。地下の食料品コーナーでは缶ビールとウィスキーの小瓶を買った。

デパートを出て駅に戻る。衣類を詰めた紙袋をコインロッカーに預ける。券売機で渋谷までの切符を買って山手線《やまのて》に乗る。ホームでサングラスをかける。

電車の中では、もう余計ことを考えないように心懸けた。すでに計画は始まっている。この期《ご》に及んで逡巡《しゅんじゅん》するのは命取りになりかねない。

(今日のあなたは石塚美和子じゃない。一日だけ別人になるのよ)

そう自分に言い聞かせる。

マークシティのコーヒーラウンジには待ち合わせ時間より一五分早く着いた。どこの席がいいだろうと店内を見回すと、柱の陰の席に松浦茂樹が坐っているのに気が付いた。

「待ち合わせですから」

と、ウェイターに断り、ロイヤルミルクティーをお願いね、と注文して松浦に近付く。

「こんにちは」

声をかける。

「……」

顔を上げた松浦が怪訝な顔で美和子を見つめる。

思わず美和子は笑いそうになる。

（誰だかわからないんだわ）

変装がうまくいったことを実感し、何だか嬉しくなる。

「石塚です」

サングラスを取って挨拶する。

「あ……」

驚きを隠すことができず、松浦がぽかんとする。

「びっくりしました。先日、お目にかかったときと、まるで印象が違っていたものですから」

そう、この前会ったときは地味で冴えない、どこにでもいそうな平凡で退屈そうな中年女だったからな、しかし、着るものや化粧を変えると結構いけるじゃないか……と松浦は心の中で考える。

美和子が席に着くと、ウェイターがロイヤルミルクティーを運んできた。

「連絡をいただけてよかったです」

「こちらこそ約束の期限が過ぎてしまって心苦しく思っています。あちこち金策に走っていたものですから……。会っていただいて感謝しています」

「真剣に返済をお考えいただいてありがたいです。とは言え、貸付金額が大きいこともあり、日々、利息が増えているという状況です。全額返済は無理でも、とにかく、いくらかでも返済していただくのがよろしいかと思います」

「何とか三〇〇万は用意しました……」

美和子がバッグから分厚く膨らんだ銀行の封筒を取り出そうとする。ハッとしたように、すぐに引っ込める。それを見た瞬間、松浦のふたつの目が大きく見開かれたのを美和子は見逃さなかった。餌《えさ》に食いついたのだ。

「嫌だわ、わたしったら、こんなところで大金を出そうとするなんて……」

「全然構いませんよ」

松浦としては、早く金を受け取りたくてうずうずしているのであろう。

「今日は返済についてのご相談だけでなく、電話でお願いした件についても……」

「ああ、仕事の件ですね。大丈夫ですよ。この前は、真面目で堅苦しい印象でしたが、今日はまるで違う。失礼ながら熟女の魅力がぷんぷん匂ってくる感じです。これなら、いくらでも稼ぐことができると思います」

「あの……」

美和子が声を潜める。

「何でしょう？」

「具体的には、どういうことをすればいいんでしょうか？」

「は？」

一瞬、松浦は戸惑い顔になるが、すぐに口許に笑みを浮かべ、

「失礼ですが、そういう経験は？」

「何の経験？」

「ですから、その種の仕事という意味ですが」

「ないです」

美和子が首を振る。

「どう説明すればいいかな。そうですね、まず……」

「待って下さい」

「何でしょう？」

「嫌です。こんな明るいところで、周りに人がたくさんいるところで、お金の話や、そういう仕事の話をするのは……」

「ああ、そういうことですか。わかりますよ。それなら、静かに話せるところに行きましょうか。ご紹介する仕事についても、あれこれ口で説明するより、実地訓練とでも言いま

すか、どんなことをすればいいのか具体的に教えることもできますし」

好色そうな目で、なめるように美和子の体を眺めながら松浦が提案する。

「はい、よろしくお願いします」

美和子が頭を下げる。

22

円山町《まるやまちょう》のラブホテル。

広々とした和風の部屋である。その代わり、造りは古臭い。

美和子はソファに坐っている。

浴室からシャワーの音が聞こえている。

一緒に入りましょう、と誘う松浦の手を、

「恥ずかしいから先に入って下さい。わたしは後から……」

と、ふりほどいた。

松浦は、あっさり、

「ああ、そうですか」

と一人で浴室に向かった。そう慌てることはない、お楽しみは後に取っておこう、とでも考えたのであろう。

テーブルにグラスをふたつ並べる。デパートで買った缶ビールを取り出す。この部屋にも備え付けの冷蔵庫があり、缶ビールや天然水、ジュースを自販機と同じ値段で買うことができるが、その料金は帰るときに精算しなければならない。それを避けるために、美和子は缶ビールを持参したのだ。

自分のグラスだけに半分くらいビールを注ぐ。

バッグから睡眠薬の包みを取り出す。不眠を訴える文子のために処方された薬である。強い薬なので美和子が管理している。その睡眠薬をグラスではなく缶の方に入れる。軽く振る。

松浦が浴室から出て来る。腰にバスタオルを巻いただけの格好だ。若いくせに、ぽっこりお腹が出ていて、筋肉もあまりない。贅肉《ぜいにく》の目立つたるんだ体である。

(お金のことばかり考えて、運動なんかしないんだろうな)

と、松浦の貧相な肉体を見て笑い出したくなる。

「すいません。勝手に飲んでしまって……。何だか、すごく緊張して恥ずかしい……」

「いいなあ。その素人臭いところが初々しいというか、すごくいい。きっと人気が出ますよ。すぐに大金を稼ぐことができるはずです」

松浦が美和子の隣に坐り、手を取って抱き寄せようとする。

「待って。汗臭いからシャワーを浴びてきます。すぐです。松浦さんもビールでも飲んで待っていて下さい」

松浦のグラスにビールを注いでやる。睡眠薬入りのビールである。

「じゃあ、乾杯」

グラスを打ち合わせ、美和子は自分のグラスのビールを飲み干す。松浦も一気に飲んだので、また美和子が注いでやる。

「すぐに出て下さいよ。待たされるのは好きじゃないんだ」

「はい」

バッグや荷物を手にして、美和子が浴室に向かう。

松浦がビールを飲みながら、テレビのスイッチを入れる。アダルトビデオが流れている。部屋の中に女優の喘《あえ》ぎ声《ごえ》が響く。

美和子は下着姿になって、浴室に入る。バスタブにお湯を入れる。

(あと五分……)

強い薬なので五分もすれば目蓋が重くなってくるはずである。アルコールと一緒に服用すれば、薬が効くのも早まるはずだ。

美和子は心の中でゆっくり数字を数え始める。三〇〇まで数えたら、松浦の様子を見に行こうと決める。

(一、二、三、四……)

胸がどきどきする。呼吸を整えながら、目を瞑って数え続ける。

（二九九、三〇〇）

そっとバスルームから出る。

口をぽかんと開けた松浦がだらしない格好でソファで眠り込んでいる。

「松浦さん、どうしたの？」

声をかけるが返事はない。

肩に手をかけて体を揺さぶるがまったく目を覚ます気配がない。大きないびきをかいて熟睡している。

ソファに携帯が転がっている。ビールを飲みながら携帯を操作していたのであろう。もうロックがかかって画面が暗くなっている。携帯をテーブルに置く。

腰に巻いたバスタオルを取り、松浦を全裸にする。

背後から松浦の腋《わき》の下に腕を差し込み、バスルームに引きずっていく。タイルの上に寝かせると、美和子も全裸になる。

「さて……」

ここからが大変だ。松浦は、どちらかと言えば痩せ形だが、それでも体重は六五キロくらいはありそうだ。何とか引きずるくらいのことはできるが、バスタブに入れるとなると大変だ。両手で抱きかかえることができればいいが、さすがに、それは無理である。

やはり、背後から上半身を持ち上げ、強引にバスタブに体を引っ張り込むしかない。上下に動かすことのできるストレッチャーがあれば簡単なのに、と溜息をつく。

美和子は決して非力ではない。看護師の日々の職務には力仕事も多いのだ。病気や怪我で動くことのできない患者を補助するのは楽ではないのだ。

何度か繰り返して、ようやく松浦をバスタブに入れることに成功する。お湯はまだ松浦の腰が浸かる程度しか溜まっていない。

バスルームを出て、バッグから紐とハサミ、ウィスキーの小瓶を取り出す。デパートで買ったものだ。備え付けのタオルも二枚バスルームに持っていく。

松浦の両足をタオルで巻き、その上から紐で縛る。タオルを巻いたのは紐の痕を残さないようにするためだ。直接、紐で縛ったのでは、その部分が充血して痣が残ってしまう。同じように両手を後ろ手に縛る。それほど強く縛ったわけではない。手足の自由を奪うことができればいいのだ。

「よし」

ここまでは、うまくいっている。計画通りだ。

お湯が松浦の胸のあたりまで溜まったので、お湯を止める。

バスルームを出て、バスタオルで体の水気を拭う。

手術用の透明な薄い手袋を両手にはめる。

用意してきた手提げ袋に松浦の鞄《かばん》を入れる。

上着の胸ポケットから長財布を出し、中身を確認する。何枚かのクレジットカード、それに現金が七万数千円。小銭入れの中身も確認するが、小銭以外には何も入っていないので長財布と共に元に戻す。長財布と小銭入れを残したのは窃盗事件にしないためである。

ズボンのポケットには鍵束がある。鍵がいくつもある。車の鍵、部屋の鍵、事務所の鍵……美和子に想像できるのはそんなところだ。あとは何の鍵なのかわからない。鍵束は手提げ袋に入れる。

バスルームから、おーい、誰かいないのか、という松浦の怒鳴り声が聞こえる。目を覚ましたらしい。

テーブルに置いてある松浦の携帯を持って、バスルームに向かう。

「あら、目を覚ましたのね？」

「おい、どういうつもりだ！」

興奮し、しかも、お湯に浸かっているせいか、松浦の顔は茹《ゆ》で蛸《だこ》のように真っ赤だ。

「ぎゃあぎゃあ騒がないで、わたしの話を聞いて」

「てめえ、ぶっ殺して……」

松浦の髪をわしづかみにすると、頭をお湯の中に沈める。両手両足を自由に動かすことができないので、簡単に沈んでいく。

一から一〇までゆっくり数えて、頭を引っ張り上げる。松浦が白目をむいて、激しく噎《む》せる。かなりお湯を飲んでしまったらしい。

「わかった？　おとなしく、わたしの話を聞きなさい。次は、もっと長く沈めるわよ」

「わ、わかった……」

「携帯のパスワードを言いなさい」

「何をする気だ？」

「いいから早く」

「こんなことをして、ただで済むと思ってるのか。おまえもおまえの娘も……」

「バカ」

また松浦の頭をお湯に沈める。

今度は一五まで数えた。ゆっくりだ。

数え終わると頭を持ち上げる。

松浦が白目をむいている。頬を強く平手打ちすると、ごほっ、ごほっ、と噎せながら、激しく呼吸する。よほど苦しかったらしい。

「次は、死ぬわよ」

「お願いだ。やめてくれ。財布でも何でも持って行ってくれ」

「パスワード。自分の命がかかってることを忘れないでね」

「パ、パパイヤ……」

「は？　あんた、ふざけてるのね」

「ち、ちがう。パパイヤ……８８１８ってことだ」

「ああ、そういうことか。８８１８だから、パパイヤで覚えてるわけね。ふんっ、かわいいパスワードじゃない。あんたには似合わないわよ」

携帯の画面を開き、パスワードを打ち込む。ロックが解除された。

「正直で結構よ」

にこりと微笑む。

「満足か。これをほどいてくれ。のぼせて気分が悪い」

「いいわよ、ちょっと待って」

携帯が濡れないようにバスルームの外にある洗面台に置く。

ウィスキーの瓶を取り、スクリューキャップを捻って開ける。

「これで気分がよくなるわよ」

「何だ、それは……？」

言葉が途中で切れたのは、美和子が松浦の鼻を左の親指と人差し指で強く挟んだからである。そのまま鼻を持ち上げると、自然と松浦の口が開く。そうしないと息ができないのだ。ウィスキーの瓶を松浦の口の中に押し込む。瓶を逆さにして、ウィスキーを松浦の喉に流し込む。松浦が苦しそうに目を白黒させるが無視する。三五〇mlのウィスキーの九割ほどを流し込むと、瓶をバスタブの横に置く。

「何の真似か知らないが早く出たい。本当に気持ちが悪い……」

確かに、松浦の顔色はかなり悪い。

「大丈夫。すぐに終わるから」

ふーっと大きく息を吸うと、今度は両手で松浦の髪をつかみ、自分の体重を乗せるつもりで松浦の頭をお湯に沈める。

「一、二、三……」

六〇まで数えるつもりでいる。

水中で松浦が激しく暴れる。命の危険を察したのであろう。死に物狂いで美和子の手から逃れようとする。

だが、必死なのは美和子も同じである。

ここで挫折したら、麻友の人生が滅茶苦茶になってしまうのだ。麻友のために力を込めなければならない、決して力を緩めてはならない。

五〇まで数えたところで、急に手応えがなくなる。

松浦の抵抗がやんだ。

それでも油断せず、念のため六〇まできちんと数える。やはり、松浦は動かない。手を離しても沈んだままだ。首筋に指を当てて脈を取る。脈はない。心臓が止まった。もう死んでいる。両手と両足を縛っていた紐をほどき、タオルもバスタブから取り出す。タオルをよく絞る。

バスルームを出て、バスタオルで体を拭く。洗面台から携帯を取り、バッグにしまう。テーブルの上に置いてある缶ビールとふたつのコップを持って洗面所に戻る。残っていたビールを捨てる。コップをよく洗う。ビールの缶、紐、ハサミはビニール袋にまとめて入れ、バッグにしまう。

コップをひとつ持って、バスルームに入る。

松浦は沈んだままだ。湯船から右手を出し、タオルでよく拭く。ウィスキーの瓶とコップを順繰りに持たせる。指紋を付けるためである。事件性がないと判断されれば、指紋を調べたりはしないだろうが念には念を入れたのだ。もちろん、房子のアドバイスである。

バスルームを出る。テーブルにコップを置き、残っていたウィスキーを注ぐ。空瓶をコップの横に置く。タオルを手にすると、部屋に入ってからの記憶を辿り、自分が素手で触った箇所を丁寧に拭いていく。何かに取《と》り憑《つ》かれたように、三〇分以上も夢中になって、その作業を続ける。

それから服を着る。

ソファに坐り、改めて記憶を辿る。何か見落としがないか、うっかりした失敗をしていないか、じっくり考える。たったひとつの小さなミスが命取りになりかねないからだ。

大丈夫だと納得するとソファから立ち上がる。

再度、部屋の中をチェックする。バスルームを覗くと、お湯の中で松浦の体がゆらゆら動いている。

荷物を持って、部屋を出る。鍵はかけない。時間になれば、受付から、延長するかどうかの確認電話が入るはずだ。電話に出なければ従業員が部屋にやって来る。鍵のかかっていない部屋に入り、バスルームで松浦を発見する。警察と消防に通報する。警察官が駆けつけ、松浦は救急車で病院に運ばれるであろう。ちょっとでも不審な点があれば警察が捜査を開始し、松浦は解剖される。

警察病院に勤務しているだけに、そういう手順を、よく知っている。

(酔っ払ったままお風呂の中で寝込んでしまい、運悪く溺《おぼ》れ死んだ)

そう解釈してくれることを願っている。

解剖されれば、胃から大量のアルコールが検出されるから、松浦が泥酔状態だったとわかるはずだ。ウィスキーを飲んだ痕跡は残してきた。部屋でビールを飲んだ痕跡はないが、ラブホテルに入る前に飲んだと考えれば、さほど不自然ではない。

(大丈夫よ、大丈夫。何もミスをしていない……)

そう自分に言い聞かせる。

ラブホテルを出てから手袋を外し、手提げ袋に放り込む。

山手線で渋谷から新宿に向かう。

コインロッカーに預けておいた荷物を取り出す。

駅の近くのデパートに行き、トイレの個室に入る。

まず着替える。

派手なコートやワンピースは、ボタンなどに、うっかり指紋を付けたかもしれないので丁寧にハンカチで拭ってから、別々にスーパーの買い物袋に入れる。一枚あたり二円とか三円で販売されているビニール製の白い袋だ。自宅から何枚か持ってきた。

帽子とサングラスも違う袋に入れる。

銀行の封筒には新聞紙を束ねた偽の札束が入っている。封筒から出して、ばらばらの状態で袋に入れる。ビニール紐とハサミも同じ袋に入れる。サングラスやハサミに付着した指紋は拭き取った。

あとは松浦の私物だ。鞄と携帯である。できれば捨ててしまいたいが、捨ててはダメだ、と房子から釘《くぎ》を刺されている。何か役に立つ情報が手に入るかもしれないというのだ。

個室から出る。洗面台の前に立ち、じっと鏡を見つめる。そこにいるのは、これといって特徴のない地味で平凡な中年女だ。いつもの美和子である。見慣れた顔、見慣れた服装、見慣れた体型……何も変わっていないように見える。

しかし、そうでないことは美和子自身がわかっている。

(昨日までの自分とは別人なのよ。昨日どころか、さっきまでの自分とも違う)

松浦を溺死《できし》させたことで、自分の中で何かが決定的に変わってしまったことを美和子は感じている。

そう、何かが変わった。

言葉ではうまく説明できないが間違いなく何かが変わった。


駅の周辺を歩き回り、買い物袋をひとつずつ捨てた。面倒なのでまとめて捨ててしまいたかったが、命取りになりそうなことはしない。手間を惜しむと、しっぺ返しを食らうことになるよ……これも房子の教えである。

ひとつずつ別々のゴミ箱に、しかも、ある程度、離れた場所にあるゴミ箱に捨てた。買い物袋を捨て終わると、あとには自分のバッグと、松浦の鞄の入った手提げ袋が残る。それらを手にして、美和子は電車に乗った。

運よく優先席がひとつ空いていたので、ためらうことなく坐った。直後、白髪頭の老婆が目の前に立ったが、美和子は席を譲らなかった。立とうと思っても立ち上がることができなかった。座席に沈み込んでしまいそうなほど体が重い。疲れた。疲れ切って、心も体もへとへとだ。

ふーっと大きく息を吐くと、目を瞑る。

次の瞬間には、もう小さな寝息を立てている。

23

夕方、病院の近くで太郎と次郎を見かけた。

（イチの見舞いか？）

ぼくは午前中に一度、イチを見舞った。看護師や医者に気付かれないように、ほんの短い時間だったけど病室に入って、イチと話した。以前は、ドアに「面会謝絶」の札がかかっていたけど、今はない。だいぶ回復したからだと思う。顔や頭が包帯で覆われているのは同じだけど、鼻と口に入れられていたチューブはなくなっている。

そのチューブがあった頃は、いつ訪ねてもイチは眠ってばかりだった。

でも、チューブがなくなってからは目を覚ましていることが多い。イチと話すことができるし、何となく顔色もよくなってきた気がしたので、ぼくは嬉しかった。

もっとも、イチにとっては嬉しいことばかりではなかった。一日に一度は刑事がやって来て、名前とか住所、家族のことなんかを聞き出そうとしたからだ。イチは口を閉ざして、何もわからない、何も覚えていないという振りをした。頭を強く打ったので、一時的な記憶障害が起こっているのかもしれません、と医者が刑事に説明したが、そんなごまかしがいつまで通用するかわからない、とイチは困っている。

「もう大丈夫だから、ここから連れ出してほしいって、ダーとマムに伝えて」

イチに頼まれたので、ぼくは、そうした。

一昨日だ。

ダーとマムは、ぼくの話を黙って聞き、

「そうか。刑事がなあ。そう簡単にはしゃべらないと思うが……」

「イチが言うように、刑事だってバカじゃないんだから、いつまでもそんな猿芝居は通用しないわよ」

「歩けるのか？」

「ゆっくりなら一人でトイレにも行けると言ってました」

「ゆっくりねえ……」

マムは機嫌が悪かった。

「車にはねられて、骨折したのが腕と肩だけだったなんて、ついてたな。足とか腰を骨折してたら、まだベッドから動けないだろうからな」

「同じようなもんでしょう。まともに動くことができないんだから。医者や看護師の目が光っていて、刑事も訪ねて来るっていうのに、どうやって病院から連れ出せる？」

「わかってるよ」

「手遅れになる前に何とかしないと……」

「おい」

「あ……。三郎、もういいわよ。ありがとう。後のことは、わたしたちが考えるから」

「イチを病院から連れ出してくれる？」

「ちゃんと考えるって言ってるでしょう」

マムに睨まれたので、ぼくは黙った。

昨日は何事もなく過ぎた。

ダーとマムから何か話があるかと思ったけど、何もなかった。

イチが事故に遭って入院した直後、太郎と次郎が、イチを始末するようにダーに命令された、と聞かされた。革命の仲間になればイチを助けてやる、と太郎は言った。仕方ないから、ぼくは仲間になった。

太郎の話では、イチを始末する前に、ダーとマムを片付けるということだったが、今のところ、その気配はない。

イチの伝言を伝えると、何だか、マムは機嫌が悪かったけど、ダーはイチを心配しているように見えた。それなのに、イチを始末しようとするだろうか。事故から四日経っても何もしないのだから、やっぱり、太郎と次郎に騙されたのではないか、と疑いたくなる。

午前中にイチを訪ねたとき、

「ダーに伝えてくれた？　早く病院を出たいって」

「うん、伝えた」

「それで？」

「準備するって言ってたよ」

「マムは？」

「うんうんって、うなずいて、ちゃんと考えなくちゃ、と言ってたよ」

「いつ出してくれるの？」

「ぼくにはわからない」

「ダーに訊いてみてね」

「わかった」


イチをがっかりさせないように、ちょっと嘘をついた。確かにダーはイチを心配していたけど、マムはそうじゃなかった。イチを病院から連れ出すのに乗り気なようには見えなかった。

イチは期待してるんだろうな、また訊かれたら、どう嘘をつこうかな……そんなことを考えて歩いているときに太郎と次郎を見かけた。

声をかけようかと思ったけど、すぐに思い止まった。二人が緊張しているように見えたからだ。

それは、あまりいいことじゃない。

なぜなら、何か悪いことをしようとするときの顔だったからだ。

気付かれないように、あとをつける。

二人は病院に入り、ロビーを抜けていく。二〇メートルくらいしか離れていないが、人が多いので二人に見付かる心配はない。

二人は後ろを気にする様子もなく、真っ直ぐエレベーターホールに向かっていく。

さすがに一緒に乗るのはまずいと思い、ぼくは非常階段で行くことにする。階段を駆け上がる。五階に着いたときには息が苦しかった。大急ぎで上ったからだ。ハアハアいいながら、イチの病室に走る。

病室の前に次郎が立っていた。

走りながら近付いていくと、次郎が顔を上げる。

ふたつの目を大きく広げて、ギョッとしたような顔になる。それを見て、

(イチを殺しに来たな)

と、わかった。病室の前で次郎が見張り、太郎がイチを殺すのだろう。

「おい、ちゃんと説明するから話を聞いて……」

「どけ！」

次郎の横っ面を思い切り殴った。拳が鼻に当たって、ごつんと音がした。次郎は鼻血を

出して廊下に倒れる。

ドアを開けて、病室に飛び込む。

太郎がイチに馬乗りになっている。紐で首を絞めているところだ。イチが両手で太郎の顔を掻きむしろうとしているが、その手にはあまり力がない。

ぼくは太郎に飛びかかった。

太郎に抱きついたまま、ぼくたちはベッドから転がり落ちた。太郎は後頭部を床にぶつけて、うわっ、と叫び、手から紐を離した。その紐を拾い上げて、太郎の首に素早く巻き付ける。

太郎がぼくをじっと見上げた。怯えて怖がっている……太郎の目を見て、そう感じた。何か口を開こうとした。たぶん、助けてくれ、と言おうとしたのだと思う。

ぼくは許さない。

イチを殺そうとしたのだ。

誰が許すもんか。

力を込めて、ぐいぐい紐を引っ張った。

太郎はぼくの腕に爪を立て、指を目に突き立てようとしたが、ぼくは顔を反らした。

突然、充血した太郎の目が顔から飛び出しそうになり、口から舌が出てきた。抵抗しなくなったので、力を緩めた。太郎は動かない。

「殺したのか？」

いつの間にか、そばに次郎が立っている。右手で鼻を押さえている。指の間から血が流れている。鼻血のせいなのか、いつもと声が違っている。ちょっと震えているようだ。

「なぜだ？　革命の仲間になれば、イチを助けるって約束したのに」

「最初にダーに命令されたときは、ただ始末しろって言われただけだ。でも、昨日、呼ばれたときは、明日のうちにイチを始末したら、これをやるって、テーブルの上に一万円札の束をふたつ置いた。一〇〇万円ずつくれるっていうんだ。それで……それで太郎がもったいないからもらおうぜって言った。ダーとマムを消すのは、その後でいいだろうって」

「ぼくも消すつもりだったな？」

「おまえが、イチのことばかりでうるさいからだよ。何でも、イチの言いなりだ。後々、面倒なことになりそうだから、まず、イチを始末して、次に三郎、それから、ダーとマムを始末しようぜって……。おれじゃないぞ。太郎が言ったんだ」

「何もかも太郎一人が悪いって言いたいのか？」

立ち上がって太郎を見下ろすと、口と鼻、それから目からも血が出ていた。気味の悪い死体だ。

「おい、何する気だよ？」

「は？」

次郎に近付くと、次郎は顔色を変えて後退《あとずさ》り、

「ちきしょう、殺されてたまるか」

くるりと向きを変えると、あっという間に病室から走り出ていった。

そのときになって気が付いたけど、ぼくはまだ紐を持っていた。たぶん、次郎は自分も太郎のように絞め殺されると思ったのかもしれない。そんなつもりはなかったのに……。

「三郎……」

イチの小さな声が聞こえた。

振り返ると、ベッドに体を起こそうとしている。顔色が悪くて、ぜえぜえ息をしている。首に赤い痣ができている。

「まだ寝てないとダメだよ」

「ううん、もう、ここにはいられない。出て行かないと……」

「だって、そんな体で……」

「手伝って。早くしないと。医者か看護師が来て、太郎の死体を見付けたら大変なことになる」

そう言われれば、その通りだと思った。

ここにはいられないのだ。

だけど、イチはまだ一人で動けるような体じゃなかった。

「太郎の死体を、そこのクローゼットに隠して。それで少しは時間稼ぎができる。それから、廊下に出て、車椅子を持ってきて。廊下の端に何台か置いてあるはずだから。お金、持ってる？」

「三万円」

「売店で白衣が買えるから、あとで買いましょう。この格好で外に出るわけにはいかないから」

イチは寝間着のようなものを着ていた。確かに、それで外を歩くのは変だ。

「三郎、急いで。誰かが来ないうちに」

「わかった」

ぼくはイチに言われたことをひとつずつやり始める。幸い、医者も看護師も来なかった。もし誰かが来たら、そいつも殺すつもりだった。

24

一〇月二六日（月曜日）

朝の五時。正確に言えば、まだ三分前、四時五七分である。

いつもは目覚ましが鳴っても、なかなか目を開けることができない。体の奥底に沈殿した重苦しい疲労が、美和子を眠りの海に留めようとするからだ。

しかし、今日は、そうではない。

目覚ましが鳴り出す前に目を開け、目覚ましのスイッチをオフにした。

美和子は眠りから覚めたわけではない。

ゆうべ、ほとんど眠っていないのだ。

にもかかわらず、まったく眠気を感じない。

昨日、帰宅してからというもの、

（いつ警察が来るか……）

と不安に苛《さいな》まれ、まったく緊張が解けなかったのである。布団に入ってからも同じで、今にも玄関のチャイムが鳴って刑事たちが現れるのではないか、と心配でたまらなかった。

あまりにも胸が痛み、気分が沈むので、やはり、人殺しなどしてはいけなかったのだ、自首して罪を償うべきではないのか、と悩んだ。

しかし、母親が人を殺して刑務所に入ることになったら麻友と翔太はどうなってしまうのか、世間から後ろ指を指されることになり、就職や結婚にも支障が出るのではなかろうか……溜息をつきながら、様々な考え事をしているうちに夜が明けた。

布団を出ると、真っ直ぐ玄関に向かい、朝刊を取った。台所で新聞を開く。

社会面と地方欄を隅々まで読んだが、どこにも松浦の記事は載っていなかった。

死体はすぐに見付かったはずだ。

にもかかわらず、記事になっていないということは殺人事件として扱われなかったということではないか、事件性がないと判断されれば、警察が捜査することもないはずだ……美和子の胸に期待感が滲んでくる。何となく気分が晴れ、家事をてきぱきとこなし、七時半に家を出た。


ベッドの周りをレールカーテンで囲んで房子を着替えさせていると、

「うまくやったようじゃないの」

声を潜めて房子が話しかける。

「何とか……。でも……」

美和子の表情が曇る。

「捕まるんじゃないかと心配なんでしょう。わたしが指示した通りにやった？」

「はい」

「それなら大丈夫よ」

房子がにこっと笑う。

「大切なのは、いつも通りに振る舞うこと。昨日のことなんか忘れてしまえばいいの。どんなことでもそうだろうけど、最初が一番難しいの。慣れてないから手際も悪いしね。場数を踏むうちに、どんどん上手になるものなのよ。次は、もっと簡単にできるわ」

「何を言うんですか、次だなんて……」

美和子の顔色が変わる。

「ま、いいけどね」

「……」

房子の着替えを終わらせ、美和子がナースステーションの方に歩いて行くと、反対側から芦田医師がやって来るのに出会った。避けようもないので、伏し目がちに歩き、軽く会釈して通り過ぎようとする。

「石塚さん」

「はい」

「ちょっと話したいことがあります。五分ほどいいですか？」

「あ……」

できれば何か理由を拵えて断りたかったが、美和子が返事をする間もなく、芦田医師がさっさと応接室に向かっていく。仕方なくついていく。

部屋に入ると、芦田医師はソファに坐り、足を組んで大袈裟に溜息をつく。坐っていい、と言われないので、そのまま立っている。

「あなたね、近藤さんと何を話してるんですか？」

「え？　何のことでしょう」

心臓の鼓動が速まるのを感じる。

「看守も馬鹿じゃないんです。いくらカーテンで目隠ししても、声が聞こえないわけではない。あなたたちが何やらひそひそ話をしていると報告がありましてね」

「……」

「特別病棟に入院している患者との私的な会話は禁止されているのを知らないわけではありませんよね、ベテラン看護師なんですから」

「もちろん、知っています」

「それなら、なぜ、規則を破るんですか？　これは重大な職務規程違反ですよ。会話の内容にもよりますが、場合によっては懲罰の対象になります」

「申し訳ありません」

美和子がうなだれる。

「では、会話を認めるわけですね？」

「あの、それは……」

「担当を外れてもらいます。その上で、どういう処分が下されるか、それは上層部の判断になります」

「待って下さい」

美和子が慌てる。今、房子と接触できなくなるのはまずい。松浦の一件がどうなるか、まだわからないからだ。予想外の事態が起こったとき、どう対応すればいいか、房子にアドバイスしてもらう必要がある。

「何を待つんですか?」

「いいえ、あの……困ります。担当を外さないで下さい」

「は? 何を言ってるんですか。そんなことを言える立場ですか」

「きっと、わたしが担当を外れたら、近藤さんが怒ります」

「自分は気に入られてると思っているようですね。そんな自信家だったとは驚きです」

「そうじゃありませんが……。近藤さんは恐ろしい人です。確かに会話はしましたが、好きでしたわけではありません。そうしないと何か恐ろしいことが起こりそうな気がして……」

「何が起こると言うんですか?」

「殺されます」

「……」

芦田医師がハッと息を呑み、じっと美和子の顔を見つめる。

「近藤さんがそう言ったんですか?」

「言いません。だけど、わかるんです。近藤さんを怒らせると、ただではすみません。会話を拒否すれば、きっと復讐されると感じたから応じただけです。最低限度の会話です」

看守が会話の中身までは理解していないとわかったので、芦田医師を思い止まらせるために、美和子は必死で嘘をつく。

「どうしても担当を外すとおっしゃるのなら仕方ないと思いますが、芦田先生のせいでわたしが担当を代わったと知れば、きっと近藤さんは怒りますよ。ものすごく怒ると思います」

「いったい、どうなると言うんですか？」

「以前、近藤さんは拘置されているときに脱走したことがあります。そのとき、気に入らなかった検察官を殺しています。ご存じありませんか？」

「聞いたような気がしますが……」

「ボールペンを目に突き刺して殺したんですよ。眼球から脳味噌まで突き通したんです」

「同じことをわたしにするとでも言いたいんですか！」

芦田医師がヒステリックに叫ぶ。興奮して顔が赤くなっている。

（ふんっ、臆病者）

美和子は腹の中で自分が優位に立ったと感じる。芦田医師というのは本質的には気が小さくて臆病な男なのだと見抜いている。房子のことも異様なほどに恐れている。その恐怖心に揺さぶりをかければ、こっちの要求を呑ませることができるのではないか、と美和子は咄嗟に考えた。

「近藤さんは本当に恐ろしい人ですよ。人の命なんか何とも思ってないんです。わたしが近藤さんと会話してる……そうおっしゃいましたけど、実際には自慢話を聞かされているだけなんです」

「自慢話？」

「これまでに、どれだけたくさんの人を殺したか、どんなやり方で殺したか……そんなことを自慢気に話すんです。そして……」

「何です？」

「いつだって簡単に人を殺せるとも言ってました。ベッドに寝たきりで何もできないと思うかもしれないが、そうじゃない。その気になれば、看守だって警察官だって看護師だって……それに医者だって殺すことができるって」

「そ、そんなことを言ったんですか？」

　芦田医師の顔は真っ青だ。

「こんなことを言える立場ではありませんが、近藤さん、傷が癒《い》えれば退院するわけですし、そんなに先のことでもありません。近藤さんを刺激せず、ここから出て行くのを待つ方がいいような気がしますけど」

「……」

「誤解なさらないで下さい。処分を恐れているわけではありません。規則に違反したのは事実ですから、懲罰も仕方ないと思っています。ただ、そのせいで芦田先生の身が危険になってはいけないと……」

「あ、いけない。回診の時間だ。もう行かないと。呼び止めてすまなかったね。この件、もう少し考えてみます。口外しないように」

そそくさと芦田医師が出て行く。

（腰抜け野郎。結局、心配なのは自分のことだけか？　調子に乗って、ふざけたことばかり言うと殺してやるからね）

おまえなんか簡単に殺すことができるんだ……そんなことを平然と考えている異常さに美和子自身は気が付いていない。


美和子が病室から出て行き、一人になると、

（いい感じじゃないの）

房子は、にんまりする。

着々と教育の成果があがっている。

ついに美和子は一線を超えた。

何だかんだと言っても、そこが肝心である。人間を大きくふたつに分類すれば、人を殺したことがある者と、人を殺したことがない者に分けられるのではないか、と房子は考えている。

一度でも人を殺したことがある者は、それ以前とは違う世界に棲《す》むことになる。もっとも、一人殺しただけで挫折する者も少なくない。良心の呵責《かしゃく》に苦しめられて自壊してしまうのだ。そこが試練のトンネルである。そのトンネルを何とか抜けてしまえば、二人目を殺すのは、ずっと楽になる。ミスも減る。殺人に限らないが、大切なのは熟練である。熟練した者が落ち着いてやれば失敗は減る……そういうものだ。

美和子が松浦茂樹を殺したのは娘を守るためだ。

やむにやまれぬ事情があったのである。

恐らく、美和子本人は、人を殺すのは、これが最初で最後だと思っているに違いない。

しかし、そうはならないだろう、と房子は予想している。美和子の家庭環境を考えれば、遠からず二度目の殺人に手を染めるに違いない。ターゲットは義母なのか、それとも夫なのか……。

いずれにしろ二人殺せば、もう立派な連続殺人犯である。二人目を殺す敷居は、一人のときより、ずっと低い。三人目となると、その敷居は更に低くなり、四人、五人となれば、もはや敷居などなくなってしまう。

「石塚さん、いいわよ。すごく、いい……」

房子には遠大な計画がある。その計画を実現するには美和子の助けがいる。

もっとも、美和子本人は何も知らない。

第三部　クーデター

1

イチがしななくてよかった。

あぶないところだったけど、なんとか、たすけることができた。

太郎がイチをころそうとしているのをみて、むちゅうで太郎にとびかかったんだ。

太郎はてごわいけど、イチのためにひっしにたたかった。

ぼくは、かった。

太郎をころして、イチをまもった。

次郎は、どこかににげた。

ぼくとイチはびょういんからにげることにした。

イチをくるまいすにのせ、ばいてんでかったはくいをきせ、ぼくたちはびょういんをでた。タクシーにのって、びょういんからはなれ、おおきなスーパーにいった。そこでイチはようふくをかって、きがえた。

おかねは、ぼくがはらった。

ダーからもらうおかねをためていたので、さんまんえんくらいもっていた。

イチは、ぼくがささえなければよろよろしてあるくことができないほどよわっていた。くるまいすがあればよかったけど、あれはめだつからだめだとイチがいうので、タクシーにのるときにすてた。

ほんとうは、もっとにゅういんして、くすりをのんだり、ほうたいをかえたりしないとだめだとおもったけど、びょういんにもどることはできない。

なにかたべよう、とイチがいうのでレストランにはいった。

イチはパスタを、ぼくはオムライスをたのんだ。おなかがすいていたので、がつがつたべた。イチはあまりたべない。しょくよくがないの、といった。

イチにたくさんしつもんされた。

ダーとマムにでんごんをたのんだけど、あれは、どうなったのか?

きちんとつたえたのか?

ダーはなんといったのか?

マムはなんといったのか?

なぜ、太郎と次郎がびょういんにきて、わたしをころそうとしたのか?

なんだか、イチにおこられているみたいだった。

しっていることは、ぜんぶ、しょうじきにはなした。太郎がかくめいをおこそうとしていたこともはなした。

はなしているうちに、だんだん、イチのきげんがわるくなるのがわかった。

なんだか、ものすごくおこっているかんじがした。

はなしおわると、しばらく、イチはだまっていた。

ぼくもだまっていた。オムライスについてきたオレンジジュースをのみながら、イチがなにかいうのをまっていた。

やがて、やるしかないわね、といった。

なにをするの、ときくと、太郎のけいかくをじっこうするにきまってるじゃないの、わたしだって、ダーやマムにころされるのはいやだもの、といった。

ぼくは、おどろかなかった。

イチがそうするのがいいというのなら、それがいいとおもったからだ。イチがころされるのをゆるすことはできない。それなら、ダーとマムをころすほうがいいにきまっている。

だから、いいよ、イチのいうとおりにするよ、とぼくはこたえた。

ありがとう、とイチはわらった。

イチはからだがよわっているし、いままでひとをころしたことがないので、じゃあ、ぼくがひとりでやるしかないね、というと、もうひとりいるじゃないの、次郎をなかまにするのよ、とイチがいう。

ぼくは、おどろいた。

だって、次郎は、太郎といっしょになってイチをころそうとしたんだから。

ううん、だいじょうぶよ、次郎はじぶんでなにかをするというタイプじゃないの。だれかにめいれいされたことをするだけなのよ。びょういんにわたしをころしにきたのも、きっと太郎にいわれてしかたなくついてきたんだとおもう。だから、太郎と三郎があらそったとき、太郎にみかたせずにだまってみていたでしょう？　どうすればいいかわからなかったのよ。しんぱいしなくても、わたしがはなせば、次郎はなかまになるわよ、まかせておいて……。

イチがそういうのなら、それでいいとおもった。

だけど、次郎はどこかにきえてしまった。

もしかしたら、ダーとマムのところにもどったのかもしれないけど、それだと、ぼくたちがいくのはまずい。

そういうと、ううん、次郎は、たぶん、もどってないとおもう、こころあたりがあるから……そうイチがいうので、ぼくたちはタクシーにのった。

どこをはしっているのかよくわからなかったけど、かなりながいあいだタクシーにのった。タクシーをおりて、ぼくたちはゲームセンターにはいった。イチはつかれてしまったらしく、みせのそとにあるベンチにすわり、ぼくがひとりで次郎をさがしにいった。

そのゲームセンターに次郎はいなかった。

ねんのためになんどもみせのなかをあるきまわり、トイレもかくにんしたけど、やっぱり、次郎はいなかった。

つぎにいこう、とイチがいうので、ぼくたちはまたタクシーにのり、べつのゲームセンターにいった。

みっつめのゲームセンターで次郎をみつけた。

ぼくをみた次郎は、おおあわてでにげようとしたけど、イチがこえをかけるともどってきた。

にげなくてもいいのよ、わたしたちがここにきたのは次郎になかまになってもらうためだから……イチがせつめいすると、次郎はあっさり、それじゃ、イチと三郎のなかまになる、とうなずいた。

ぼくたちはカラオケのみせにいった。

かくめいのうちあわせをするためだ。

2

一〇月二六日（月曜日）

ホワイトボードの前にSROのメンバーが集まっている。新九郎、尾形、針谷、麗子、純一の五人である。

「昨日の午後、南千住《みなみせんじゅ》の総合病院で起こった事件に関する報告書が手に入った。もちろん、正式な報告書ではないよ。鑑識や捜査員が調べたことを箇条書きにしてあるだけだ。それでも、いくつか興味深いことがわかった」

新九郎が話す。

「南千住の事件……？」

尾形が首を捻る。

「昨日のニュースを見てないんですか？　今朝の朝刊にも載ってましたよ」

針谷が驚いたように訊く。

「見てない」

尾形が首を振る。

最近、尾形の留守を狙って、誠が夜に一人で外出するようになっている。どう対応すべきか、敏江と話し合ったのだ。

頭ごなしに誠を叱ったり刺激したりしないでほしいと敏江は言い、敏江の気持ちはわからないではなかったが、やはり、小学生が夜な夜な盛り場を徘徊《はいかい》するのを認めるのは親としておかしいのではないか、と尾形は考えた。せめて、カウンセラーの宮本輝代に相談してから結論を出してほしい、と敏江が涙ながらに懇願するので、最後には尾形も折れた。

とりあえず、結論を先延ばしにしたものの、尾形の心の中にはもやもやして割り切れない思いが残り、

（本当に、これでいいのか？　息子の顔色を窺って、親が言いたいことも言えないのは、何か、おかしくないか？　なぜ、いちいち、カウンセラーに相談しなければならない？　何が正しくて、何が正しくないか、それを教えるのは、カウンセラーではなく親の役目なんじゃないのか？）

と悩んだ。とてもテレビを観たり、新聞を読んだりする気持ちの余裕はなかった。

「中学生くらいの男の子が病室で絞殺されたんだよ。入院患者ではなく、外部から入り込んだ者らしい。身元はまだわからない」

新九郎が説明する。

「何が興味深いんですか？」

尾形が訊く。

「ひとつは、その病室に入院していた少女だ。その少女は水曜日に車にはねられて病院に搬送された。命に別状はなかったものの、かなりの重傷を負った。身分証明書の類《たぐ》いを何も持っていなかったし、家族や友人が病院に訪ねてくることもなかったので身元がわからなかった。意識を取り戻してから医者や警察官が質問したが、少女は何も答えなかった。

答えたくなかったのか、事故の影響で記憶障害が起こっていたのか、それは何とも言えない。家出人で、捜索願が出されている可能性も考えられたので、少女の写真を撮影して顔認識ソフトで照会した。残念ながら該当者はいなかった。これが、その写真だ……」

新九郎がホワイトボードにB5サイズの写真を何枚か貼る。

「これでは顔認識ソフトでもお手上げかもしれませんね」

針谷が首を捻る。少女の顔や頭が包帯で覆われており、そうでないところにも傷や腫《は》れがある。この写真から少女の素顔を想像するのは、なかなか難しそうだ。

「これと比べたら、どうかな？」

新九郎が別の写真を並べて貼る。

「ん？　どこかで見たような……」

尾形が首を捻る。

「マンションの防犯カメラに映っていた少女ですね。平子良和殺害に関与し、部屋から現金を持ち去ったと考えられる少女。防犯カメラの写真は横顔しか写っていないし、画像も粗いけど、恐らく、同一人物でしょう」

ホワイトボードに貼られた写真を見比べながら麗子が言う。

「防犯カメラの画像と、近くにある物品の大きさの比較から、身長が一六一センチ前後、体重は五〇キロ前後ではないか、と芝原君が推測してくれた。病院の少女は身長一六〇センチ、体重は四九キロ、ほぼ同じだな」

新九郎が言うと、

「決まりでしょう。副室長の言う通り、これは同一人物ですよ」

針谷がうなずく。

「入院中に血液が採取されているからＤＮＡがわかるし、指紋も残されている。彼女の指紋は、平子良和が殺害されたと考えられる事務所でも見付かっている」

新九郎が写真の横に「光岡悟」という名前を書く。

亀戸で遺体となって見付かった少年だ。

「つまり、この少女と光岡悟は、平子良和が殺害された現場にいたわけだ。それだけじゃない。病室で絞殺された少年の指紋も現場に残っていた指紋のひとつと一致した」

「少年少女ギャング団ってことか？　まさか、そんな……。あり得ないでしょう」

尾形が首を振る。

「今の世の中、あり得ないことばかりじゃないですか」

みんなにコーヒーを運んできた沙織がにこっと微笑みながら言う。

ありがとう、と言いながら、新九郎がマグカップを手に取り、コーヒーを口にする。ふーっと大きく息を吐いてから、

「入院していた少女にしても、病室で絞殺された少年にしても身元がまったくわからない。

指紋やＤＮＡの情報があっても役に立たないんだよな」

「光岡悟のように児童相談所のＣＡシステムで調べたらどうでしょう？」

純一が提案する。

「少女の方はいくらか可能性があるだろうが絞殺された少年に関しては期待できそうにないだろう。光岡悟と同世代だからね。ＣＡシステムに登録されていれば、わたしたちが光岡悟について調べたときに引っ掛かったと思うんだ」

ホワイトボードに新たに二枚の写真を新九郎が貼る。光岡悟と絞殺された少年の写真だ。

「その女の子に口を割らせるしかないでしょう。強盗殺人に関与していたとなれば、だんまりを決め込むのもわかりますけどね。迂闊《うかつ》なことをしゃべると自分に不利になるわけですから」

尾形が言う。

「それは無理なんだ」

「なぜです？　別に手荒な真似をしなくても、じっくり時間をかけて尋問すれば……」

「少女は病院から消えた」

「その少年を絞殺して逃げた、という意味ですか？」

「医者の話によると、回復しつつあるとはいえ、少女の体力はかなり落ちていたそうだから、少年を絞殺するのは無理じゃないかな。自力でトイレに行くのも難しいくらいだったというからね」

「てことは、少年を殺した犯人は別にいるってことになりますね?」

「そうだね。その何者かと一緒に少女は逃げたのか、あるいは、連れ去られたのか……」

わからないことが多すぎるな、と新九郎が渋い顔で腕組みする。

3

「ただいま」

玄関で声をかけて、美和子が靴を脱ぐ。

リビングや台所から明かりが洩れているから誰かいるはずなのに返事がない。

また仁志が不機嫌なのだろうか、と気持ちが沈む。

美和子の帰宅時間は、どんなにがんばっても午後七時前ということはない。定時に病院を出ても七時を少し過ぎてしまう。

ヘルパーの富田早苗がいてくれるのは午後六時までで、その時間を過ぎると三〇分毎に超過料金が発生する。たまにならいいが、毎日のこととなると馬鹿にならない金額である。それ故、午後六時から、美和子が帰宅するまでは仁志が文子の世話をする約束になっている。マンションの管理人という仁志の勤務は午後五時までだから六時までに帰宅するのは難しいことではない。

しかも、文子は仁志の実の母親なのである。わずかの時間、世話をするくらい大したことではないだろう、と美和子には思える。

だが、仁志はそう思っていないらしく、美和子が偉そうに指図している、と反感を持っている。会社勤めをしていた頃は、仁志もそう悪い夫ではなかった。たまに美和子にいたわりの言葉をかけるくらいの優しさがあった。会社を早期退職し、次の仕事がなかなか見付からず、ようやく見付けたのがマンションの管理人という今の仕事である。給料はかつての五分の一になった。仁志はやる気をなくし、事あるたびに美和子に嫌味を言うようになった。いつもイライラして仏頂面をしている。看護師としてフルタイムで働き、文子の世話までしている美和子に感謝することもなくなった。

美和子が帰宅の挨拶をしても、仁志なら返事もしないだろう。職場で不愉快なことがあると、いつも以上に嫌な男になるのだ。

リビングを覗くと、ソファに麻友が坐っている。

テレビもつけず、ぼんやりしている。

「あら、麻友じゃない。早いのね。お父さんは？」

「三〇分くらい前に出かけた。用があるんだって」

顔も向けずに答える。

「そう。おばあちゃんの晩ご飯は、どうしたかしら？」

「もうヘルパーさんが食べさせたみたい。さっき部屋を覗いたら、いびきをかいて寝てた。ねえ、お母さん」

麻友が美和子に顔を向ける。

「どうしたの、具合でも悪い？」

麻友が真っ青な顔をしていることに美和子は気が付いた。風邪でも引いたのか、と心配になる。

「話があるの」

麻友が立ち上がり、リビングから出て行く。

「話って、何なの？　具合が悪そうなんだから、話なら、ここですればいいじゃないの」

そう呼びかけるが、麻友は返事をせず、階段を上っていく。仕方なく美和子もついていく。開け放してあるドアから麻友の部屋に入る。

麻友はベッドに腰を下ろしている。

「何かあったの……？」

美和子が息を呑む。

麻友の足元に松浦の鞄が置いてあったからだ。

顔から、サーッと血の気が引いていくのがわかる。

「おかしいと思ってたの。あいつから全然連絡が来なくなったから。一日に何度もしつこくメールとか電話とか来てたのに、ぱったり来なくなったから。昨日も今日もゼロ。こんなこと初めて。何かあったんだな、と思った」

「……」

「鞄の中に携帯もあったよ。ロックがかかってたから誰の携帯かわからなかったけど、手帳とか名刺とかクレジットカードがあったから、これは松浦のものなんだってわかった。まさかと思ったけど……お母さん、松浦を殺した？」

「ああっ……」

美和子が膝から崩れ落ち、へなへな床に坐り込む。両手を床につき、がっくり頭《こうべ》を垂れる。全身から力が抜ける。

（やっぱり、こういうことになった。悪いことはできないものだ。麻友に人殺しだとばれてしまった。もうダメだ。自首しよう……）

そう観念したとき、

「ありがとう、お母さん」

麻友が美和子に抱きついてくる。

（え？）

美和子が呆然とする。

「わたし……わたし、もうダメだと諦めてたの。もうあいつからは逃げられないって諦めてた。返済も無理だからソープに売られると思ってた。でも、わたし、ソープなんかで働きたくないし、そんなことをするくらいなら死んだ方がいいと思った。だから……」

「麻友、あなた、まさか……」

「死ぬつもりで物置に入ったの。物置で首を吊ろうと思って……。首を吊ると、死んだ後、その場所が汚れるって聞いたから、自分の部屋で死ぬのは嫌だと思って、それで物置に行ったの。ロープは自分で用意した。脚立《きゃたつ》を探しているときに、この鞄を見付けたの。松浦のものだとわかって、その瞬間、もう松浦がこの世にいないって感じた。死んだんだって。お母さんが殺してくれたんだよね？　ありがとう。わたしだって殺したいくらい憎んでいたけど、そんな勇気がなかった。自殺することくらいしか思い浮かばなかった……」

美和子の胸にすがって泣きながら、ありがとう、ありがとう、と麻友が繰り返す。

（麻友が自殺しようとしたなんて……物置で首を吊ろうとしただなんて……）

昨日、松浦を殺さなかったら、私物を持ち帰って物置に隠さなかったら、今頃、麻友は死んでいたのだ。そう考えると、ゾッとして、美和子の背筋を冷や汗が流れ落ちる。

泣きじゃくる麻友を抱きしめながら、

（松浦を殺してよかった。障害物を取り除いたおかげで最悪の事態を脱することができた。近藤さんの言う通りだった。人を殺すことで幸せになれることもあるんだ……）

今の美和子は松浦を殺したことをまったく後悔していない。罪悪感はきれいに消え去り、胸がすーっと軽くなった。

4

一〇月二七日(火曜日)

次の朝、美和子は気分良く目覚めた。久し振りに熟睡した。昨日とは大違いである。

台所に立つと、無意識のうちに鼻歌でも出てきそうなほど爽快で、いい気持ちだ。

文子に嫌味を言われてもまったく気にならない。

(どうぞ、どうぞ、何でも好きなことを言って下さいな。こんな陰気な部屋で、自分のおしっこやうんちの臭いを嗅ぎながら一日中、寝てばかりいるんだから、そりゃあ、イライラしますよね。誰かに八つ当たりしなければやっていられないでしょうよ)

そんな寛大な気持ちで文子に接することができる。

出勤し、房子の病室に入る。

美和子の顔を見るなり、

「あら、吹っ切れたようじゃないの」

房子が笑いかける。

「はい」

美和子も微笑みを返す。

「近藤さんの言うことが正しいとわかりました。ありがとうございました」

それ以上の無駄口を叩かず、てきぱきと仕事をこなして病室を出て行く。その歩き方を見るだけで、美和子に生気がみなぎっていることが察せられる。

（ふふっ、石塚さん、第一段階をクリアね）

初めて人を殺した後には良心の呵責に苦しむのが普通だ。そこで自壊する者も多い。

美和子も苦しむだろうが、いずれ試練のトンネルを抜けるだろう、と房子は楽観していた。なぜなら、房子というよきアドバイザーがそばにいるからだ。万が一、美和子が自壊しそうになったら、いつでも房子が支えてやることができるのだ。

まさか、たった一日でトンネルを抜けるとは想像していなかった。嬉しい誤算である。

（わたしの目に狂いはなかった。あの女には素質がある。自分では気が付いてないけど、人殺しが好きなんだ。いいわあ、すごくいいわあ……）

房子は満足げな溜息を洩らすと、できるだけ早く、二人目、三人目を殺してもらわないとなあ、と思案する。良心の呵責に苦しむことなく三人くらい殺せば、もう立派なシリアルキラーである。そうなれば、一〇人だろうが二〇人だろうが何人殺しても平気になる。眉ひとつ動かさずに人の命を奪うことができるようになるのだ。

5

「病院の防犯カメラ映像を調べたの。病室で絞殺された少年の行動を追跡してみたんだけど、いろいろ面白いことがわかったわ……」

麗子がパソコンのキーボードを操作すると、病院のエントランス付近の映像が液晶テレビの画面に映し出される。パソコンとテレビをケーブルで接続してあるのだ。

新九郎、尾形、針谷、純一の四人がテレビ画面に視線を向ける。

「この子よ。殺された少年」

麗子がロビーを横切っていく少年を指差す。太郎である。

「一人じゃないようですね」

針谷が画面に顔を近付ける。

「横にいる少年と何か話している。ということは、一人ではなく、二人で病院に来たんだな」

新九郎がうなずく。

「それだけじゃないんですよ」

麗子がキーボードを押して、映像を先に進める。

「この子に注目して下さい」

三郎である。

「もしかして、二人の後をつけてるのか？」

尾形が訊く。

「そう見えるわね。二人の様子を窺いながら、二〇メートルくらい後ろを歩いている。二人は何か話しながらエレベーターホールに向かうけど、尾行している少年はエレベーターには乗らず、非常階段の方に向かっていく。二分後……」

また画面を切り替える。

「ナースステーションの前を二人組が歩いて行く。エレベーターを降りて病室に向かうところね。その一分後、尾行していた少年が小走りに通り過ぎる。非常階段を上ったせいで、一分の遅れを取った。残念ながら、防犯カメラはその病室をとらえていないから、病室で何があったのか正確に知る術はない。でも、想像はできる……」

麗子がキーボードを叩く。

「四分後……」

画面を左から右に少年が駆けていく。ナースステーションにいる看護師が驚いて顔を上げる。何か声をかける。その少年が一瞬、立ち止まって看護師に顔を向ける。麗子が画像を静止させる。

「かなりはっきり顔立ちがわかるでしょう」

最新式の防犯カメラでないせいか解像度が低く、画面が粗い。それでも、麗子の言うように、その少年の目鼻立ちは見分けられる。

「ん？」

尾形が小首を傾げる。

「どうかした？」

麗子が顔を向ける。

「いや、どこかで見たような顔だなと思って」

「まさか知り合いということはないよね？　それなら探す手間が省けていいんだけど」

新九郎が訊く。

「気のせいかもしれません」

尾形が自信なさそうな顔になり、話を進めてくれ、と麗子に言う。

「二人組の一人が大慌てで逃げ出したことから考えると、もう一人の少年が尾行してきた少年に襲われるのを見て怖くなったんじゃないかしら？」

「ちょっと待って下さい。状況を整理しましょう。二人組が病室を訪ねる。二人組を尾行してきた少年も遅れて病室に入る。なぜ、突然、殺し合いが始まったんですかね？」

針谷が疑問を投げかける。

「尾行してきた少年だけど、最初は二人組を襲うつもりはなかったんじゃないのかな？

そのつもりなら、わざわざ病院のような人の多いところではなく、もっと人気《ひとけ》のない場所で襲う方がいいだろう。にもかかわらず、病室で襲ったということは、突発的な出来事に対処したせいじゃないかという気がする」

新九郎が言う。

「何ですか、突発的な出来事って？」

純一が訊く。

「それを話す前に、もう少し映像を観よう。芝原君、頼む」

新九郎がうなずくと、麗子がまた新たな画像を呼び出す。

「これは二人組の一人が逃げ出してから五分後よ。二人組を尾行した少年がナースステーションの前を横切っていく。そして、すぐに戻ってくる……」

三郎が車椅子を押してナースステーションの前を通る姿が映っている。

「入院している少女を連れ出すために車椅子を使ったわけだな」

尾形がつぶやく。

「更に五分後なんだけど……これはエレベーター内の映像よ。ナースステーションの反対側に職員用の古いエレベーターがあるの。それを使って一階に下りたみたいなの」

車椅子に乗ったイチと、その背後に立つ三郎の姿が画面に映し出される。

「これが最後よ。ロビーの防犯カメラに二人の姿は映っていない。たぶん、一度中庭に出て、それから外に出たんじゃないかと思う」

「中庭に防犯カメラはないのか？」

尾形が訊く。

「あるんだけど、二人の姿は映っていない。中庭は広いから、防犯カメラがカバーしきれていないのね。死角がたくさんあるわ。中庭の周囲には植え込みがあるけど、フェンスで囲ってあるわけではないし、その気になれば外に出ることは可能なのよ」

「防犯カメラに映るのを避けて外に出たということでしょうか？」

純一が訊く。

「たまたま映っていない、とは考えにくいわよね。最初、二人組も尾行している少年も防犯カメラを意識しないでロビーを横切っていた。二人組の一人は病室を逃げ出した後、大慌てでロビーを走り抜けていったわよ」

麗子が答える。

「ということは、少年ではなく、少女の考えで中庭から出たということですかね？　少年たちより年上に見えるし、頭が切れるんじゃないかな」

針谷が言う。

「芝原君、そのエレベーターの映像、拡大できるかな？　少女の首のあたりをよく見たいんだが」

新九郎が言うと、麗子がすぐさまパソコンを操作して画面を拡大する。

「この部分、どう思う？」

新九郎がイチの首筋を指差す。

「腫れているように見えますね。充血してるんでしょうか」

純一が首を捻る。

「ああ、そういうことか……」

針谷がうなずく。

「何かわかったのか、ハリー？」

尾形が訊く。

「二人組は、この少女を殺しに来たんですよ。少女の首にある痣は、首を絞められたときにできたものでしょう。尾行した少年が遅れて病室に入り、首を絞めていた少年を逆に絞め殺した。それを見て、もう一人の少年は逃げた」

「一応、筋は通ってるが……。なぜ、助けた少年と助けられた少女も大慌てで病院から逃げる必要があるんだ？」

尾形が訊く。

「口封じを恐れたんじゃないですか」

「口封じか……」

「少女は医師や看護師、それに警察官にも何も話さなかったそうですが、入院していたのでは、いつまでも黙秘を続けるのは難しいでしょう。いずれ何か話すかもしれない。少女を操っている何者かが口封じをするために二人組を病院に送り込んだ」

「尾行していた少年は何者だ？」

「それは、わかりません」

「状況から考えると、尾行していた少年も仲間なんだろうな。その少年は少女の口封じを見過ごすことができなかった」

新九郎が言う。

「仲間割れということですか？」

純一が訊く。

「少年たちと少女を操っている何者かの指示に逆らったことは確かだろうね」

新九郎がうなずいたとき、

「室長、阿部《あべ》部長からお電話です」

沙織が声をかける。

新九郎が椅子から立ち上がり、受話器を手にして保留ボタンを押す。

「はい、山根です……わかりました。すぐに伺います……」

すまない、部長に呼ばれた、また後で検討しよう……そう言って、新九郎が部屋から出て行く。

6

新九郎が部長室に入ると先客がいた。

捜査一課の前島《まえじま》課長、同じく火野《ひの》理事官の二人である。その二人の前に阿部部長がむっつりと坐り込んでいる。

「来たか。まあ、坐れ」

自分の左側にある一人掛けのソファを阿部部長が指差す。

「失礼します」

先客の二人に軽く会釈して、新九郎がソファに腰を下ろす。

「前置きなしに本題に入らせていただいてよろしいですか？」

火野理事官が阿部部長に訊く。

「いいだろう」

阿部部長がうなずく。

「山根室長、そちらがつかんでいる情報をこちらに渡していただきたいんです」

火野理事官が前のめりになって言う。

「はあ、うちが……」

「一連の事件は、すべて都内で発生しています。ＳＲＯは広域捜査が専門の部署ですよね？　本来、関わるべき事件ではないはずです」

火野理事官の言い方に棘があるのを察したのか、前島課長がさりげなく火野理事官を制する。

「唐突な申し出で戸惑われるのは当然ですし、火野の無礼な言い方に腹が立つかもしれません。その点は、お詫びします。一日も早く、この事件を解決したいという気持ちの表れだと解釈していただければありがたいのですが……」

前島課長が穏やかに話す。

「亀戸で少年の遺体が見付かり、その少年が闇金業者の失踪に関与している疑いがあります。死体は見付かっていませんが、現場の状況から考えて、その闇金業者、平子良和は殺害された疑いが濃厚です。一昨日の日曜日には病院で少年が殺害され、その少年も平子良和殺害に関わっていたことが疑われます。その病院に入院していた少女、病室で少年を殺害した別の少年、その場から逃げ去った少年……その三人もほぼ確実に殺害に関与しています。今のところ、明らかになったのはそんなところですが、一課でもそれくらいはつかんでるんじゃないですか？」

新九郎が訊く。

「まあ、そうですかね」

火野理事官が曖昧《あいまい》な言い方をする。相手の情報はほしいが自分の手の内は見せたくない、ということなのであろう。

「今後の捜査方針は？」

阿部部長が前島課長に訊く。

「病院から逃げた少年二人と少女の行方を追います。その三人を見付けることさえできれば……」

「由々しき事態だぞ」

前島課長の言葉を遮って、阿部部長が大きな溜息をつく。

「さっきから少年少女という言い方をしているが、つまり、未成年ということなんだよな？」

「恐らく」

前島課長がうなずく。

「防犯カメラの映像を観た限りでは青年だとは思えません。一〇代半ばくらいではないか、と」

「少年少女が闇金業者の殺害に関わり、しかも、仲間割れして殺し合いをしたというのか？」

阿部部長が渋い顔になる。

「殺害に関与したことは確かだと思いますが、仲間割れなのかどうかは、まだ何とも言えません」

火野理事官が言う。

「仲間割れでなければ、どうして殺し合うんだよ？」

「わかりません。金の取り分を巡って争ったのかもしれませんし……」

「推測ですが、少年少女を陰で操っている者がいるんじゃないでしょうか。もちろん、大人です。交通事故で入院した少女は何度か警察官から事情聴取されています。身元がわかるようなものを何も身に付けていなかったので本人から話を聞くしかなかったんです。少女は何も話しませんでした。医者は事故の影響で一時的な記憶喪失の可能性もあると考えたようですが、今になってみると意図的に黙秘していたと思われます。陰で操っていた者は、いずれ少女が警察官に何か話すのではないかと危惧し、少女の口封じをするつもりだったのでしょう。病院の防犯カメラ映像には二人の少年と、その二人を尾行する少年の姿が映っていました」

新九郎が説明する。

「その二人が少女を殺そうとし、別の一人が助けようとした……そういうことですか？」

前島課長が訊く。

「そうです」

「やっぱり、仲間割れってことじゃないか」

阿部部長が舌打ちする。新九郎を見て、

「おまえたちは、どういう捜査方針なんだ？」

「病院から逃げた少年少女を追うというのが本線ですが、彼らを陰で操っている者たちも放っておけませんね」

「何か手がかりをつかんだんですか？」

火野理事官がまた、ぐいっと身を乗り出す。それを見れば、一課はまだその種の情報を何も持っていないのだと察せられる。

「いいえ、何も」

新九郎が首を振る。

「本当ですか？　何か隠しているのでは……」

火野理事官が疑い深そうな目を向ける。

「おい、言葉を慎め。失礼な言い方をするな」

前島課長が叱る。

「本当ですよ。陰で操っている者については、まだ何もわかっていません。少年少女を操って自分たちは巧妙に姿を隠しているんでしょう。だから、防犯カメラにも映っていないし、現場に指紋も残っていない」

新九郎が言う。

「卑劣な奴らだ」

阿部部長が舌打ちする。

「その通り、実に卑劣な奴らです。卑劣なだけでなく頭もいい。だからこそ、急がなければなりません」

「何を急ぐんだ?」

「少女の殺害にしくじったとなれば、今度こそ自分たちの手で口封じをしようとするに違いないからです。病院から逃げた少年と少女が狙われます」

「また殺されるっていうのか? 冗談じゃない。何としてでも止めろ」

「そのためにも、ぜひ、わたしたちに情報を……」

火野理事官が切り出す。

「ああ、いいですよ。どれくらい役に立つかわかりませんが、喜んですべて提供します。犯人逮捕が第一ですからね。つまらない縄張り争いをしている場合じゃない」

新九郎があっさり承知する。

7

日曜の夜は公園で野宿をした。

次郎は手慣れていて、集めてきた段ボールで居心地のいい寝床を作ってくれた。ダーに面倒を見てもらうようになるまで、よく家から追い出されて公園で野宿していたそうだ。

ただ夏とは違い、もう一〇月だから夜になると冷える。スーパーで毛布も買った。段ボールと毛布のおかげで夜もあまり寒くなかった。

昨日の月曜日は公園から移動しなかった。イチが疲れていたので休ませる必要があったからだ。

ぼくと次郎は二人でショッピングモールに買い物に出かけた。何を買うかは、イチが指示した。

最初に大きくて丈夫なリュックをふたつ買った。

買ったものを、そのリュックに入れるのだ。

モールの中にある薬局でマスク、ガーゼ、包帯、眼帯、湿布薬、傷口に塗る軟膏、鎮痛剤、絆創膏、オキシドール……他にもいろいろ買った。

買い物カゴをレジに持っていくと、

「随分、たくさん買うんだね」

薬剤師のおっさんが驚いた顔をした。

「学校でキャンプに行くんです。ぼくたちがクラスの代表として買いに来ました」

と嘘をついてごまかした。

病院から逃げたとき、イチは顔や頭に包帯を巻いていたけど、そんな格好だと目立つから、包帯を外さなければならない。

だけど、顔には痣があるし、傷も治りきっていない。薬を塗って絆創膏を貼り、マスクをして隠す、頭の包帯は帽子で隠すわ、とイチは言った。

そのとき、ぼくは知らなかったけど、イチは何ヶ所か骨折していた。幸いというか、背骨とか腰骨とか、そんな大変なところではなく、肩とか肋骨《ろっこつ》とか、そんなところだ。

もちろん、それだって痛いはずだけど何とか動くことはできる。腰の骨を折っていたら、ベッドの上で身動きもできなかったはずだ。

イチは我慢して、泣き言なんか言わなかったけど、やっぱり、辛いときがあるらしく、だから、鎮痛剤が必要だった。

薬局の次に衣料品を売っている階に行った。

まず、イチのために帽子を買った。頭をすっぽり隠すことのできる毛糸の帽子だ。ぼくたちの下着も買った。トレーナーとジーンズも買った。ずっと同じものばかり身に付けていたので、かなり汚れていたからだ。着替えが必要だった。イチのものも買った。ぼくたちが女の子の着る物を買うと変だと思われるかもしれないので男物のシャツとズボン、ジャンパーを買った。イチが履くスニーカーも買った。

買い物した物をリュックに入れた。リュックひとつには入りきらないほど荷物が多くなったので、ぼくと次郎が半分ずつリュックに入れた。

日曜大工用品を売っている階にも行った。

イチに言われたものを買うためだ。金槌《かなづち》やペンチ、スパナ、ドライバー……ひとつずつ別々に買うつもりだったけど、レジに行くと、

「これならセットになったものの方がお得ですよ。他にもいろいろ入っていますし」

と店員さんが勧めてくれたので、それを買うことにした。その工具セットは次郎のリュックに入れた。その代わり、トレーナーやジーンズを、ぼくのリュックに移した。二人ともリュックがパンパンに膨れて、かなり重くなった。

モールの食料品売り場で飲み物やおにぎり、サンドイッチ、お菓子なんかを買って、公園に戻った。

三人でごはんを食べて、次に何をするのかと思ったら、イチは、

「銭湯に行きましょう」

と言い出した。

ぼくと次郎は何日か体を洗っていなかったので、自分たちは気にならなかったけど、

「臭いわよ」

と、イチに言われた。

汚い格好で、しかも、変な臭いまでするとバスや電車に乗ったときに目立ってしまうそうだ。大人だとホームレスだと思われて、みんな見て見ぬ振りをするらしいけど、ぼくや次郎くらいの年齢だと、中には心配して声をかけてくるような人もいるらしく、そうなると厄介なのだ。

イチも体を洗いたかったらしい。

ぼくや次郎は野宿なんか平気だし、公園のトイレで顔を洗えばいいけど、イチはそうはいかない。一日でもシャワーを浴びないと気持ちが悪いらしい。髪も洗いたいのよ、と言った。

三人でバスに乗って銭湯に出かけた。

リュックはコインロッカーに預けた。モールで買った下着やトレーナーを持って銭湯に入り、中で着替え、汚れものはビニール袋に入れて持ち出した。

広いお風呂に入るのは、ぼくも次郎も久し振りだったので何だかとても楽しかった。

銭湯を出て、コインロッカーからリュックを取り出し、ハンバーガーショップで休憩した。

「昨日話したこと覚えてる?」

「うん」

それは、ダーとマムをどうやって襲うかという話だ。モールで買った工具は、そのための武器だ。

イチは、まだ一人で歩くのがやっとという状態だから、とても戦うことはできない。

ぼくと次郎がやるしかない。

まず、二人がかりでダーを動けないようにして、それから、マムをおとなしくさせるのだ。

イチが念を押したのは、

「殺さないようにして」

ということだ。

ダーとマムから聞き出さなければならないことがたくさんあって、それを聞き出さずに殺してしまったら、この先、わたしたちは生きていくことができない、とイチは何度も言った。ダーは手強《てごわ》いだろうし、手加減なんかしてうまくいくのかなあ、と心配だったけど、イチの言いつけには従うしかなかった。

ぼくたち三人は、キャンピングカーのある場所に向かった。もう暗くなっていた。

でも……。

なかった。

キャンピングカーはなくなっていた。

「やばいなあ、どうするんだよ」

次郎は慌てたが、

「ふうん、やっぱりね」

イチは驚いていなかった。

病院で太郎が殺されたことは新聞やニュースで報道されているから、ダーやマムも知っているだろうし、わたしが病院から逃げたことも知っているに違いないわ。誰が太郎を殺したかも察しているはずよ。次郎と三郎がキャンピングカーに戻らないんだから、二人が太郎を殺して、わたしと一緒に逃げたと思っているんじゃないかしら。まさか、わたしたちがダーとマムを殺しに行くとまでは思ってないだろうけど、わたしたちが警察に捕まってキャンピングカーの場所を白状するかもしれないと警戒したんじゃないかな、だから、大急ぎで逃げ出したのよ……イチは、そう言った。

「これから、どうするの?」

次郎は不安そうだ。

「大丈夫。ダーとマムの行き先は見当が付くから」

ぼくはキャンピングカーしか知らないけど、次郎とイチは軽井沢の別荘に行ったことがあるという。仕事と仕事の間が空きすぎるとき、ずっとキャンピングカーにいることもできないので別荘に移動して次の仕事が始まるのを待つのだ。

「じゃあ、軽井沢に行ったのかな?」

次郎が訊く。

「ううん、それは、ないと思う。あそこは、わたしたちに知られているから」

イチが言うには、ダーとマムはかなりの大金持ちで、あちこちに家やマンションや土地を持っているという。イチがそれを知ったのは、ほんの偶然だった。たくさん行ける場所があるのに、なぜ、軽井沢の別荘にしか連れて行ってくれないのだろう、とイチは不思議だったそうだ。わたしも世間知らずの子供だったから、ダーとマムがどんなに腹黒いかわからなかったのよ、とイチは笑った。

ダーとマムのやり方がわかってくるにつれて、何かまずいことが起きたときには、子供たちを切り捨てて自分たちだけで逃げるつもりなんだな、だから、軽井沢以外にも身を隠す場所がいくつもあるのに子供たちには教えないのだな、と気が付いた。

それで、ダーとマムの留守を狙って、二人が所有している不動産について少しずつ調べるようになった。自分が殺されそうになったとき、ダーとマムの秘密を知っていれば自分の立場が有利になるかもしれないと考えたからだ。

それは正しかった。

「わたしの考えは太郎と同じよ。おとなしく殺されるなんて冗談じゃない。ダーとマムを殺してでも生き延びる。万が一のときが来たらというつもりで探っていたけど、できれば、そんなときが来ないでほしいと願っていたわ。だけど、そうはいかなかったわね……」

そう、今こそ、イチが探り出したダーとマムの秘密を役立てるときだった。

「たぶん、都内のマンションか千葉の家にいるんじゃないかと思う。ここから近いから。いろいろ想像してるだろうけど、病院で何があったか本当のことはわからないわけだし、あまり遠くには行かないで様子を探っている気がするの。あの人たち、ものすごく用心深いの。だから、今まで警察に尻尾《しっぽ》をつかまれたことがないのよ」

「一度もないの？」

次郎が訊いた。

「もちろん、いつも安全だったわけじゃないわよ。危ないときだってあった。だけど、自分たちの身に危険が迫ると、トカゲの尻尾切りで逃げるのよ」

「どういう意味？」

ぼくには、よくわからなかった。

「つまり、全部おれたちのせいにして、おれたちを消すってことだろ。太郎が言ってたじゃないか」

「ああ、そういうことか」

納得した。

早速、そのマンションに行くことにした。

バスで駅に行き、駅で電車に乗った。

嬉しかったのは、電車からモノレールに乗り換えたことだ。モノレールに乗るのは初めてだった。何だか遊園地に来たみたいで楽しかった。だって、電車が道路を走っている車を見下ろしながら動くなんてすごいよ。天王洲《てんのうず》アイルという駅で降りた。もっと乗っていたかったのに残念だった。

だけど、駅を出ると飛行機が低い空を飛んでいて、すごく大きく見えたので、また嬉しくなった。遊園地に行ったこともないし、旅行したこともないので飛行機や新幹線に乗ったこともない。テレビで観たことがあるだけだったから、間近で実物を見て興奮してしまい、何度も、

「すごいな、すごいな」

と繰り返すので、イチが、

「この計画がうまくいったらディズニーランドに行こうよ。乗り物が好きなら、飛行機や新幹線にも乗せてあげる」

ぼくはすっかり嬉しくなってしまい、この計画を絶対に成功させなければならない、と心に誓った。

だって、しくじったらディズニーランドにも行けないし、飛行機にも新幹線にも乗れな

いからね。

それまでは、ただ、イチのために何かをしようという気持ちだったのが、初めて自分のために何かをしよう、この計画を成功させようという気持ちになった。

電車やモノレールに乗っているとき、ぼくは窓から外を眺めてはしゃいでいるだけだったけど、イチと次郎はずっとひそひそ話をしていた。計画をどう実行するか、何度も念入りに打ち合わせをしていたのだ。計画が成功するかどうか、その鍵は次郎が握っていたからだ。次郎がうまくやらないと、ぼくもイチも出番がない。

マンションに着くと、ぼくとイチは物陰に隠れ、次郎だけがエントランスに近付いた。インターホンで訪問する部屋を呼び出して、正面玄関のドアロックを解除してもらう必要があるが、インターホンにはモニターがあって訪問客を確認できるようになっているから、ぼくとイチの姿が映るとまずいのだ。

しばらくすると次郎がやって来て、

「出ない。いないんじゃないか」

と言う。

念のために駐車場を調べたけど、キャンピングカーは見当たらなかった。

「出かけてるのかな?」

ぼくが訊くと、

「二人だけの外出ならキャンピングカーを使う必要はない。使うとしても一台だけでしょう。二台とも見当たらないということは、たぶん、ここにはいないんじゃないかな」

ぼくたちは千葉に行くことにした。

8

美和子は終業時間ぴったりに勤務を終えた。

終業時間といっても全員が同じ時間に勤務を終えるわけではない。看護師は五勤一休の勤務パターンで働くのが普通で、その中に早出、遅出、日勤、夜勤などが組み込まれ、日によって出勤時間と退出時間が違うのだ。

文子の介護を理由に夜勤や遅出を断っているので、美和子の勤務パターンは看護師よりも一般的な会社員に近い。そんなわがままが許されるのは、美和子が優秀なベテラン看護師だからである。看護師の世界は慢性的な人手不足で、常に売り手市場だ。腕のいい看護師ともなれば引く手数多《あまた》である。

美和子をやっかみの目で見る同僚も少なくない。

それでなくてもハードな仕事だし、勤務時間が不規則なので、どうしても家庭に皺寄せがいくことになる。小さな子供がいたりすると、夫や祖父母などの協力なしにはやっていけない仕事でもある。

「石塚さんばかり特別扱いされて……」

と妬《ねた》む気持ちが美和子にもわからないわけではない。

しかし、美和子にも言い分がある。

勤務パターンに注文を付けているせいで、査定が悪い。評価が低いと、給与や昇進に露骨に影響する。他の看護師と同じように働いていた頃に比べると、給与は年に一〇〇万くらいは減っている。ベースとなる基本給が下がると、ボーナスも減ってしまうからだ。

それだけではない。

三〇代半ばには主任になり、そのまま順調に仕事を続けていれば、今頃は師長になっていたかもしれない。同僚たちも美和子の仕事ぶりには一目置き、

「石塚さんなら四〇過ぎに師長、五〇過ぎには総師長になるんじゃない？」

などと真顔で口にしたものだ。

主任だった頃が、美和子自身、最も仕事にやり甲斐を感じていた。役職手当てもついた。給与が一〇〇万円下がったのは、役職手当てがなくなったことも大きい。

ある意味、文子のせいで美和子はキャリアを棒に振ったのだ。いずれ文子が亡くなれば、他の看護師と同じ勤務パターンで働くこともできるかもしれないが、美和子はもう四八歳である。その年齢からいくらがんばったところで、もう出世の目はない。ここ数年の低評価が出世の扉を閉ざしてしまったのだ。

それでも美和子なりに努力してきた。

朝八時から一〇時くらいまでと、夕方四時過ぎから午後六時くらいまでは病院が最も忙しい時間帯である。同僚たちが汗をかきながら走り回っているのを横目に午後六時ぴったりに病院を出るのは美和子としても心苦しい。芦田医師の目も気になる。美和子が勤務を終えようとすると、

（もう帰るのか）

と舌打ちでもしそうな顔で美和子を睨むのだ。

だから、少しでも多くの仕事を片付けてから勤務を切り上げるように心懸けている。同僚の看護師たちに後ろめたさを感じているから自発的にいくらか居残りをしているのだ。そうすると、どうしても病院を出るのは六時半くらいになってしまう。

しかし、今日は違う。

午後六時きっかりに勤務を終えた。芦田医師の冷たい視線もまったく気にならなかった。

（ふんっ、気に入らないのなら勝手に評価を下げればいいじゃないの）

病院にいる間、わたしは人並み以上に熱心に働いている、決められた時間に帰って何が悪いのよ……そんな開き直りがある。芦田医師がいつまでも美和子を見ているので逆に睨み返してやった。すると、芦田医師の方が目を逸らした。

（頭でっかちの腑抜け野郎）

腹の中で罵った。

以前は芦田医師の目が気になり、いつもびくびくしていたものだが、なぜ、あんな男が怖かったのだろうと今は不思議で仕方がない。

家には七時に着いた。

「ただいま」

ドアを開けて声をかける。

返事がない。

玄関には富田早苗のスニーカーがある。まだ残っているのだ。文子の介護を早苗に頼んでいるのは午後六時までで、そこから先は仁志が引き継ぐことになっている。仁志の帰宅が遅れると、早苗がずるずる居残りをすることになってしまう。ひと月ほど前、そのことで早苗から苦情を申し立てられた。

「……」

美和子が小首を傾げて怪訝な顔になる。

スニーカーの横に仁志の革靴が並んでいたからだ。

つまり、仁志は帰宅しているということである。それなのに、なぜ、早苗は帰らないのか、と疑問に思う。

台所に入る。誰もいない。リビングを覗こうとしたとき、廊下の奥から笑い声が聞こえた。文子の部屋の方だ。何をしているんだろう……不思議に思いながら廊下を進む。部屋に近付くにつれて笑い声が大きくなる。仁志の声も聞こえる。それに早苗の声だ。美和子が驚いたのは、誰よりも大きな声で笑っているのが文子だということだ。美和子の前ではいつも仏頂面で笑顔など見せたことがない。何を話しているのかよく聞こえないが、どうやら仁志が子供の頃の失敗談でも話しているらしい。何となく嫌な気持ちになって引き返そうとしたとき、廊下がみしりと軋《きし》んだ。途端に笑い声が止《や》んだ。引き返すのもきまずいので、

「ただいま帰りました」

と声をかけて文子の部屋を覗く。

文子、仁志、早苗の三人がじっと美和子に視線を向ける。温かい視線ではない。邪魔者が闖入《ちんにゅう》してきたな、と舌打ちでもされそうな雰囲気だ。自分が部外者なのだと痛烈に思い知らされる。

「あ……じゃあ、わたしは、そろそろ失礼します」

早苗が腰を上げる。

「いつも遅くまですいません」

仁志が優しい声をかける。思わず美和子がドキッとするような優しい声だ。直感的に、

（この二人、できてる）

と悟った。

早苗が部屋を出ると、すぐに仁志も後を追う。

「富田さんを見送ってきます」

文子に断って、美和子が部屋を出ようとしたとき、

「あの人が嫁だったら、どんなによかっただろう……」

という溜息交じりの文子の声が聞こえた。

ハッとして振り返ると、文子は目を瞑って口を閉ざしている。狸寝入《たぬきねい》りだ。

「そんなに富田さんがいいですか?」

自分の口から出た言葉に、美和子自身が驚く。これまでは、たとえ文子に嫌味や皮肉を言われても、何も聞こえなかった振りをして、じっと耐えてきたからだ。

「……」

文子は何も言わない。

しかし、薄目を開けて美和子を見ている。

「ふんっ」

わざとらしく鼻を鳴らし、美和子が部屋を出る。

背後から、

「怖い、怖い」

という文子の声が聞こえる。

もし仁志と早苗が浮気しているとしても別に構わない。何とも思わない。嫉妬など微塵も感じない。仁志を軽蔑し、早苗を嘲笑《あざわら》ってやりたいだけである。ムカつくのは、美和子の家でべたべたしていることだ。外で何をしようが知ったことではない。美和子や子供たちが暮らす家で中年男女の不快なフェロモンを発散しないでほしいのだ。

文子に対する感情は、仁志や早苗に対するものとは種類が違う。自分のキャリアを犠牲にしてまで、これまで親身に介護してきた美和子に対して感謝の念が何も感じられないことに猛烈に腹が立つ。はらわたが煮えくり返るほどの怒りを感じる。

(あのばばあ、殺すか)

美和子の心に、ごく自然に殺意が芽生える。

いや、これまでも殺意ならば何度となく感じたことはあるが、その殺意に現実的な問題として向き合ったことがなかったに過ぎない。

自分や家族の障害となっている邪魔な人間を殺してしまえば楽になれる……房子はそう言った。

それは事実だった。

松浦を殺したことで麻友の人生は再び明るさを取り戻した。美和子もぐっすり眠ることができるようになった。殺人によって深刻な問題が解決したのだ。

しかし、美和子の眼前にある障害は、それだけではない。美和子が幸せな人生を歩んでいくのを邪魔する者たちが他にもいる。

(鬱陶しい奴らを殺していけば、心がすーっとするだろうな)

文子も仁志も早苗も目障りだ。できることなら三人まとめて殺してしまいたい。とはいえ、さすがに三人一緒に殺したのでは怪しまれるだろう。警察に捕まるのは嫌なのだ。

優先順位をつければ、やはり、筆頭に来るのは文子である。文子が死ねば、美和子の重しとなっている物理的な負担が一気に軽くなるのだ。糞尿の世話もしなくていいし、食事も作らなくていい。ヘルパーもいらないから早苗はお払い箱にできる。介護費用がなくなれば生活も楽になる。一石二鳥どころか、一石三鳥、いや、一石四鳥くらいだ。文子が死ねばいいことばかりではないか、なぜ、今まで気が付かなかったんだろう……美和子は目の前にかかっていた霧が晴れたような気がする。

(どうやって殺そうかな)

早速、殺害計画を頭の中で練り始める。

心なしか足取りが軽くなり、気持ちが浮き立ってくる。

9

「あそこよ」

　そう言って、イチが指差した家は、とても大きな家だった。庭も広い。

「豪邸だなあ」

　と、次郎も驚いていた。

「ここは高級住宅街なのよ。周りの家も、みんな大きいでしょう？」

　そう言われると、確かに大きな家ばかりだった。

　ぼくたちは東京駅から総武線の快速に乗った。二五分くらいで着いた。東京から三〇分以内で快速が停まる駅だと、マンションや一戸建ての値段はものすごく高いのよ、とイチが教えてくれた。

　もっとも、駅から離れれば離れるほど少しずつ値段が安くなるらしい。

　ダーとマムの家は、駅から歩いて一〇分くらいだから、きっとすごく高いんだろうな。駅前には大きなデパートやショッピングモールがあるし、人がたくさんいて賑やかだ。だけど、ダーとマムの家は駅から近いのに、とても静かな場所にある。

「やっぱり、この家にいるわね」

　庭の隅にガレージがある。大きなガレージだ。

シャッターが下りていないので、そこに停めてある車が見える。キャンピングカーが二台並んで停まっている。その横に白いベンツがある。もう一台くらい停められそうなスペースがあるから、乗用車なら五台くらい入りそうだ。

「こんな大きな家なのに、いつも留守じゃないか。近所の人に怪しまれないのかな？」

ダーとマムの家が想像していたよりも、ずっと大きかったので次郎は驚いたらしい。

「近所の人たちには、自分らはフリーライターで全国各地を旅して旅館や温泉、グルメを取材して雑誌に記事を載せているって説明しているのよ。仕事柄旅ばかりしているので留守が多いって。軽井沢の別荘で管理人に話しているのを聞いたの」

「ふうん、フリーライターって、そんなに儲かるのかなあ」

「儲からないでしょう。所詮、作り話だもの」

「で、どうする？　これだけ広い家なら、忍び込む場所はいくらでもあるんじゃないかな。窓も多いし、おれ、静かに窓を割れるよ。最初の計画とは違うけどさ」

「ううん、それは無理」

イチが首を振る。

「立派な家に住んでいて留守がちなんだもの。当然、空き巣対策は万全のはずよ。インターホンの下に警備会社のシールが貼ってあるのが見えるでしょう？　窓を割ったりすればセンサーが感知して、すぐに警備会社の車が駆けつけてくるわね。行き当たりばったりで計画を変えるのは失敗の元よ。最初の計画通りにやりましょう」

「うまくいくかなあ」

次郎は自信がなさそうな顔になる。

「大丈夫。絶対にうまくいくから打ち合わせた通りにやって」

イチがにこっと笑いかける。


ぼくとイチは物陰に身を潜め、次郎が一人で門扉の方に歩いて行く。

「ダーとマム、家にいるわよ」

「そうだね」

家の中に明かりが灯《とも》っているからだ。

次郎がインターホンを押す。

応答があったのか、次郎がインターホンに向かって何か話している。肩が揺れて見えるのは次郎が泣いているからだ。

本当に泣いているわけではない。

それも計画のひとつなのだ。

そんな簡単に泣き真似ができるのか、とぼくは不思議だったけど、どうやら次郎はいつでも泣くことができるらしい。小さい頃から親に殴られたり蹴られたりしていて、次郎は身を守る術を覚えたらしい。あまり痛くないように身をかわしながら、だけど、拳や足が体に当たった振りをして泣くのだ。そうしないと、いつまでも殴られ続けるのだ、と話していた。

「あ」

思わず声が洩れた。

玄関のドアが開いて、ダーが現れたからだ。

門扉に近付いて、何か次郎に話しかける。

「どうしたんだ、次郎？　なぜ、ここがわかった？」

たぶん、そんなことを言ったに違いない。

そう訊かれたら、太郎に教えてもらった、と答えるのよ、とイチが次郎に言い含めていた。なぜ、太郎が知っているのか、と訊かれたら、わからない、と答えるのだ。ダーには確かめようがない。死人に口なしである。

あれこれ細かいことを質問されて、それにいちいち答えていると、すぐに嘘だとばれるから、

「そうなったら泣きなさい。大きな声でわあわあ泣けばいいのよ」

それがイチのアドバイスだ。

次郎の泣き声が大きくなり、ぼくたちが隠れている場所にまで聞こえてきた。イチのア

ドバイスに従ったのだ。ダーがあたりをきょろきょろ見回し、次郎の肩に手を置いて玄関の方に連れて行く。

「家の前で泣き喚かれたら体裁が悪いから、きっと慌てて次郎を家の中に入れるはずよ」

イチは頭がいい。その通りになった。

ダーと次郎が家の中に消える。

「計画通りにいくかな」

ちょっと心配になった。

家の中で何が起こるか、ぼくとイチには何もわからないからだ。想像するしかない。

ここから先はイチの想像だけど……。

ダーとマムは、突然、次郎が現れたことに驚いて質問攻めにするに違いない。

病室で太郎が殺され、ぼくとイチは病院から逃げ、太郎と一緒にイチを殺すはずだった次郎もキャンピングカーに戻って来ない。いったい何があったのか、とダーとマムは気を揉んだはずだ。万が一、自分たちの身に警察の手が伸びては困るからキャンピングカーを移動させて千葉の隠れ家に移った。隠れ家のことはダーとマムの二人だけの秘密で誰にも話していないから警察にもわかるはずがない、と安心していたはずだ。その隠れ家に次郎が現れた。びっくりするだろうし、どういうことなのか、と不思議にも思うだろうから次郎を質問攻めにするに違いない。

本当のことを言うわけにはいかないから嘘をつくしかないが、ダーとマムを騙すことができるほど次郎は口が達者でもないし、頭の回転が速いわけでもない。

「だからね、そうなったら何も答えてはいけないのよ。わあわあ泣いて、お腹が空いて死にそうだ、と言えばいい。きっと何か食べさせてくれるはずよ。遠慮なく出されたものを食べなさい。飲んだり食べたりして一息ついたら、お腹が痛くなった、トイレに行きたいと言うの。トイレに案内してもらったら、うんうん唸りながらしばらく籠もっていればいい。まさか、ダーとマムもトイレの外で見張ったりはしないでしょう。次郎をどうするか、二人で相談するはずよ。その隙に、こっそりトイレを出て、玄関の鍵を開けて、わたしと三郎を家に入れてちょうだい。家の中に入ってしまえば、こっちのものよ。まず、ダーをおとなしくさせて、次にマム。順番を間違えないでね。手強い方からやっつけるのよ。次郎と三郎、あなたたち二人ならできるわよね？」

ぼくと次郎に、イチはそう話した。

家の中に入ってしまえば、こっちのものだ。

たとえ相手がダーでも負けない自信がある。

体は小さいけどすばしこいし、こっちには武器もあるんだから負けるはずがない。

二〇分くらいして……。

ドアが静かに開き、次郎が手招きしている。

それを見て、ぼくとイチは小走りに門扉に近寄り、そっと門扉を開けて玄関に向かった。イチが少し遅れた。まだ傷が痛むのだ。振り返ると、顔色が悪く、脂汗を流していた。

「イチ……」

「心配しないで。平気だから」

無理していることはわかっていたけど、もう計画はスタートしている。ここで、もたもたするわけにはいかない。

「ダーとマムは？」

「リビングだ」

「これ」

リュックからスパナを取り出して次郎に渡す。ぼくも手に金槌を持っている。これが、ぼくたちの武器だ。

そっとドアを閉め、ぼくたち三人が家に入る。

「こっちだ」

次郎が先になって廊下を進む。

「……」

黙って木製のドアを指差す。その向こうがリビングなのだ。

「行くぞ」

「うん」

次郎がドアを押し開ける。

ダーとマムがソファに坐って、何か話している。

「遅かったな。腹でも痛いのか……？」

ダーが振り返る。

「あ」

ぼくとイチを見て、ダーが腰を上げようとする。

その瞬間、ぼくはダーに飛びかかり、金槌で顔を殴った。遠慮なんかしなかった。イチを殺そうとした悪い奴なんだから。骨が砕ける嫌な音がした。血が飛び散った。

マムが悲鳴を上げる。

でも、悲鳴はすぐに止まる。

次郎がスパナで殴ったからだ。

ダーとマムは気を失って倒れる。ダーは顔が血で真っ赤だ。マムも頭から血を流している。

「まさか死んでないよね？」

イチが眉を顰《ひそ》める。

「二人とも生きてるよ。ちゃんと息をしてる。だけど、ダーは重傷だな。三郎は手加減を知らないよ。思い切り殴ったもんな。金槌で思い切り殴ったら、人間の顔なんかトマトみたいに潰れちゃうよ」

次郎がぼくを睨む。

「生きてるのなら、それでいいわ。変に手加減して反撃されても困るしね。さあ、二人を縛るのよ」

「手当ては？」

「それは後でいいわ。まず、二人が動けないようにしないと」

リュックからビニール紐を取り出して、ダーとマムの手と足を縛った。絶対にほどけないように何重にも巻いて、きつく縛った。念のためにガムテープも巻いた。

「二人が気絶している間に、この家を調べましょう。ダーとマムの口にガムテープを貼るのよ。目を覚ましたときに叫ばれると面倒だから」

「血だらけだよ。このままでいいの？」

「いいわよ、そのままで」

何だか、急にイチが冷たい人間になったような気がしたけど、考えてみれば、危うくダーとマムに殺されるところだったんだから当たり前だ。きっと、ものすごく怒っていたんだと思う。

ダーとマムをリビングの床に転がしたままにして、ぼくたちは家の中を探検した。

まず二階からだ。

二階には部屋が四つあって、どれも広い。

びっくりしたのは、一階だけでなく二階にもトイレとお風呂があることだ。トイレもお風呂も広くてきれいなので、

「すごいなあ。ホテルみたいじゃん」

次郎が目を丸くした。

ぼくはホテルに泊まったことがないので、

「ホテルって、そんなに立派なの？」

と訊いた。

「まあ、ピンキリだよ。安くてぼろい三流ホテルもあるし、高くて豪華な一流ホテルもある。この家は一流ホテル並みだな」

一階に下りた。

リビングの他に一階には大きな部屋が三つ、小さな部屋がひとつ、それに台所、お風呂、トイレがある。小さな部屋には畳が敷いてあり、妙にがらんとしている。この部屋だけ、何となく他の部屋とは違う感じがした。

「ここは茶室よ」

「ちゃしつ？」

「お茶を淹れて飲むところ」

「どうして台所やリビングで飲まないの？」

「普通のお茶とは違うのよ」

「ふうん……」

ぼくには、よくわからなかった。イチは物知りだなあ、と感心した。

「こっちにも何かあるよ」

次郎が興奮した様子で大きな声を出す。

「何を見付けたの？」

階段の下にドアがあり、そこを開けると階段があった。

「地下室だわ」

明かりを付けて階段を下りてみる。階段を下りると、そこにもドアがある。頑丈そうなドアだ。

「開かない。鍵がかかってる。わざわざ鍵をかけるなんて、よほど大切なものをしまってあるのね。リビングに戻りましょう」

リビングでは、ダーとマムが目を覚ましていた。

ダーは意識が朦朧としているようで、まったく視線が定まらない。

マムは怖い目でぼくたちを睨んだ。頭はしっかりしているようだ。

「口のガムテープをはがしますけど、大きな声を出さないで下さいね。この子たちに殴られますよ。痛い思いをしたくないのなら、こちらの指示に従って下さい」

ぼくと次郎がダーとマムのガムテープをはがした。

「あんたたち、どういうつもりなの？　何で、こんなことをするのよ」

息をするのが苦しかったらしく、マムはハアハアしながら言う。

「それは、こっちの台詞《せりふ》です。わたしを殺すように太郎と次郎に命令しましたよね？」

「そ、それは……」

マムがちらりと次郎を見る。

たぶん、そんなことはない、何かの間違いだ、と言いたかったんだろうけど、目の前に次郎がいるのでは嘘のつきようもない。

「質問をしますから正直に答えて下さい」

「ねえ、そんなことより、この人を何とかしてあげて。見ればわかるでしょう？　大怪我をしたのよ。すぐに病院に連れて行かないと命に関わるわ。お願いだから救急車を呼んでちょうだい」

「現金をどこに隠してますか？」

イチはマムの頼み事なんか、まるっきり無視して質問をする。

「ねえ、イチ……」

「ダーを殴って」

「うん」

金槌で顔を殴った。さっきとは違う場所だ。あまり力も入れなかったけど、ダーは苦しそうな声を出した。大して力を入れなくても、やっぱり、金槌で殴られれば痛いだろうな、と思う。

「わたしたちを殺すつもりなの？」

「お金をどこに隠してるんですか？　次は、あなたを殴らせますよ。白状するまでやめません。顔がぐちゃぐちゃに潰れる前に正直に言ったらどうですか？　この子たち、平気な顔で拷問しますよ」

「……」

「次郎」

イチが合図すると、次郎がスパナを手にして立ち上がる。

「待って。言うわ。台所……」

マムの声が震えている。

「台所？」

「台所の床に引き揚げ戸があるわ。缶詰とか調味料をしまってある。それを片付けると、その下に別の隠し戸がある。そこにスーツケースがあるのよ」

「スーツケースの中にお金があるんですね？」

「ええ」

「次郎、三郎、聞いたでしょう？　台所に行って、スーツケースを取り出してちょうだい。ここに持ってきて」

「わかった」

「嘘だったら、マムの目を潰しますからね。右目がいいか、左目がいいか、よく考えることです」

ぼくと次郎は台所に入り、床の引き揚げ戸を開けた。缶詰や醬油、サラダオイル、マヨネーズなんかがびっしり並んでいる。それらを取り出して空っぽにすると、別の引き揚げ戸が現れた。それを持ち上げると、黒いアタッシュケースが並べられている。それほど大きなものではない。五つある。まだ場所には余裕があるから、あと三つか四つは入りそうだ。

五つのアタッシュケースをリビングに運んだ。

「開けて」

イチに言われて、次郎と二人でアタッシュケースを開けていく。鍵はかかっていなかった。

「すげえな」

次郎が目を丸くする。アタッシュケースには一万円札がびっしり詰め込まれている。こんなにたくさんのお金を見るのは初めてだったので、びっくりした。驚いていないのはイチだけだ。

「ふうん……」

目を細めてアタッシュケースを見つめると、

「ひとつのケースに一〇〇〇万くらい入ってるみたいですね。五つだから、ざっと五〇〇〇万というところでしょうか。合ってます？」

イチが訊くと、

「もう少し多いわよ。たぶん、七〇〇〇万くらい」

マムが苦々しげに答える。

「この家にある現金は、これだけですか？」

「ええ、あとはバッグや財布、それに机の引き出しにもいくらかあるわ。全部で五〇万か六〇万くらいね」

「日常生活に必要な現金ということですね？」

「それも持って行きなさい。もう十分でしょう。それだけあれば何でも好きなことができるわよ」

「わたしをバカだと思ってるんですか?」

イチが溜息をつきながら首を振る。

「この家の他にも隠れ家がありますよね? 天王洲のマンション、軽井沢の別荘、それ以外にもいくつかマンションがある。それぞれの隠れ家に現金が隠してあるはずです。ここに七〇〇〇万ということは他の隠れ家にも現金を同じくらい隠してあるんじゃないんですか?」

「……」

「天王洲のマンション、お金をどこに隠してあるんですか?」

「ない。これだけ」

「次郎、ダーの足の指を潰して」

「うん」

次郎はためらうことなく、ダーの左足の小指をスパナで思い切り叩く。ぎゃあっ、という大きな悲鳴がリビングに響く。次郎がダーの口にタオルを押しつけたので悲鳴が聞こえなくなる。

「最初に言いましたよね、嘘をつかないようにって。嘘をつくたびに、あの人が痛い思いをすることになりますよ。あの人が死んだら、次はあなたの番です。同じことをします。さあ、正直に話して下さい」

「寝室のクローゼットの奥に隠し金庫があるわ。その番号は……」

マムは、ぶるぶる震えながら話し始める。

まず天王洲のマンション、次に軽井沢の別荘……そうやっていくつかある隠れ家のどこに、どれくらいの現金を隠してあるか、イチはマムから聞き出した。それをイチは丁寧にメモしていく。

「ふうん、ざっと三億ですか。現金だけで三億。何だか気が遠くなりそうです」

イチがふーっと大きな溜息をついた。

三億だなんて、ぼくには想像もできない。

目の前にあるこの七〇〇〇万円だって、とても本当のお金だとは思えないくらいだ。おもちゃのお札がたくさんあるというのなら信じるけど、これが全部本物だなんて……。

「あんたたち三人が死ぬまで贅沢できるほどの大金よ。もう十分でしょう。お金をあげるから、ここから出て行って。ダーを病院に運ばないと、本当に死んでしまうかもしれない」

「確かに、この家には大金がありました。だけど、他の家にもちゃんとお金があるかどうかわかりません。あなたが正しい番号を教えてくれたかどうかもわかりませんから」

「正しいかどうか確かめるまで、わたしたちを解放しないつもり？　ダーを病院に連れて行かないつもり？　そんなことをしたら……」

「地下室の鍵はどこにあるんですか？」

マムの言葉を遮るようにイチが訊く。

「え」

マムの顔色が変わるのが、ぼくにもはっきりわかった。

「どこですか？」

「……」

「同じことを何度も言わせないで下さい。次郎、ダーの腕を……」

「わたしのバッグ。そこにあるでしょう、バーキン。中に青いキーケースが入ってる。一番右側の鍵が地下室の鍵よ」

「三郎、ダーの口にガムテープを貼って。次郎、マムの足を縛っている紐とガムテープを取って。一緒に地下室に来てもらうわ」

「なぜ、わたしを連れて行くの？　あんたたちだけで行けばいいじゃないの。好きなものを持って行きなさい」

「こちらの指示に従ってもらいます。さあ、立って下さい」

イチが冷たい声で命令すると、マムは渋々立ち上がった。

意識がないまま苦しげに呻《うめ》いているダーをリビングに残して、ぼくたちは地下室に向かった。

ドアの鍵を開け、中に入る。

地下室なんていうから、てっきり薄暗くて埃っぽくて、ガラクタでも積み上げてあるのかと思ったら、全然そんなことはなかった。

リビングほどではないけど、かなり広くて清潔な部屋だ。床にはふかふかの絨毯《じゅうたん》が敷かれ、テレビやオーディオ、革張りのソファ、ガラス製の大きなテーブルなどが置いてある。小さい台所もあるし、冷蔵庫も置いてある。奥にはトイレもあるし、大きなベッドもある。この地下室だけでも十分快適に暮らすことができそうだ。

「そこに坐って下さい」

マムをソファに坐らせると、イチは真っ直ぐ机に向かって歩く。机の上には、ノートパソコンが置いてある。椅子に坐ってパソコンを起動させると、

「キーワードは？」

パソコンはロックされていて、ロックを解除するにはキーワードが必要なのだ。マムが答えると、イチはパソコンの操作に没頭した。

やがて、イチは、またマムに質問を始める。

大手都市銀行のホームページを開き、インターネットバンキングにログインするためだ。お客様番号とログインパスワードを打ち込む。第二暗証番号も聞き出した。それがわからないと、その口座からお金を移動させることができないらしい。

ぼくと次郎には、ちんぷんかんぷんなのでソファに坐ってぼんやりしていた。イチが冷蔵庫にあるものを勝手に飲み食いしていいと言うので、ジュースを飲み、ハムやチーズを食べた。

いくつかの銀行について同じ作業をし、マムの情報が正しいことを確認すると、次に証券会社についても同じことを始めた。

「すごいじゃないですか。現金で三億もすごいけど、同じくらいのお金が銀行口座にもありますね。株や投資信託もたくさんある。全部合わせると、一〇億くらいかな。いや、もっとありますよね……。あなたは派手好きだから宝石だってたくさんあるでしょう？　どこにあるんですか？」

「寝室にあるわよ」

「少しはあるでしょうけど、そんな話をしてるわけじゃありません。わかってるはずですよ。はぐらかすつもりですか？　正直に言わないと……」

「脅す必要はないわよ。隠すつもりはないから。拷問なんか真っ平だもの。宝石類は貸金庫にしまってある。必要な分だけ取り出して、あとはしまってあるのよ……」

マムはさっき名前の出た大手都市銀行の支店名を口にした。その支店の貸金庫に宝石があるという。

「貸金庫には宝石の他に何が入ってるんですか？」

「……」

一瞬、マムは言葉に詰まるが、すぐに不動産の権利証よ、と答える。

「正直で結構です。次に預金通帳とキャッシュカードがどこにあるか教えて下さい」

「それも貸金庫に入れてある。だって、現金がたくさんあるのに、わざわざＡＴＭでお金を下ろす必要があると思う？」

「ああ、それもそうですね」

それからもイチはパソコンを操作しながら、マムにいろいろな質問をした。

ぼくは次郎と一緒にテレビを観た。イチのやっていることが難しすぎて、ぼくたちにはわからなかったからだ。というか、正直に言えば、退屈だった。

でも、イチは偉いなあ、と感心した。

ぼくより何歳か年上というだけなのに、ぼくが聞いたこともないようなことを何でも知っている。

イチと初めて公園で会ったとき、小さい頃からパソコンが友達だったと言ったことを覚えている。

だから、パソコンを使うのも上手だし、何でも知っているのかな、と思った。

「次郎、三郎」

イチに呼ばれた。ダーをリビングから地下室に連れてきてくれ、というのだ。

「なぜ、ここに連れて来るの？」

「出入口がひとつしかないでしょう。窓もないしね。ドアを外から塞いでしまえば逃げられないわ。それに壁が厚そうだから大きな声を出しても外には聞こえない。閉じ込めるには、いい場所だわ」

「わかった」

リビングから連れて来るといっても、ダーは意識を失っているから、二人で運ぶしかなかった。重いから大変だった。運ぶというより、引きずってきたというのが正しい。

「何だか、今にも死にそうだな」

「うん、そうだね」

「おまえが強く殴りすぎたからだよ。人の顔を金槌で思い切り叩いてどうするんだよ。少しは加減しろよ」

「今度は気を付ける」

「マムを片付けるときには思い切り叩いてもいいけどな」

「マムを殺すの？」

「必要なことを聞き出したら、もう邪魔なだけだろ？　イチが許すと思うか」

「思わない」

ダーを地下室に運び入れると、イチがマムの両足をビニール紐で縛っているところだった。マムはベッドに仰向けに横たわっている。手足を縛ったビニール紐とベッドの支柱を結びつけ、マムがベッドから離れられないようにした。

「ちょっと、ここまでしなくてもいいじゃないの。トイレに行きたくなったら、どうするのよ？」

「ああ、そうでした」

ベッドを汚すのは嫌ですよね、と言いながら、イチはマムの体の下にビニールシートを敷いた。

「ここでしろって言うの？　嘘でしょう？」

「垂れ流しで結構です。勝手にトイレに行かせるわけにはいきませんから」

ダーは手足を縛った状態で床に転がしておいた。体の下にはビニールシートを敷いた。

マムの口をガムテープで塞ぎ、明かりを消して、ぼくたちはリビングに戻ることにした。

マムがベッドの上で暴れていたが無視した。

「とりあえず、ここまでは成功したわね」

ソファに腰を下ろすと、イチが疲れた様子で大きく息を吐く。

「これから、どうするんだよ？」

次郎が訊く。

「マムの話は、ほとんどが本当だと思う。手許に現金が何千万もあれば、銀行口座や証券口座にすぐに手を付ける必要はないわ。貸金庫に行くのも急がなくていいわね。でも、天王洲のマンションには行ってみないとね。現金が四、五〇〇〇万置いてあるらしいから、それを確かめるの。落ち着いたら軽井沢の別荘にも行きましょう」

「ダーとマムをどうするつもりなの？」

ぼくが訊くと、

「あの人たちと同じことをする。同情なんかしなくていいのよ。もし、あの人たちを解放すれば、必ず復讐される。わたしたち、皆殺しにされるわよ。自分が死ぬのと、あの人たちが死ぬのと、どっちを選ぶ？」

「そうだね」

「でも、これから先、三人だけでやっていけるのかな？」

次郎は不安そうだ。

「それも考えてある。仲間を増やすのよ」

「仲間を？」

「考えてみて。わたしたちだって、元は知らない者同士だったのよ。今まではダーとマムに命令されて仲間を増やしてきたけど、これからは自分たちのために仲間を増やすの。次郎、心当たりがあるでしょう？」

「うん、仲間になりそうな奴はいるよ。だけど、すぐには役に立たないと思う」

「それは仕方ないわ。初めは何もできなくていい。わたしたちが教えるの。疲れたわね。お腹も空いちゃった。お風呂に入って、ごはんを食べましょう。これからは、ここがわたしたちの家なんだから好きに使っていい。誰にも命令されずに好きなように過ごせばいいんだから」

　イチがにこっと笑う。

10

　一〇月二八日（水曜日）

　房子に着替えをさせるため、ベッドの周囲にカーテンを巡らせる。

「近藤さんの言う通りです」

　美和子が房子の耳許で囁く。低い声で話せば、病室内にいる看守にも聞こえない。

「邪魔なものを排除すれば、人生は明るくなります。幸せになります。我慢する必要なんかないんですよね？」

「そうよ」

「また、やるつもりです」

「誰を？」

「義理の母です。寝たきりで、わたしに世話してもらってるくせに少しも感謝してません。

あの人がいると、わたしは幸せになれないんです」

「わかるわ、その気持ち」

「どうやればいいか教えて下さい」

「ええ、もちろん」

房子がにこっと微笑む。

11

ドアを開けると、ひどい臭いがした。うわーっ、と顔を顰めて、ぼくも次郎も鼻を押さえた。

明かりを付けると、ベッドの上からマムがすごい目で睨んできた。ダーは床に転がったまま全然動かない。死んだのかもしれないと思って近付くと、まだ息をしていた。だけど、かなり弱っているようだ。

悪臭の元は、もちろん、ダーとマムがおしっこやうんちを垂れ流していたせいだ。

「ここは、わたしが片付けるから、二人は上にいていいよ。こういうの苦手でしょう？」

「おれ、ダメ」

次郎が鼻を押さえたまま地下室から走り出た。

「三郎も行っていいよ」

「ぼく、大丈夫だから」

「平気なの？」

「うん、慣れてるし」

ママと将司が出かけて綺羅と二人きりでいるとき、綺羅のおむつからうんちやおしっこが洩れた。ぼくがおむつを代えようとしてもうまくいかなくて、床におしっこやうんちが落ちた。おかげで、部屋の中は、いつも臭かった。それだけでなく、部屋の中にはいつもゴミが溢れていたから、部屋の中全体がゴミ捨て場みたいだった。いつも生ゴミやうんちやおしっこの臭いがしていた。もちろん、いい気持ちではないけど、いつの間にか慣れて平気になった。

ぼくとイチは二人で汚れ物を片付けて、ダーとマムの体の下には新しいビニールシートを敷いた。

マムの口に貼ったガムテープをはがし、水を飲ませた。

「ここまでする必要がある？　わたしたち、あんたたちにそんなひどいことをした？　親に虐待されて、ゴミみたいに扱われていたのを助けてやったんじゃない。イチ、あんたはわたしたちに殺されそうになったと怒ってるみたいだけど、元はと言えば、あんたが車の事故に遭うなんてヘマなことをしたのが悪いのよ。自業自得でしょう？　わたしたちを恨むのはお門違いもいいところよ」

「朝ご飯、食べますか？　パンだけですけど」

「ねえ、イチ……」

「今食べないと、夜まで何も食べられませんよ」

「食べるわよ。あんたが食べさせてくれる？　それとも、片手くらい自由にしてくれるの？」

イチはマムの左手を自由にしてやり、マムにパンを食べさせた。

ぼくはダーに何か食べさせようとしたけど、声をかけてもダーが目を覚まさないので食べさせることはできなかった。ダーの顔は真っ青で、顔や手に触れるとひんやりと冷たかった。仕方ないので唇を水で湿らせてやった。

イチが着替えを取りに行っている間、ぼくは一人で掃除を続けた。ゴミだらけの部屋で育ったし、ゴミがあっても大して気にはならないけど、どちらかというと、ぼくはきれい好きで、散らかっているより片付いている方が好きなのだ。

「三郎」

マムが話しかけてきた。

「あんた、イチが味方だと思ってるんでしょう？」

「……」

「味方なんかじゃないわよ。あんたを利用しているだけ。お金を手に入れたら、捨てられるわよ。それどころか、殺されるかもしれない。イチは怖い女なんだよ」

「……」

「わたしやダーがあんたに何かひどいことをした？　寝る場所を用意し、好きなだけ食べさせて、お金だってあげたでしょう」

「ぼくに人殺しをさせたよ。ダーとマムは、ぼくを利用したんだ。邪魔になれば殺そうとしたはずだよ。太郎が、そう言ってた」

「太郎の言うことを信じるの？　太郎は平気で嘘をつくし、平気で仲間を裏切るような悪い奴だったのよ」

「ダーとマムは、イチを殺すように太郎に命令したじゃないか」

「イチが憎くてやったわけじゃない。みんなを守るためよ。イチが警察に何もかも白状したら、みんな捕まってしまうじゃないの。事故に遭って入院したのがわたしだったら、ダーはわたしを殺そうとしたでしょう。それは仕方のないことなのよ。仲間が生き残るためのルールなんだから」

「ぼくには、よくわからないよ」

「イチは人が変わったと思わない？　こんな残酷なことをする子だった？　なぜ、変わったかわからない？　言うまでもないわ。お金のためよ。イチががんばっているのは、仲間を守るためではなく、自分が大金持ちになるためなのよ。あんたと次郎は利用されているだけ。用が済んだら、二人とも殺されるわよ」

「イチは、そんなことしないよ。ぼくはイチを信じてるんだ」

「よく考えなさい。手遅れになる前にね」

イチが戻って来たので、マムは口をつぐんだ。

「何かあった?」

イチに訊かれたけど、

「ううん、何もないよ」

咄嗟にぼくは嘘をついた。

本当なら、マムが言ったことを、そのままイチに伝えるべきだった。

でも、そうしなかった。

何となく黙っている方がいいと思った。

ダーとマムを着替えさせると、地下室の明かりを消して、ぼくとイチはリビングに戻った。次郎がアイスを食べながらテレビを観ていた。

「出かけるわよ」

「どこに?」

「天王洲のマンション。本当にお金があるか確かめないとね」

「そんなに急がなくてもいいんじゃないのかなあ。昨日、アタッシュケースに山のように札束が入ってたじゃん。おれたち億万長者だよ」

「それは違う。一億円はなかったもの。七〇〇〇万よ」

「どっちにしても大金だよ。それだけあれば十分じゃないの？」

「お金はいくらあっても困らないのよ。すぐに使うわけじゃなくても、いざというときのために、どこか別の場所に隠しておいた方がいいわ」

「どこに？」

「それは、これから考えるけど、まずはお金があるかどうかを確かめるのよ。マムが嘘をついてないかどうか判断することもできるから」

「ふうん……」

いかにも面倒臭そうな様子で、次郎がテレビを消して立ち上がる。

三人で出かけることにした。

総武線、武蔵野線、りんかい線を乗り継いだけど、それでも四五分くらいしかかからなかった。

次郎は、

「乗り換えが面倒だなあ」

と、ぼやいていたけど、ぼくは全然気にならなかった。乗り物が大好きになり、電車に乗っている間も席には坐らず、車両のドアの上に貼ってある鉄道路線図を眺めた。どこまでも広がる鉄道路線図を眺めているだけで、ワクワクした。

「立ってばかりいないで坐ったら？　疲れるわよ」

イチが笑った。

ぼくは平気だ。全然疲れなんか感じない。電車に乗るのが楽しくて仕方なかった。また、モノレールにも乗りたかったし、早く新幹線にも乗ってみたかった。もちろん、飛行機にも。

天王洲のマンションでは、これといって厄介なことは何もなく、簡単に部屋に入ることができた。電子キーを使ってエントランスを通過できたし、管理人や警備員に見咎《みとが》められることもなかった。

そのマンションは、千葉の家に比べると部屋も狭いし、部屋数も少なかったけど、部屋そのものは、やっぱり、ホテルのように立派で豪華だった。家具とかオーディオとか、部屋に置いてあるものを見て、イチが、

「すごいわ。本当にすごい。惜しみなくお金を使ったという感じね。あの人たち、どれだけお金を貯め込んでるわけ？」

と目を丸くして溜息をついた。

「こんな部屋があるのに、どうしてダーやマムはキャンピングカーなんかで生活してたのかな？」

それが、ぼくには不思議だった。

「キャンピングカーにいるのは仕事のときよ。仕事が終われば、このマンションか千葉の家に戻る。仕事とプライベートをきっちり分けていたわけね」

「おれたちには隠してな」

ふんっ、と次郎が鼻を鳴らす。

イチや次郎も、ずっとキャンピングカー暮らしだったわけではなく、仕事が一段落すると軽井沢の別荘で生活したり、時には旅行に連れて行ってもらえることもあったそうだ。旅行といっても別の仕事の下見を兼ねていたらしいけど。

軽井沢の別荘では、ダーとマムがずっと一緒というわけではなく、食料を用意して子供たちにお金を渡すと何日も顔を見せないこともあったらしい。

そういうとき、ダーとマムは、こっそり天王洲のマンションや千葉の家に戻って贅沢な暮らしを楽しんでいたに違いない……そうイチは言った。

寝室のクローゼットを開けて、中に吊るされている洋服や棚に並べられている靴なんかを全部出した。

「あれ、何もないじゃないか」

次郎が怒ったように言う。

クローゼットの奥に隠し金庫がある、とマムは言ったのだ。

「待って」

イチはクローゼットに入ると、奥の壁をとんとん叩いた。

「ああ、そういうことか……」

壁に爪を立てて引っ張ると板が外れた。簡単に取り外しできるようになっているのだ。

壁の向こう側に黒い金庫があった。

マムに教わった通りにイチがダイヤルを回すと金庫が開いた。中には札束が積み上げられていた。それを取り出して床に並べる。ひとつの束が一〇〇万円で、それが四〇くらいあった。四〇〇〇万円だ。

それ以外にも、腕時計やネックレス、指輪もあった。腕時計といっても、ただの腕時計ではない。いくつものダイヤモンドが埋め込まれているような腕時計だ。

「ものすごく高価なものだってことはわかるけど、どれくらいするのか、わたしにもわからない」

と、イチが溜息をついたほどだ。

「どうするんだよ、持って帰るのか？」

次郎がイチに訊いた。

「ここに置いて帰りましょう。まだ隠し場所を決めてないし、高価な宝石や大金を持ってうろうろするのは危ないから。マムの言ったことが本当だと確かめられただけで今日のところは十分だわ」

ぼくたちは千葉の家に帰ることにした。

来たときと逆のルートで、つまり、りんかい線、武蔵野線、総武線という風に乗り継いで帰るのだ。

りんかい線から武蔵野線に乗り換えるとき、

（あれ？）

ぼくの目は反対側のホームにいる二人の男女に釘付けになった。

「どうかした？」

「う、うん……」

「あの人たち、知り合い？」

ぼくの視線の先を追って、イチが訊く。

「……」

「何だか顔色が悪いけど……。気分でも悪くなった？」

イチが心配してくれた。

いや、別に気分が悪くなったわけじゃない。

びっくりして息が止まりそうになっただけだ。

だって、反対側のホームにママがいたんだ。

隣にいるのは将司だ。

買い物でもした帰りなのか、ママは大きな紙袋を持っている。将司も持っている。

二人は楽しそうに笑っている。

それを見ているうちに腹が立ってきた。

ものすごく頭にきた。

こいつらを殺そう、とぼくは決めた。

12

ママと将司を殺す……ぼくは、そう決めた。

イチと次郎は反対した。

「気持ちはわかるけど、よく考えて。今は大切なときなのよ。ダーとマムだって、まだ生きてる。あの二人から聞き出さなければならないことも残ってる。何よりもやらなければならないことは、自分たちの命を守ること、これから生きていくお金を手に入れること、仲間を増やすこと……その三つでしょう？　三郎が復讐したいのなら喜んで手伝うわ。だけど、それは今じゃない。もう少し待って」

イチの言うことは、もっともだ。正しい。何も間違っていない。

次郎も乗り気ではないが、反対する理由はイチとは、まるで違っている。

「その人たち、金持ちなの？」

「ううん、たぶん、お金はないと思う。いつも金がない、金がないと言ってたから」

「それなら殺しても仕方ないんじゃないのかな。何のために殺すの？　一文にもならないのに」

「妹がいたんだ。綺羅っていう名前。いつも二人で留守番をさせられた。食べるものもお金もなくて、ゴミだらけの真っ暗な部屋で二人でテレビばかり観ていた。他にすることがなかったから。ある朝、目が覚めたら綺羅が死んでいた。最初は死んでることがわからなかった。お腹が空いて動けなくて、だから、いつまでも寝てるのかなと思った。ぼくは食べるものを探しに外に出た。コンビニのそばでおばあさんがおにぎりをくれた。それを持って部屋に戻ると、まだ綺羅は寝ていた。というか、そのときになって、ようやく死んでいることがわかった。もう息をしてなかったし、体から変な臭いがした。うんちやおしっことは違う臭いだよ。もっと嫌な臭い。いつもは食べ物を綺羅と二人で分けていたけど、綺羅は食べないから、ぼくが一人でおにぎりを食べた。すごくおいしかった。一人で全部食べることができて、ちょっと嬉しかった。ぼくは眠ってしまった。起きると、ママと将司が帰ってきてた。二人で綺羅をどうするか相談してた。しばらくすると、将司がぼくの首を絞めて殺そうとした。綺羅が死んだから、ぼくも邪魔になって殺そうとしたんだと思う。ママと将司は、ぼくたちを嫌ってたから、どうせなら二人揃って死んでくれればありがたいと考えたんじゃないかな。向こうは大人で体も大きいから、馬乗りになられて首を絞められたら助かりようもないよね。ぼくも、もうダメだな、このまま死ぬな、と諦めそうになった。たまたま目の前に将司の親指があったから、思い切り嚙んだ。絶対に放すまいと思った。将司の親指を食いちぎってやった。大人のくせに、ぎゃあぎゃあ叫んでたよ。その隙に逃げた。帰るところがなくなったから公園で野宿するようになった。イチに会ったのは、その頃だよ。ぼくはイチに助けてもらった。とても感謝してるよ。だから、イチの頼みは何でも聞くし、イチを殺そうとする奴がいれば、ぼくが殺してやる。だから、ダーとマムをどうしようと構わない。イチが殺したいのなら殺せばいい。それはいいんだけど、ぼくにとっては、ダーやマムより、ママや将司の方がずっと悪い奴なんだよ。ダーやマムを殺さなければならないのなら、ママと将司も殺さなければならない気がする」

「全然わかんない。おまえの言ってること、滅茶苦茶だよ」

次郎が呆れたように首を振る。

「わたしたちが手を貸さなければ、どうするつもり？」

「別に」

「別にって？」

「一人でやるから」

「失敗するかもしれないわよ。相手は大人二人なんだから」

「うん、そうだね」

「どうしても行くというのなら……仲間から抜けてもらう、と言ったらどうする？」

「仕方ないよ。イチと次郎に迷惑をかけたくないからね。抜けてもいいよ」

「何が何でも行くわけね？」

「ごめん。そう決めたんだ」

「頑固ねえ……」

イチは苦笑いし、どうする、と次郎を見る。

「今、こいつに抜けられたら困る。仲間を増やすのは大変だからな。手を貸す方が簡単じゃないかな。すぐに済むだろうし」

「一人でやるからいいよ」

「一人より二人、二人より三人の方が確実にやれるんだよ。ドジを踏んで返り討ちに遭ったり、警察に捕まったりしてほしくないんだ。そんなことになったら、おれたちも困る」

ぼくは一人でやるつもりだったけど、そうすると、かえって、イチと次郎に迷惑をかけることになるとわかったので、二人の力を借りることにした。

ぼくたちは反対側のホームに移動して、ママたちと同じ電車に乗った。いつもは電車に乗ると浮き浮きして楽しくて仕方ないのに、そのときは、あまり楽しくなかった。というか、他のことを考えていた。綺羅のことだ。

綺羅は小さくて話し相手にならなかったし、何の助けにもならなかったけど、考えてみれば、たぶん、ぼくは誰よりも長く綺羅と一緒にいた。いつも綺羅と二人きりだったから。ゴミだらけの汚い部屋で、二人だけで生きていた。それが当たり前だと思っていたから、綺羅といるときは何も感じなかったけど、イチたちと暮らすようになって、それが当たり前でないことがわかった。

世の中には、いろいろな暮らし方がある。

ぼくはイチのおかげで、それがわかった。おいしいものを食べたり、ゲームセンターで遊んだり、モノレールや電車に乗ることもできる。楽しいことや面白いことがたくさんある。将司の親指を食いちぎって逃げたおかげで、たくさんの楽しいことを経験できた。

でも、綺羅は死んでしまった。

何も知らないまま、何も楽しいことを経験しないまま、何もおいしいものを食べないまま……。

何だか、すごく綺羅のことがかわいそうだ。

かわいそうでたまらない気持ちになる。

「三郎」

イチがハンカチを差し出している。

なぜ、そんなことをするんだろう……意味がわからなかった。

ぼくが黙っていると、イチがハンカチで顔を拭ってくれた。自分では気が付かないうちに、ぼくは泣いていた。イチは涙を拭き取ってくれた。

電車には三〇分くらい乗った。

駅に着いてから、ママと将司から少し離れて後をつけようとイチが言った。二人は何か楽しそうにおしゃべりに夢中になっていたから、ぼくたちに気が付くとは思えなかったし、もしかすると、ぼくを見ても何も思い出さないかもしれないという気もした。

「用心のためよ」

と、イチが言うので従うことにした。

ママと将司がマンションに入っていくのを、三〇メートルくらい離れたところから見送った。

「おまえ、ここに住んでたの？」

次郎が訊く。

「うん」

「どうだよ、少しは懐かしいか？」

「……」

ぼくはマンションを見上げた。

住んでいたのは三階の角部屋だ。その部屋を見上げたけど、何も感じない。懐かしくもない。あの部屋には何も楽しい思い出がない。

「まあ、わかるよ。おれだって、うちになんか帰りたくない。もし、親父やおふくろに道端で出会《でくわ》したら、おまえと同じように、ぶっ殺したくなるかもしれない。昔は……と言っても、一年とか二年前の話だけど、どうやって大人と戦えばいいか何もわからなかったから何の抵抗もできずに黙って殴られたり蹴られたりしていたけど、今は違う。あいつらには負けない。二度と、おれを殴らせたりしない。あいつらの手がおれの体に触れる前にあいつらを殺してやる」

「そのときは、ぼくも手伝うよ」

「ああ、そうしてくれるとありがたいね」

ぼくと次郎が話している間に、イチは近くのコンビニに行った。何を買いに行くのか言わなかった。戻ってきたので、何を買ってきたのか、と訊くと、ビニール袋を広げて見せてくれた。ガムテープ、ビニール紐、ハサミ、おにぎり、サンドイッチ、ペットボトルのジュースなんかが入っていた。いちいち説明はしなかったけど、何に使うのか、ぼくにはわかった。ママと将司をおとなしくさせるために使うのだ。そして、ひと仕事終えるとお腹も空くし、喉も渇くから飲み物や食べ物も必要だ。イチは、とても気が利くんだ。

「あと足りないのは、これだろ？」

次郎がポケットからコンクリートの塊をふたつ取り出した。ぼくの拳くらいの大きさだ。

駅からここに来る途中、道路工事をしている場所があった。そこで拾ったらしい。言うまでもなく、武器にするのだ。ひとつをぼくに渡し、もうひとつはまたポケットに戻した。

「じゃあ、そろそろ行くか？」

「迷いはない？」

イチが訊く。

「うん、何も迷ってないよ。ママと将司には死んでもらう。あいつら、死んだ方がいいんだ」

ぼくたちはマンションに入る。

ダーとマムの天王洲のマンションは、電子キーがないとエントランスで立ち往生してしまうけど、このマンションはそれほど高級じゃないから、勝手に中に入ることができる。セキュリティが甘いから部屋の前までは誰でも行けるのだ。

「階段で行きましょう」

と、イチが言ったのはエレベーターには防犯カメラが設置されていることが多いからだ。入口や廊下には設置されていない。たぶん、エレベーターにも設置されていないと思ったけど、危険な真似をする必要はないよね。

ぼくたちは階段を使って三階に上がり、廊下の端の角部屋の前に行く。とりあえず、ぼくが一人で部屋を訪ねることにした。

チャイムを押す。

すぐには応答がない。

しつこくチャイムを押す。

「どちらさま？」

ドア越しにママの声が聞こえる。

ぼくは返事をせずに、またチャイムを押す。

ドアが細く開かれ、ママの顔が半分だけ見えた。

ママはぼくを見て、

「あら」

と驚いたように目を大きく開いた。

「どうしたんだよ、誰だ？」

部屋の奥から将司の声が聞こえた。

「良樹《よしき》よ。良樹が戻ってきた」

「は？」

奥からどたどたと足音が近付いてくる。

ドアが大きく開かれ、将司が間抜け面でぼくを見下ろす。

「こいつ……」

今にも殴りかかってきそうな危ない空気を感じて、ぼくは身構えた。

しかし、廊下で騒ぎを起こすのはまずいと思い直したのか、

「入れよ、おまえのうちなんだから」

「良樹、さっさと入りなさい」

「……」

良樹か……。

その名前で呼ばれるのは、ものすごく久し振りだ。

それが自分の名前だということすら、よく覚えていない。

ダーやマムに世話してもらうようになってからは四郎と呼ばれ、今は三郎と呼ばれている。

この部屋でママや将司と暮らしているときだって、綺羅のことは綺羅と名前で呼んでいたけど、ぼくはそうじゃなかった。バカ、間抜け、グズ、お荷物、厄介者、粗大ゴミ、役立たず……そんな風に罵られていただけだ。良樹と呼ばれたことなんか、ほとんどない。

五味川《ごみかわ》良樹。

それが、ぼくの名前だ。

懐かしくもないし、好きでもない名前だ。

名前なんか、どうでもいい。三郎でも四郎でも構わない。

でも、良樹という名前は、あまり好きになれない。その名前で暮らしていたとき、毎日毎日嫌なことばかりで、何も楽しいことがなかったからだ。

靴を脱いで部屋に入った。

びっくりしたのは、部屋がきれいになっていたことだ。いや、きれいと言っても、やはり、散らかっているし、ごちゃごちゃしている。あまり掃除もしていない感じがする。シンクにも汚れた食器が積み上げられている。

だけど、ゴミの山という感じはしない。

ぼくと綺羅が暮らしていた頃とは大違いだ。

「そこに坐れよ」

将司がキッチンテーブルを指差す。

相変わらず威張っている。

こっちが言いなりになると思っているのだ。

将司の右手を見ると、親指に包帯を巻いている。

ぼくの視線に気付いて、

「おまえのせいで、こんなことになっちまったぞ。ふざけたガキだ」

ちっ、と舌打ちする。

　ぼくは何も言わずに椅子に坐る。

　向かい側に、ママと将司も坐る。

「今までどこにいたの？」

「……」

「おい、黙ってるんじゃないよ」

「ダメよ」

　ママが将司をたしなめる。

「何か食べる？　お腹が空いてるんじゃない？」

「大丈夫」

　ママが急に優しい声を出したのでびっくりした。

　今まで優しくされたことなんかないから、きっと何か魂胆があるに違いないと思った。

「それならいいんだけど……。良樹、警察なんかには行ってないわよね？」

「警察？」

「行ったのか？」

　将司が身を乗り出す。

　ああ、そういうことか。短気な将司が、ぼくを殴りたくてうずうずしているくせに必死に我慢しているのも、ママが珍しく優しい声を出したのも、もしかして、ぼくが警察に行って、綺羅が死んだことをしゃべったんじゃないか、と心配しているせいだったんだ。二人ともびくびくしてたんだよ。

そのとき、チャイムが鳴った。

ママと将司がドキッとした顔で玄関のドアに顔を向ける。

「警察じゃないよ」

「何でわかる?」

「たぶん、友達だと思う」

「友達? おまえに友達がいるのか?」

「次郎とイチ。太っているのが次郎で、かわいい子がイチだよ」

「ふざけたことを言うな。おい、出てみろ」

将司がママに命令する。

むっつりと不機嫌そうな顔で、ママが椅子から立ち上がり、玄関のドアを開けに行く。

「どちらさま?」

「友達なんですけど」

「はあ?」

ママがドアを開ける。

廊下に次郎とイチがいる。

次郎は、ぼくを見て、にやりと笑うと、ドアを大きく押し開けて玄関に踏み込み、いきなり、コンクリートの塊でママの顔を殴った。ママは声も上げずに仰向けにひっくり返る。

「あ」

驚いて将司が椅子から立ち上がろうとする。

でも、立ち上がる前に、ぼくが飛びかかって、将司の横っ面をコンクリートの塊で殴った。すごい手応えだったから、たぶん、顔の骨が折れたと思う。

「縛るのよ。口をガムテープで塞いで！」

ドアを閉めて部屋に上がりながら、イチが言う。

ビニール袋からガムテープとビニール紐を取り出して次郎に渡す。次郎は手慣れた様子で、てきぱきとママを縛り上げる。ママは気を失っているのか、まったく抵抗しない。

ぼくがもたもたしているので、次郎は将司も縛ってくれた。二人の口をガムテープで塞いだのは、イチだ。

「ああ～っ、こいつ、また力を入れすぎだよ。また思い切り殴りやがった。どうして手加減ができないのかねえ？　これじゃ、口も利けないじゃないか」

次郎がぼくを見て舌打ちする。

確かに将司は口から血を流して白目をむいている。ダーを金槌で殴ったときと同じだ。

「大丈夫、見た目ほど、ひどくないわ。気を失ってるだけ。たぶん、骨は折れてると思うけど、話くらいはできるでしょう」

将司の傷を確認しながら、イチが言う。

「何か食べる？」

「そうだな、腹が減った」

次郎が椅子に坐り、サンドイッチを食べ始める。

「三郎も食べなよ」

イチがおにぎりを渡してくれる。

ぼくたち三人は椅子に坐って、サンドイッチやおにぎりを食べ、ジュースを飲んだ。

ママが苦しげな呻き声を洩らし始めた。どうやら目を覚ましたらしい。次郎は、ちゃんと手加減して殴ったから、将司のような怪我はしていないのだ。

「三郎、何か訊きたいことがあるんでしょう？」

「うん」

ぼくは椅子から立ち上がって、ママのそばにしゃがみ込んだ。

「ガムテープをはがすけど、騒いじゃダメだよ。そんなことしたら、また殴るからね。わかった？」

「……」

ママが瞬《まばた》きもしないで何度もうなずく。きっと恐ろしくて仕方ないんだと思う。ぼくや綺羅のことを殴ったり蹴ったりするのは慣れているけど、まさか自分がそんな目に遭うとは想像もしていなかったんじゃないかな。

ゆっくりガムテープをはがして、

「綺羅は、どこ？」

「……」

「どこにやったの？」

「あ……あ……あの子は、お墓」

「嘘だ」

直感的に、ママは嘘をついているとわかった。

「白状させてやろうか？」

次郎が立ち上がる。

「や、やめて……」

ママが怯える。

「そっちを痛めつけたら？」

イチが将司の方を顎でしゃくる。

「でも、まだ気を失ってるぞ。それとも死んだか」

次郎が将司の首筋に手を当てて脈を取る。

「生きてるな。じゃあ、起こそう」

コップに水を汲《く》み、将司の顔にかける。それを二回繰り返すと、将司が目を開けた。まだ、頭がぼーっとしていて自分の身に何が起こったかわかっていないらしい。

次郎は台所にある果物ナイフを手に取り、

「ほら、ママさんに何か訊いてみな」

「うん。ママ、綺羅は、どこにいる？」

「……」

「素直に話した方がいいぞ」

次郎が将司のほっぺたに果物ナイフを突き刺し、ぐりぐりとこねるように回す。

将司が身をよじって暴れようとする。

ガムテープを貼られているので悲鳴を出すことはできないが、それでも、うう～っ、うう～っ、という唸り声が聞こえる。

「うるせえ！　黙れ、この野郎」

尚も次郎がナイフを深く突き刺す。

激しく血が溢れ出す。

それを見て、ママが悲鳴を上げそうになったので、慌てて、ぼくが口を押さえた。

「正直に話さないと、次は、ママの番だよ。綺羅、どうしたの？」

「冷蔵庫……」

　ママが泣きながら口にする。

「ここかよ」

　次郎が台所にある冷蔵庫を開ける。スリードアタイプで、一番下が野菜室、真ん中が冷蔵室、一番上が冷凍庫になっている。野菜室にはほとんど野菜がなく、ジュースやビールがたくさん並んでいた。

　冷蔵室もすかすかで、焼きそばやうどん、プリン、ヨーグルトなんかが入っている。

「まさか、ここか？」

　次郎が顔を顰めながら、冷凍庫のドアを開ける。

「……」

　ぼくとイチも息を呑んで見つめた。

「何だ、これ？」

　冷凍庫には冷凍食品がびっしり詰められている。

「食べ物しかないぞ」

「あ……。もしかして……」

　イチがハッとする。

　それで次郎も気が付いた。

ぼくもだ。

つまり、綺羅をバラバラにして冷蔵庫に入れたのではないか、ということだ。

次郎は改めて野菜室から調べ始めた。

しかし、野菜室にも冷蔵室にも冷凍庫にも、それらしいものは見付からなかった。

「何もないじゃん。こいつ、嘘をついたな」

次郎はママを睨むと、果物ナイフを手にして将司に近付く。

「ち、ちがう、冷蔵庫、あっちの……」

ママがぶるぶる震えながら涙目で言う。

「あっち？」

次郎が奥のリビングに行く。

このマンションには部屋が三つあって、台所、リビング、寝室という並びになっている。

ぼくと綺羅は、台所とリビングで生活していた。寝室には絶対に入るな、と言われていた。うっかり寝室に入ると、気を失うまで殴られた。台所とリビングはゴミの山で足の踏み場もないほどだったけど、寝室だけはきれいだった。ママと将司が寝る場所だからだ。

ぼくと綺羅にはベッドもなくて、いつもゴミに埋もれて寝ていた。

「これかよ」

寝室から次郎の声がする。

イチとぼくも寝室に行った。壁際にワンドアの小型冷蔵庫が置いてある。ぼくも初めて見た。以前は、そんな冷蔵庫はなかったのだ。

二人にそう言うと、

「怪しいなあ」

と首を捻りながら、次郎がドアを開ける。

「……」

ぼくたち三人は言葉を失って、冷蔵庫の中を凝視した。そこに透明なビニール袋に包まれた綺羅がいた。膝を抱え、背中を丸めた格好で窮屈そうに冷蔵庫の中に坐っている。目を瞑り、少し口を開けて、まるで眠っているように見えた。

「あり得ないんじゃない？　死んだ子供を冷蔵庫に入れるか？　しかも、その横で寝るか？」

次郎が呆れたように言う。

「自宅で子供が死ねば、普通は、まず救急車を呼ぶよね。その次に警察が来る。いろいろ質問されて、この部屋も調べられる。三郎がいた頃は、もっと汚かったんでしょう？」

「うん。ゴミだらけだった」

「部屋がゴミだらけで、体中に痣があって、ろくに食べてないから痩せ細っている。立派な虐待だもんね。今は子供の虐待に厳しい時代だから、何かの法律に引っかかって逮捕されることになる。それが嫌だから冷蔵庫に隠したんでしょうね。冷やさないと体が腐って臭いが出るから」

「へえ、そんな法律があるのか？　おれなんか、いくら殴られても誰も助けてくれなかったぞ。学校の教師だって見て見ぬ振り」

「わたしだって、そうだった。顔に痣があるくらいだと見て見ぬ振りかもしれないけど、人が死ねば大騒ぎになるのよ」

「そうか、おれが死ねば、バカな親父とおふくろは逮捕されたのか。それで刑務所に入れば、いい気味だけど、自分が死んだら元も子もないなあ」

ちぇっ、と次郎が舌打ちする。

「どうする、三郎？」

「どうするって……？」

「妹さん、このままでいい？」

「ああ……」

綺羅がどうなったのか、ぼくは何も想像していなかった。死んだと思ったのは勘違いで、実は元気に生きていた……それが一番よかったけど、そうでないのなら、やっぱり、ちゃんとお墓に入れてほしかった。そうすれば、お墓参りができる。お線香を立てて、花を置いて、両手を合わせて、天国で綺羅が幸せになれるように祈ることができる。

まさか冷蔵庫に入れられていたなんて……。

びっくりしてしまい、ぼくは、ただ、じっと綺羅を見つめていた。どうすればいいかなんて、いきなり訊かれても、ぼくにもわからない。

「どうすればいいのかな？」

イチに教えてもらいたかった。

「そうねえ……」

「お墓に入れられる？」

「それは、わたしたちの力では無理よ」

「お金なら、いくらでもあるじゃん」

次郎が口を挟む。

「お金の問題じゃないのよ。お墓に入れるには、焼き場に運んで骨にしてもらわないといけない。そのためには、さっきも言ったように、まず、救急車を呼ぶか、警察に連絡しないといけないの。その上で役所の手続きがあるのよ」

「それでいいんじゃないか？　警察を呼んで、おれたちは消える。こいつら、警察に捕まって、きっと刑務所に入れられるよ」

「だけど、わたしたちのことも警察に知られてしまう。顔も見られてるしね。わたしたちだって警察に追われてるってことを忘れないで」

「じゃあ、どうする？」

「それを決めるのは、わたしたちじゃない。三郎よ。三郎の妹さんのことなんだから」

そう言って、イチがぼくを見た。

「どうしたい？」

「ママと将司は死んだ方がいいと思う」

「よし、決定な」

次郎がぽんと両手を打ち合わせる。

「妹さんは、このままでいい？」

「お墓に入れられないのなら、このままがいいと思う。眠っているみたいだし」

「そうね。それがいいかもしれない」

イチがうなずくと、次郎が冷蔵庫のドアを閉め、

「じゃあ、妹はこのままってことだな」

「毛布でもかけてあげようか。いくら何でもビニール袋だけだなんて、かわいそうだよね」

「うん、そうしよう」

ぼくは寝室から薄い毛布を持ってきた。

「わたしたちがやってあげる」

イチと次郎が綺羅の体を毛布でくるんでくれた。

それが済むと、次郎は、

「よし、あいつらにお仕置きをしてやるか。何だか、おれもすごくムカついてるんだ。飢え死にして冷蔵庫に入れられるなんて……。おれもひどい目に遭ってきたと思ってたけど、おまえたち兄妹は、おれなんかより、ずっとひどい目に遭ったんだな」

ぼくの肩をぽんぽんと優しく叩いた。

次郎がそんなことをするのは初めてだったので、ぼくは驚いた。


二時間後……。

ぼくたちはマンションを出て、千葉の家に帰った。

13

一〇月二九日（木曜日）

新九郎、尾形、針谷、純一の四人が路肩にぼんやり突っ立っている。

「あ～っ、何だか、子供の頃に戻った気がするなあ」

尾形がぼやく。

「どういう意味ですか？」

純一が訊く。

「小学生の頃、よくいたずらをして廊下に立たされたんだよな。嫌な先公で、何かというと、おれを目の敵《かたき》にしやがってよ。ちょっとしたことで、『尾形、廊下に立ってろ。授業の邪魔だ』なんて言いやがった」

「へえ、先生に叱られると廊下に立たされるんですか……」

「経験ないのか？」

「ありません」

純一が首を振る。

「ハリー、おまえはあるだろうな？」

「おれもないですね。小学生の頃なんて、おとなしくて悪さなんかしませんでしたから」

「何だよ、二人とも格好つけやがって。おれだけが、バカだったってことか？　当然、室長も経験ないんでしょうね」

「わたしは、あるよ」

「ほう、それは意外だ」

「教科書に書いてあることなんか、授業で説明してもらわなくても読めばわかるからね。勝手に本を読んでいたら担任の先生に叱られてね。授業を聞くつもりがないのなら教室から出て行け、廊下で好きなことをやれ、と先生に言われて教室を出た」

「で、どうしたんですか？」

純一が訊く。

「廊下で本を読んだよ。もっとも、立ったままだと疲れるから坐って読んだけどね。どうせなら椅子を貸してもらえるとありがたかったなあ」

「ずっと授業を受けなかったんですか？」

「いや、その日のうちに担任から電話がかかってきてね。次の日、母親と一緒に謝りに行ったた。わたしの母親は頭が固くて、世間一般の常識に縛られており、担任の言うことは絶対的に正しいと盲信している愚かな女だから、ひたすら担任に頭を下げて、ぺこぺこ謝っていたね。わたしは謝らなかった。悪いことをしたとは思っていなかったから」

「何だか、嫌な子供だなあ。て言うか、子供の頃から今のままじゃねえか」

尾形がつぶやく。

「同じように教室から出されるにしても、尾形さんと室長では意味合いが違ってましたね」

純一がくすっと鼻で笑う。

「ふんっ」

尾形が不快そうに顔を顰め、正面に立つマンションを見上げる。

「ちくしょう、いつまで待たせる気だ」

「仕方ないじゃないですか。鑑識の作業が一通り終わらないと誰も部屋に入れませんよ。証拠をダメにしてしまうかもしれませんからね」

針谷が宥めるように言う。

「うちだけではなく、大部屋の捜査員たちも待たされているわけですし」

純一が付け加える。

周辺にはパトカーや覆面パトカーが何台も路上駐車している。覆面パトカーには捜査一課の捜査員たちが乗り込んでおり、その中に村山《むらやま》正四郎《せいしろう》管理官の顔も見える。

通常であれば、鑑識の作業と並行して捜査員が現場検証を行うが、部屋の中があまりにも乱雑で足の踏み場もないほどであり、しかも血溜まりが広がっていて、何が証拠で何が証拠でないか判断するのが容易ではないので、捜査員が部屋に入るのをしばらく待ってほしい、と鑑識から要請があった。

ＳＲＯの面々が到着してからでも、かれこれ一時間ほど路上で待たされている。先着していた村山たちは、もっと待たされているはずだ。

「まあ、無駄足でなければ、待つのは構わないけどな」

尾形が言う。

「無駄足ということはないでしょう。指紋が見付かったわけですから。なぜ、こんなマンションで見付かったのか、という点が謎ですが」

針谷が首を捻る。

朝礼が終わって間もなく、江東区潮見《しおみ》一丁目のマンションで男女二人の遺体が見付かったという知らせが捜査一課からSROに届いた。

朝早く宅配便の業者が、その部屋に荷物を届けに来た。チャイムを押しても応答がない。留守なのかと思い、ドアの前で不在伝票を書き、新聞受けから差し込もうとした。その隙間から靴脱ぎに血が広がっているのが見えた。しかも、血の中に人間の足のようなものが転がっていた。えっ、と仰天し、咄嗟にドアノブに手をかけると鍵がかかっていなかった。恐る恐るドアを開けると、部屋の中は血の海で、切断された人間の手足や生首があちらこちらに転がっていた。業者は腰を抜かして失禁し、それから警察に電話をかけた。

凄惨《せいさん》な殺人現場である。

しかし、犯人には犯行を隠そうというつもりが最初からなかったのか、テーブルや壁、冷蔵庫のドアなどに血の付いた指紋がいくつも残されていた。

それだけでなく、テーブルの上には飲み残しのペットボトルや、食べかけのサンドイッチも残っていた。犯人が口にしたものであれば、ＤＮＡの採取も可能だ。

被害者二人の指紋と異なる指紋が三つあった。その三つの指紋は直ちにデータベースで照合された。

その結果、ふたつの指紋は平子良和の事務所で採取された指紋と一致した。病院に残っていた指紋とも一致した。

あとのひとつは、病院から逃げ出した少女のものと判明した。

つまり、ＳＲＯが行方を追っていた二人の少年と一人の少女、彼ら三人組がこのマンションで二人の男女を殺害した可能性が高いということだ。

だから、ＳＲＯに連絡が来た。

新九郎たち四人は直ちに現場に駆けつけたものの、犯行現場に入ることができず、マンションの外で待ちぼうけを食わされているわけであった。

「山根室長」

村山管理官が新九郎に近付いてくる。

「ああ、村山さん。そろそろ部屋に入れてもらえるんですか？」

「いや、それが……」

村山が首を振る。

「もっと時間がかかりそうです」

「何をそんなに手間取ってるんだよ。鑑識の尻を蹴飛ばしたらどうだ？」

尾形が舌打ちする。

「新たな遺体が見付かりました」

村山は尾形の発言を無視して、新九郎に話しかける。

「遺体？」

「幼児です。二歳くらいらしいです」

「今まで見付からなかったのは、なぜですか？」

すでに鑑識が部屋に入ってから、かなり時間が経っている。よほど巧妙に遺体が隠されていたのだろうか、と新九郎は思った。

「毛布にくるまれて冷蔵庫に入っていたそうです。最初にざっと部屋の中を調べたそうですが、まさか毛布にくるまれているのが子供の遺体だとは思わず、調べるのを後回しにしたんでしょう。何しろ、部屋は血の海で、ばらばらにされた人間のパーツがいくつも転がっていたそうですからね。それらの回収と調査を優先したんでしょう。犯人のものと思われる指紋も残されていましたし」

「被害者の身元は判明したんですか、その幼児も含めて？」

「この部屋を借りているのは大倉《おおくら》将司、二八歳です。被害者の一人は大倉将司で、もう一人の被害者は五味川和江《かずえ》、三一歳です。二人とも前科があったので簡単に身元が割れました」

村山が手帳を見ながら説明する。

「どんな前科ですか？」

「売春と恐喝です。いわゆる美人局《つつもたせ》ですね。初犯だったので執行猶予がついたようです」

「冷蔵庫で見付かった遺体の身元は？」

「それは、まだ、わかりません。年齢的に大倉将司か五味川和江の子供ではないかと考えて二人の戸籍を調べましたが、遺体に該当するような子供はいませんでしたよ」

「二人とも子供がいないんですか？」

「大倉将司にはいませんが、五味川和江には息子が一人います。五味川良樹、一二歳です」

「小学生ですか？」

「中学一年生のはずですが、今のところ学校に通っていた形跡がないんです」

「未就学か……」

「は？」

「子供に教育を受けさせるのは親の義務です。だから、学校に通わせないというのは、一種の虐待、ネグレクトなんですよ。その子が病院から逃げた二人の少年のうちの一人かもしれませんね」

「犯人グループのものと思われる三人分の指紋を採取しましたが、それが五味川良樹のものかどうか照合する手段がないんです。指紋以外にも毛髪や唾液なども採取されていますから、学校に通っていれば、何かしら照合する手段が見付かると思うんですが」

「近所の歯医者や病院に当たってみてはいかがですか？　五味川良樹が何らかの治療を受

けていれば、その記録が残っているはずです」

　純一が口を挟むと、村山がじろりと純一を睨み、

「もちろん、すでにうちの捜査員が調べているよ。当然じゃないか。捜査のイロハだよ」

「すいません」

　純一が頭を掻く。

「山根室長、どうなさいますか？　現場に入るには、まだ時間がかかりそうです。わたしたちも入ることができないので、今、川久保警部に言ったように周辺捜査から手を付けます。どうしても現場をご覧になりたいのであれば、室内に入ることはできませんが、廊下から中を覗く程度のことなら可能ですが」

「いや、遠慮しておこう。本庁に帰るよ。何かわかったら知らせてくれるよね？」

「もちろんです。互いに情報を共有するように、と上からも指示されていますから。最後にひとつだけ……」

　村山が新九郎に近付き、耳許で何やら囁く。

「了解した」

「では、よろしくお願いします」

　軽く一礼すると、村山が離れていく。

「何なんですか、あんなにもったいぶって」

感じが悪いぜ、と舌打ちしながら尾形が村山の背中を目で追う。

「箝口令《かんこうれい》さ」

「ん？　箝口令が出たんですか」

「容疑者は三人とも一〇代の少年少女だからね。写真はもちろん、名前も公開できない。万が一、犯人でなかった場合、取り返しのつかないことになるから」

「というか、そうなったときに誰も責任を取りたくないということでしょうけどね」

尾形が肩をすくめる。

「理不尽というか、おかしな話だという気がしますね。被害者であれば、それが幼児だろうが子供だろうが写真も名前も出すじゃないですか。なぜ、加害者だとダメなんでしょうか？」

純一が憤る。

「青臭いことを言うんじゃねえ。それが世の中ってもんなんだよ」

尾形が、ふんっ、と鼻を鳴らす。

「でも、公開捜査ができないとなると、三人の行方を追うのは難しくなりそうですね」

針谷が言う。

「一般の人たちの協力が得られないからね。さて、ここにいても仕方ないから警視庁に戻ろうか」

新九郎が言う。


四人が警視庁に戻ると、麗子がパソコンに向き合って防犯カメラ映像の分析をしていた。

「どう、何かわかった？」

新九郎が訊くと、麗子は写真を一枚差し出す。

「あの三人じゃないか」

その写真には、イチ、次郎、三郎の三人が写っている。かなり鮮明で、三人の顔がはっきりわかる。

「それは潮見駅の防犯カメラに映っていました。何枚もあったんですが、一番よく映っているのが、それです」

麗子が説明しながら、もう一枚の写真を差し出す。

「これは、あまり映りがよくないね」

「注目してほしいのは撮影された時間です。最初の写真は、一三時〇九分。こっちの写真は一六時二二分です」

「ほぼ三時間後か」

「彼らは新木場《しんきば》方面に向かう電車のホームに行こうとしているのがわかります。その時間帯だと、一六時三二分発、武蔵野線の府中本町行き電車に乗ったと考えられます。潮見から新木場までの乗車時間は三分くらいですから、一六時三五分以降の新木場駅の防犯カメラ映像をチェックしましたが、三人の姿は確認できませんでした」

「乗り換えなかったということだね」

「恐らく、そのまま武蔵野線に乗っていったと思われます。最初の写真が撮影されたのは一三時〇九分ですが、その時間帯に新木場方面から潮見駅に着くのは東京行きの京葉線で、潮見駅には一三時〇七分に着きます。新木場を出るのは一三時〇四分です。その頃の新木場駅の防犯カメラ映像を調べたところ、りんかい線の方から歩いてくる三人の姿を確認しました」

「ふうん、それは面白いね。最初、彼らは、りんかい線に乗って新木場まで来て、潮見駅に向かった。しかし、帰りは、新木場で乗り換えず、そのまま武蔵野線に乗って、どこかに向かった」

新九郎が顎を撫でながら、ふむふむとうなずく。

「何だか、ややこしくて頭が混乱してくるな。そのことから何がわかるんですかね？」

尾形が訊く。

「三人の隠れ家は、りんかい線か武蔵野線のどこかの駅の近くにあるかもしれないということですよ。もちろん、大手町とか西船橋で乗り換えることも考えられるわけですが」

針谷が言う。

「そんなことを調べられるのか？」

「その路線の駅に配置されている防犯カメラ映像を虱潰《しらみつぶ》しに調べていけばわかるかもしれないわね。潮見駅を起点にすれば、到着する駅毎に電車から降りるであろう時間を推定できるから」

麗子が答える。

「それにしても膨大な作業じゃないですか。副室長一人で調べられるんですか？」

純一が驚いたように訊く。

「さすがに無理よ。それで室長にお願いがあるんです」

「何かな？」

「ＳＳＢＣに協力を仰ぎたいんです」

「ああ、ＳＳＢＣね」

新九郎がうなずく。

ＳＳＢＣとは「捜査支援分析センター」の略語である。二〇〇九年四月に警視庁の刑事部に一〇〇人体制で発足したばかりだ。

その役割は、ふたつある。

ひとつは、防犯カメラの画像解析や電子機器の解析を柱とする分析捜査支援、もうひとつは、犯行の手口などから犯人像をプロファイリングする情報捜査支援である。

ＳＳＢＣの職員にとって防犯カメラ映像の分析はお手の物だ。これから麗子がやろうとしている作業をサポートしてもらうのに、これほどふさわしい組織はない。

「いいだろう。協力を依頼しよう」

新九郎は承知した。

14

「ねえ、石塚さんは、どうしたのよ？　具合でも悪い？　病気？」

ベッドに横たわり、顔だけ動かして佐伯奈々を目で追いながら房子が訊く。

「……」

奈々は、房子と目を合わせないように注意しながら黙々と仕事をこなす。

奈々と石塚美和子の二人が近藤房子の担当看護師ということになっている。芦田医師が診察・治療するときには二人が付き従うが、単に着替えをさせたり、血圧を測ったりというようなときには、どちらか一人だけで病室に入る。二人が担当といっても、実際にはベテラン看護師である美和子がほとんどの作業を行っている。そうするように房子が芦田医師に圧力をかけているせいでもある。

「あんた、わたしを無視するつもり？」

房子がじろりと睨むと、奈々がびくっと体を震わせる。稀代の連続殺人犯である房子に睨まれれば、誰でも恐ろしい。看護師が仕事をするときには二人の看守が立ち会うことになっているが、着替えや下の世話をするときには、ベッドをカーテンで囲んで仕切るので、看守の目が遮られる。カーテンに囲まれた狭い空間では房子と二人きりなのだ。

生唾をごくりと飲むと、

「忌引《きび》きです」

押し殺した声で、奈々が言う。

「忌引き？　誰が亡くなったのよ」

「義理のお母さまです。今週はお休みです。日曜日から出勤するそうです」

「ふうん、義理のお母さんがねえ……」

不意に房子の口から、くくくっ、という笑い声が洩れる。最初は低い笑い声だったが、次第に声が大きくなる。おかしくてたまらないというように、いつまでも笑い続ける。

15

尾形は早めに帰宅した。

今のところ手がかりは防犯カメラだけである。

防犯カメラの映像分析には専門家がいる。門外漢の尾形の出番はない。用もないのに残業しても仕方がないから、さっさと帰ることにしたのだ。その代わり、何か手がかりが見付かって呼び出しがあれば、たとえ深夜でもすぐに出勤する心積もりでいる。

玄関のドアを開けたとき、誠と鉢合わせした。

「お……」

びっくりして、一瞬、言葉が出てこない。

が、すぐに、

「どこかに出かけるのか？」

「……」

誠は黙って尾形の脇を通り過ぎようとする。

「待てよ」

尾形が誠の腕をつかむ。

「放せよ」

顔を顰めて、誠がふりほどこうとする。

「また夜遊びか」

尾形も誠の生意気な態度にカッとなる。

「関係ないだろ」

「何だと？　関係ないって、どういうことだ。関係ないことはないだろう」

「あんたには関係ないってことだよ」

「あんただと？　何だ、その言い方は？　それが親に対する態度か」

「うぜえな！」

「ふざけるな」

尾形が誠の顔を平手打ちする。あっ、と思ったときには手が出ていた。大して力を入れたつもりはなかったが、誠は靴箱に背中をぶつけて尻餅をつく。騒ぎを聞きつけて敏江が出てくる。

「あなた、何をするんですか」

悲鳴を上げる。

「何をじゃないだろうが。何をのんきな顔をしている。こいつ、また夜遊びに出かける気だぞ。黙って行かせるつもりだったのか？」

「本を買いに行きたいって言うから……」

「嘘に決まってるだろう。なぜ、何でも言いなりになる？　なぜ、見え透いた嘘を信じる？　それが誠のためになるとでも思っているのか」

「わたしは誠を信じてるんです」

「言いなりになることと信じることは違うぞ」

尾形と敏江が言い争いをしている隙に誠が外に出ようとする。それを尾形が止めようとするが、

「やめて下さい。喧嘩はやめて下さい」

尾形の腰に敏江がしがみつく。

誠はドアを開けて外に走り出る。

「くそっ、行っちまったじゃないか。もういい。放せよ」

尾形が溜息をついて肩を落とす。

「せっかく、よくなってきたのに、こんなことをしたら元の木阿弥《もくあみ》だわ」

「馬鹿なことを言うなよ。なあ、冷静になって考えてみろ。誠はまだ小学生なんだぞ。夜遊びに出かけるのを見て見ぬ振りするのが、いい親なのか？」

「勝手な屁理屈《へりくつ》でわたしを丸め込もうとしてもダメですよ。わたしのやり方が気に入らないのなら、今度、宮本先生に相談してみましょう。先生は、何ておっしゃるかしら」

「あのバカカウンセラーか」

「まあ、何てことを言うの」

敏江が両目を大きく広げて驚愕の表情になる。

「あの女の言いなりになっていると、親は子供の奴隷にされちまうよ」

「わたしは、ただ……ただ、誠が他の子供たちのように普通に学校に通ってほしいだけですよ。高望みなんかしてないんです。学校にも行けず、うちにばかりいたらストレスだって溜まるじゃないですか。ちょっとくらい息抜きしたからって何が悪いの」

「わかった、わかった」

「何がわかったのよ」

敏江が目尻を吊り上げて尾形を睨む。

「とりあえず、おまえの言い分はわかったという意味だよ」

尾形は重い足取りでリビングに入ると、ソファにどっかりと坐り込む。

（家に帰ってくると仕事の疲れなんか忘れちまうぜ。何しろ、仕事より疲れることばかりだからな……）

呼び出しがかかればすぐにでも出かけたいものだ、と尾形はしみじみ思う。誰にも言えないが、今は家にいるのが辛い。それが本音である。

16

針谷が玄関で、ただいま、と声をかけても誰も出てこない。家の中は、しんと静まり返っている。

誰もいないはずはないのに、おかしいな、と首を捻りながらリビングに入る。

兄の耕助がいた。ソファに腰を下ろし、声を潜めて誰かと携帯で話している。

「いや、大したことはないんですよ。ご心配なく。ちょっと躓《つまず》いただけでして……。それを大袈裟に……まったく冗談じゃありません……」

その内容から、父の健一郎について話しているのだと針谷には察せられる。耕助がちらと針谷を見て、ソファを指差す。坐って待っていろ、と言いたいらしい。耕助の向かい側のソファに針谷が腰を下ろす。

職場で帰り支度をしているとき、親父が倒れた、すぐに帰ってこい、と耕助から電話がかかってきた。それで寄り道せず真っ直ぐ帰宅した。

携帯を切ってポケットにしまうと、

「まったく、どいつもこいつもハイエナみたいな奴らばかりだよ。口先では心配そうなことを言ってるが、本音では親父のポストを狙って、何とか病状を探ろうとしている。重ければ喜び、軽ければ失望する。もちろん、おくびにも出さない。まあ、それが政治の世界だけどな」

耕助が、ちっ、と舌打ちする。

「で、どうなんだよ、親父は？　倒れたっていうのに入院しなくていいのか」

針谷が訊く。

「入院なんかしたら、それこそマスコミにも嗅ぎつけられて大騒ぎになるじゃないか。健康問題を書き立てられて辞任に追い込まれかねない。そんな危ない真似ができるかよ」

「だけど……」

「心配するなって。ちゃんと主治医の先生には往診してもらったよ。二日くらい安静にしていれば問題ないそうだ。おれだって、先生が入院させろと言えば素直に従うさ。親父の体が心配だからな。おっと、また電話だ。今度は、どのハイエナかな……」

通話ボタンを押して話し始めると、さっきまでハイエナどもと罵っていた者の一人と、物腰の柔らかい丁寧な物言いで会話を始める。

「兄貴は政治家に向いてるよ」

針谷が呆れたようにつぶやく。

そこに母の美由紀《みゆき》がやって来た。

「あら、太一《たいち》、帰ってたの」

「お父さんの具合、どう？」

「だいぶ落ち着いたわ。薬が効いたのかしら。顔を出してきなさいよ」

「邪魔じゃないかな」

「眠るまで話し相手になってあげればいいじゃない。わたし、今のうちにお風呂に入ってしまうから」

「わかった」

針谷が腰を上げ、リビングを出る。

寝室のドアをノックすると、入りなさい、と健一郎の声が聞こえる。ドアを開けると、

「おまえか」

健一郎が驚いたように針谷の顔を見る。

「あれ、薬を飲んだから、もう寝るんじゃないの」

上半身を起こし、老眼鏡をかけて本を読んでいる姿を目にして、針谷が意外そうな声を出す。

「そんなにすぐには眠れんよ。こんな時間からゆっくりできることは滅多にないから、たまにはゆっくり本でも読もうと思ってな。もちろん、眠くなったら寝るつもりだが」

「ああ、それなら……」

憩いのひとときを邪魔しては悪い、と気を遣う。

「入りなさい。遠慮なんかしなくていい。本を読むより、おまえと話す方がいい」

健一郎が本を閉じて、サイドテーブルの上に置く。

「うん」

針谷がベッドの端に腰を下ろす。

「倒れたんだって?」

「立ちくらみだ。大したことはない。疲れが溜まっていたんだろう」

「強がらなくていいんだよ」

「おまえの前で強がったりはしないさ。本当に大したことはないんだ。だからといって、自分が健康体だと見栄を張るつもりもない。心臓に爆弾を抱えているし、肝機能も低下している。腎臓の調子もよくない」

「ひどいな」

「うむ、ひどいんだ」

健一郎がうなずく。

「人間ドックに入るたびに数値が悪くなる。うんざりするよ。考えてみれば、もう高齢者だし、普通に暮らしているだけでも数値は悪くなるのが当たり前だ。その上、心も体もへとへとに疲れて、やたらにストレスばかりが多い仕事をしている。これで体調がよかったら、それこそ驚きというものだ」

「お父さん……」

「今日は、ただの立ちくらみで済んだが、次は、どうなるかわからない。心臓発作で倒れるかもしれないし、そのまま……」

「よせよ」

「すまんな。愚痴だ」

健一郎がふーっと溜息をつく。

「あと六年で引退するつもりでいたが、それまで体が持たないかもしれんな。まだ頭はしっかりしているつもりだが、体はガタがきている。おれの体はポンコツだよ。これが車だったら、とても車検を通らないだろうな」

「おれ……秘書になろうか」

「ん？」

健一郎が針谷の顔をじっと見つめる。

が、すぐに笑顔になる。

「よせよせ、おれが倒れたと聞いて動転したな。それとも同情か？　早まったことを口走ると後から後悔することになるぞ」

「そうかもしれない。だけど、もし、お父さんに何かあったら、最後の頼みを聞いてやらなかったことをもっと後悔しそうな気がする」

「急ぐことはない。よく考えろ。おまえの一生の問題なんだ」

「おれは兄貴のようにはできない。口下手だし、人付き合いも苦手だ。面白くもないのに、にこにこすることもできない。たぶん、政治家には向いてないと思う。だから、お父さんの地盤を引き継いで政治家になるかどうか、今は決められない。でも、秘書としてお父さんの手助けならできると思う」

「本気で言ってるのか？」

「うん」

「……」

急に健一郎が黙り込んだので、どうしたのか、と針谷が怪訝な顔になる。

（あ）

健一郎は泣いている。うつむいた顔から滴《したた》り落ちる涙が健一郎の手を濡らしている。

「お父さん……」

「ダメだ、おれも耄碌《もうろく》したよ。すっかり涙腺が緩くなった。誤解するなよ、泣き落としっていうわけじゃないからな」

「……」

そんな父親の姿を見ているうちに、針谷の目にも涙が滲んでくる。

（この事件が解決したら警察を辞めよう。親父の秘書になる）

もう迷いはない。

17

駅の裏手にあるゲームセンターで誠がぶらぶらしている。まだそれほど遅い時間ではないので、幼稚園児くらいの子供も親と一緒に遊んでいるし、塾帰りの小学生や部活を終えた中学生や高校生もいる。

ゲームをするわけではなく、他の子供たちがゲームしているのを横目で眺めながらゲームセンターの中をうろうろしている。ゲームそのものにも、さして興味がある感じではない。

家を出るときに尾形と言い争ったりしなければ、たぶん、誠はここにはいない。いたとしても、顔見知りがいなければ、すぐに帰宅したはずだ。

最初は本当に本屋に行くつもりだった。マンガを一冊くらい買おうかな、と思っていた。尾形に叱られて、ビンタまでされて、本屋に行く気がなくなった。他に行く当てもないので、ゲームセンターに来た。

不登校になってから、同じ年頃の子と話す機会がなくなった。自分のせいだとわかっているものの、やはり、淋しい。だからといって学校に行こうとは思わない。いい奴も何人かはいるが、嫌な奴の方がずっと多い。そんな奴らと顔を合わせたくなかった。

このゲームセンターに来るようになって、何人か顔見知りができた。たまに話もする。ほとんどゲームの話で、あとはマンガやアニメの話だ。それが、すごく楽しい。意地悪もされないし、悪口も言われない。無視されることもない。気楽に話したいことだけを話すだけで面倒なことは何もない。

その中に、たまにしか会えないが、とても気の合う男の子がいる。背丈は誠とあまり変わらないが、たぶん、いくらか年上だ。小遣いをたくさん持っているらしく、ジュースやお菓子を奢ってくれるし、ゲームに使うコインもくれる。

だけど、今夜は見当たらない。

どうしよう、家には帰りたくないからコンビニでマンガを立ち読みしようかな……そんなことを考えていると、背後から、ぽんぽんと肩を軽く叩かれる。

「よお、元気、誠君？」

「あ、次郎君」

誠の表情がパッと明るくなる。このゲームセンターで知り合い、誰よりも親しくなった少年だ。

「今日は友達も一緒なんだ。誠君もすぐに仲良くなれるよ」

次郎がイチと三郎を紹介する。

「こんにちは」

「こんにちは」

「誠君、もうごはん、食べた？」

次郎が訊く。

「ううん、まだだけど」

「うちで食べるの？」

「いや、別に……」

「おれたち、これからファミレスでごはんを食べるんだよ。よかったら一緒に食べない？好きなものをごちそうするよ」

「でも、悪いから……」

「誠君も一緒の方が、わたしたちも楽しいのよ。ねえ、三郎？」

「うん、一緒においでよ」

三郎がにこっと笑う。

「じゃあ、行こうかな」

誠がうなずく。


ファミレスで二時間ほど過ごした。

誠は楽しくて仕方がなかった。

次郎とは前々から気が合ったし、初めて会ったイチという少女もとても感じがよかったからだ。三郎という少年は次郎やイチほどおしゃべりではないが、誠と目が合うたびににこっと笑いかけた。

イチは聞き上手で、誠から巧みに話を引き出した。誠が不登校であることや、両親に大きな不満を抱いていることなどを誠の口から自然に語らせた。知らず知らずのうちに誠は口が軽くなり、両親をナイフで刺したことまで話した。それを聞いたとき、次郎と三郎、それにイチの三人が素早く視線を交わしたことに誠は気が付かなかった。次郎が自慢気に胸を反らせたのは、

（どうだ、親をナイフで刺すような奴なら、きっと役に立つぞ。おれたちの仲間にこんな

にふさわしい奴はいないだろう。おれが見付けたんだからな）

という意味だ。

「そろそろ行こうか」

イチが言ったとき、誠は落胆の表情を隠すことができなかった。あっという間の二時間だった。至福の二時間だったのだ。

あの退屈で息苦しい家に帰るのかと考えると気持ちが沈んだ。次郎たちと過ごした時間が喜びに満ちていただけに、尚更、気が滅入った。

ファミレスを出ると、

「誠君に秘密を教えようか。誰にも言わないって約束できるかな？」

次郎が言うと、

「大丈夫よ、誠君、口が固そうだもん」

イチが、ねっ、と誠に微笑む。

「約束できるよ」

「おれたちね、一緒に暮らしてるんだよ」

「え？」

「姉弟とかじゃないよ。赤の他人。だけど、おれたち、親に殴られたり蹴られたりして家にいるのが嫌になってね。家を飛び出して、まあ、いろいろあって、今は三人だけで暮らしてるんだよ」

「子供だけで？」

「そうだよ」

「お金とか、どうするの？」

「お金は、たくさんあるんだ。おれたちも生きるために必死だから、自分たちの力でお金を手に入れたんだよ。家だってあるんだ。大きい家だよ」

「誠君も来る？」

さりげなくイチが横から口を挟む。

「ぼくが？」

「だって、うちにいるのが嫌なんでしょう？　全然楽しくないって言ったよね？」

「言ったけど……」

「わたしたちのところに来てみたら？　楽しいかもしれないわよ」

「そうだよ。楽しくなかったら、帰ればいいんだもん。無理に引き留めたりしないし」

次郎とイチに誘われて、誠は心が動いた。

「そうだね、行こうかな……」

「よし、決まりね」

イチはうなずくと、これからどうすればいいか誠に説明を始める。

18

「もう一〇時になるぞ。放っておいていいのか？」

夕刊をテーブルに投げ出して、尾形が尖った声を出す。

「あなたが誠を叩いたりしなければ、とっくに帰ってきてるはずですよ」

敏江は婦人雑誌を読みながら平然としている。

ちっ、と舌打ちしながら尾形がコーヒーカップを手に取る。すっかり冷めている。本当はビールを飲みたかったが、誠を探しに行くことになったときに酔っているのはまずいと考え、コーヒーで我慢している。

玄関のドアが開く音がする。

尾形がソファから立ち上がろうとするのを、

「ダメ」

敏江が首を振って止める。

「何も言わないで」

押し殺した声で言うと、尾形が、わかってるよ、とうなずき、ソファに坐り直す。カウンセラーの宮本輝代に相談するまでは、決して勝手な振る舞いをしないでほしい、と敏江にきつく戒められたのだ。ふざけるな、と怒鳴ったものの、約束してくれなければ、今夜、誠を連れて実家に帰ります、と敏江が真顔で言うので承知するしかなかった。そのせいもあって、尾形は苛立っている。

敏江が立ち上がり、明るい声で、

「お腹空いたでしょう。晩ご飯、食べる？」

「いらない。ハンバーガーを食べたから」

「お風呂は？　沸いてるわよ」

「いい」

誠が二階に上がっていく。バタン、とドアの閉まる音が聞こえる。

敏江がまたソファに腰を下ろす。

「なあ、これでいいのか？」

「いいんです」

敏江が婦人雑誌を手に取って読み始める。

その夜、午前二時を過ぎた頃、誠が部屋から出てきた。野球帽を被り、ジャンパーを着て、リュックを背負っている。廊下も階段も暗いが、明かりを付けず、ほとんど手探りでゆっくり階段を降りる。リビングには薄明かりが灯っている。誠は立ち止まって、耳を澄ます。家の中は静寂に包まれている。一二時を過ぎると、尾形も敏江も寝てしまうことを誠は知っている。今夜も、もう眠っているようだ。

靴を履き、チェーンを外し、シリンダー錠を回す。いくらか音が出たものの、家の中は依然として静かなままだ。ドアを開けて外に出ると、静かにドアを閉める。小走りにドアから離れる。道路に出ると、

「うまくいったようだね」

物陰から次郎が現れる。

19

一〇月三〇日（金曜日）

午前六時過ぎ、尾形家に敏江の悲鳴が響き渡る。

尾形はまだ熟睡していたが、跳ねるようにベッドから飛び出すと、二階まで一気に駆けていく。また誠が何かしたのか、と危惧した。

「何だ、何があった？」

誠の部屋に飛び込むなり、尾形が訊く。ベッドの傍らに敏江が呆然とした様子で佇んでいる。誠の姿は見当たらない。

「おい、敏江」

「……」

「しっかりしろ」

尾形が敏江の肩をつかんで揺さぶる。

「……」

敏江が尾形に顔を向ける。その目にみるみる涙が溢れてきて、いきなり、うわっと泣き出す。両手で顔を覆ってベッドに倒れ込む。敏江の手から紙が落ちる。ノートをちぎったもののようだ。尾形が床から拾い上げる。


今まで、ありがとう。さようなら。

これからは友達と生きていくので心配しないで下さい。

探したら死にます。本気です。

お願いします。

探さないで下さい。

うちを出ていきます。

誠

(何だ、これは……?)

尾形も咄嗟には言葉が出てこない。

（落ち着け、落ち着け。おまえまで慌ててどうするんだ）

そう自分に言い聞かせ、深呼吸する。

その上で、改めて誠の書き置きを読み返す。

何度か読み返すうちに、

（友達と生きていく……どういうことだ？　誰とどうやって生きていくっていうんだ？

そもそも、今の誠に友達がいるのか……）

その部分が引っ掛かる。

敏江に声をかける。

「いつまで泣いてるんだ。起きろよ」

「あなたのせいよ」

ベッドに横になったまま、敏江が恨めしげに尾形を見上げる。

「あなたが誠を殴ったせいよ。あんなことをするから誠は出て行ったんです」

「起きろって」

「誠に何かあったら、あなたを許さないから。誠が死んだら、わたしも死にます」

「おいおい、自殺するとは書いてない。うちを出て行く、と書いてあるだけだぞ」

「小学生がどうやって一人で生きていけるんですか。無理に決まってるでしょう。きっと、どこかで……」

「変な想像をするのはやめろ。この書き置き、ちょっと気になるな。友達と生きていく……そう書いてあるが、この友達って誰のことだ?」

「知りませんよ」

「同級生か? 不登校になってからも親しくしている友達がいるのか? もし同級生と一緒に家出したのなら、そのうちも大騒ぎだな」

「違うと思うわ」

敏江が体を起こし、ベッドの端に坐る。

「そんなに親しい同級生はいないはずよ」

「じゃあ、誰のことだ?」

「怒っては嫌よ」

「は? 何を怒るっていうんだ、家出したことなら別に……」

「そうじゃないの」

敏江が首を振り、誠には友達がいる、と小さな声で言う。

「友達? 名前は?」

「名前は知らない」

「それで友達なのか、名前も知らないのに」

「知り合って間もないから……」

「間もないって……どこで知り合った？」

「……」

「夜遊びでか？」

「そんなに詳しく教えてもらったわけではないけど、ゲームセンターで何人かと顔見知りになって、その中の一人とは、とても気が合うって、楽しそうに話してくれたことがあるの。今の誠に友達がいるとすれば、その子のことじゃないかと思うんだけど……」

「ゲームセンターで……」

先週の金曜日、早めに帰宅した尾形は誠が夜遊びしていることを知った。敏江から一〇〇〇円もらい、六時くらいから九時頃まで遊んでくるというのだ。なぜ九時に帰宅するかというと、尾形に知られないためだ。尾形は誠を探しに行き、ゲームセンターで見付けた。そのとき、クレーンゲームの前に年上の少年と二人でいた。楽しそうに笑っていた。

「あっ！」

突然、尾形が大きな声を出す。

「何よ、どうしたの？」

敏江がびっくりして尾形を見る。

「わかった。あいつだ。あいつだよ、あいつ！」

「あいつって、誰のこと?」

「誠が誰と一緒にいるのかわかった」

部屋から走り出て階段を駆け下りると、寝室に飛び込んで携帯電話を手に取る。新九郎に電話をする。

20

ホワイトボードの前にSROのメンバーが集まっている。尾形から電話をもらった新九郎が、麗子、針谷、純一に早出するように連絡したのだ。

「迂闊だったぜ。どうしてすぐに気が付かなかったのか……」

ホワイトボードに貼られた二枚の写真を尾形が悔しそうに睨む。

一枚は病院の防犯カメラ映像がとらえたものだ。

ナースステーションの前を走り抜けていく次郎の姿をとらえた写真で、画像は粗いが目鼻立ちは見分けられる。

「この写真を見たとき、尾形さん、どこかで見た気がすると言ってたわよね」

麗子が言う。

「ゲームセンターで見たといっても、離れていたし、そのとき一度見ただけだったし……」

くそっ、と尾形が舌打ちする。

「まさか息子さんの知り合いだとは思いませんよ」

純一が言う。

「金曜日の夜に会って、この写真を見たのが火曜日だ。気が付いてもよかった。しかも、昨日も見てるんだ。おれ、ぼけちまったのかな」

尾形が大きな溜息をつく。

もう一枚の写真は、潮見駅の防犯カメラ映像で、イチ、次郎、三郎がかなり鮮明に映っている
「病院の写真で気が付かなかったのなら、これを見てもわからないでしょう。そう気落ちすることはありませんよ」

針谷が慰めるように言う。

「川久保君、頼む」

新九郎がうなずくと、純一が立ち上がり、ホワイトボードに近付く。

五味川良樹　一二歳
門倉錬《かどくられん》　一四歳
瀬戸響子《せときょうこ》　一五歳

「全国の児童相談所に残されている資料を都道府県の警察の力も借りて捜査一課が総力を挙げて調べ尽くし、五味川良樹以外の二人の名前も明らかになった。尾形さんがゲームセンターで目撃したのは門倉錬だね」

新九郎が言う。

「もう親には連絡したんですか?」

尾形が訊く。

「一課の捜査員が事情を聞きに行っているとは思うよ。だけど、捜索願も出てないくらいだから大して心配してないんじゃないのかな」

「児童相談所絡みで身元が明らかになったということは、この二人も親に虐待されていたわけですか?」

針谷が訊く。

「門倉錬は小学生の頃から父親に暴力を振るわれていたらしい。顔に痣を作ったり、手足に怪我をしているようなことが頻繁にあって、担任教師が児童相談所に知らせ、何度か保護したようだね。しかし、二年くらい前から門倉錬の所在確認ができなくなっていたそうだ」

「学校にも行かなくなったんですか?」

「転居届を出さずに一家が引っ越してしまった。そうなると、児童相談所としてもお手上げだよ。瀬戸響子は義理の父親から性的虐待を受け、やはり、何度か児童相談所に保護されたが、その都度、母親が引き取りに来たそうだ。彼女は三年前から所在確認ができなくなっている」

「びっくりだ。突然、子供がいなくなっても学校も児童相談所も何もできないってことですか？」

尾形が驚く。

「何もできないんだよ」

新九郎がうなずく。

「何らかの犯罪の可能性があれば警察が捜査するけど、単に子供の姿が見えなくなった、親と連絡が取れなくなった、というだけでは警察は動きようがないからね」

「ひどいな……」

「それでも、彼らには戸籍があるから、学校にも通っていたわけだし、教師や児童相談所の職員が彼らを守ろうと努力してくれた。だが、戸籍がなければ、誰も気にかけてはくれない。その存在が誰にも知られていないわけだから」

「どういう意味ですか？」

尾形が首を捻る。新九郎が何を言いたいのか、よくわからないのだ。

「冷蔵庫で見付かった女の子なんだけど、DNA鑑定の結果、五味川和江の子だとわかった。だけど、戸籍には載っていない。出生届が出されていないから戸籍がないんだよ」

「そんな話があるんですか？　だって、病院で生まれたわけでしょう？　出生届と死亡届は必ず出さなければいけないものなんじゃないんですか」

「生まれたときと、死んだときでは扱いが違うよ。病院で亡くなれば、葬儀屋が死亡届を出してくれる。自宅で亡くなれば警察が調べに行く。いずれにしろ死亡届を出さないと火葬できないからね。出生届の場合、業者や警察が関わることはないから、親が役所に出生届を出すことになる。出さなければ戸籍ができない。戸籍がなければ学校にも行けない。法律上も行政上も、この世に存在しない子供になってしまう」

「そんな簡単に人間がいないことにできるんですか？」

　純一も驚いたようだ。

「残念ながら、それが現実だよ」

「五味川良樹にとっては妹ですよね。妹が死んで冷蔵庫に入れられたことを恨んで親を殺害したんでしょうか？」

　針谷が訊く。

「妹には目立った外傷はなかったものの、胃の中は空っぽだし、体には脂肪がほとんどなかった。ひどい栄養失調で、一種の飢餓状態だったらしい。食べ物を与えられずに放置されていたんじゃないかな。たとえ暴力を振るわれていなかったとしても、これは、ネグレクトという立派な虐待だよ。親を恨んでも不思議はないね」

新九郎が答える。

「妹がそういう状態であれば、兄の五味川良樹も同じように虐待されていたはずですよね？　学校にも通っていなかったわけだし。その兄がどうして瀬戸響子や門倉錬と一緒に行動するようになったんでしょうか」

純一が疑問を呈する。

「同じような境遇にある少年少女、つまり、親に虐待されて命すら危ない状況に置かれていた者たちがいったい、どうやってつるむようになったのか……誠君の件がなければ、まったく想像もできなかっただろうね。思うに、彼らは仲間をスカウトしているんじゃないかな。誠君が残した書き置きには、これからは友達と生きていく、と書いてある。その友達というのは門倉錬を指しているのだろうが、門倉錬は瀬戸響子や五味川良樹と行動を共にしている。もちろん、現実的に子供たちだけで生活できるはずがない。彼らを操っている黒幕は大人だろう。その大人が子供たちを使って、平子良和を殺害して大金を奪うような真似をしているに違いない。自分たちは決して姿を見せず、陰で子供たちを動かしているんだよ」

「てことは、誠も殺人マシーンにされちまうってことか……」

尾形が大きな溜息をつく。敏江を家に一人で残すのは心配だったので、出勤前に義理の両親に連絡を取って家に来てもらうことにした。義父の幹雄《みきお》と義母の和代《かずよ》が敏江に付き添っている。ミーティングの前に連絡したら、敏江はショックで寝込んでいるということだった。それも当然だ。家出しただけでも寝込んでいるのに、少年少女の殺人集団と一緒にいて、いずれ誠も人殺しをさせられる可能性があるというのだから。尾形自身、必死に耐えているものの、本心では腰が抜けそうなほど驚いている。自分も寝込みたいくらいなのだ。

尾形はポケットから誠の写真を取り出すと、黙って純一に渡す。純一は、その写真をマグネットでホワイトボードに貼る。

「尾形さん、お気持ち、察します。さぞ、心配でしょうね。奥さんのためにも、何としても誠君を見付けましょう。そのためには門倉錬や瀬戸響子、五味川良樹の居場所を突き止めることが必要です。SSBCに手を貸してもらって、潮見駅を起点として三人の足取りを追っています。彼らは、りんかい線を使って天王洲駅から潮見駅にやって来た。帰りは、武蔵野線で潮見駅から西船橋に向かっている。西船橋で乗り換えているから、総武線か東西線の沿線に隠れ家があると、わたしは睨んでいるの」

麗子が言う。

「尾形さんの家の最寄り駅は東西線の西葛西《にしかさい》だ。門倉錬が隠れ家からあまり遠くないところで仲間を物色していた可能性は高いだろう」

新九郎がうなずく。

ミーティングを終えて、各自が自分の席に戻る。

「大丈夫ですよ。きっと見付かります」

沙織が尾形にコーヒーを運んでくる。

「ありがとうよ」

コーヒーカップを手に取りながら、珍しく尾形が素直に感謝する。

もちろん、のんきにコーヒーなど飲んでいる場合ではないとわかっている。誠を探しに行きたいのが本心である。

しかし、尾形にできることはないのだ。闇雲に歩き回ったところで誠を見付けられるはずがない。今の尾形にできるのは、麗子やＳＳＢＣが防犯カメラ映像の分析を進め、誠を連れていった者たちの居場所を少しでも早く特定してくれるように祈ることだけである。

二〇分ほどして、

「尾形さん、ちょっといいかな」

新九郎が近付いてきて、部長が会いたいそうだ、一緒に来てくれないか、と言う。

二人で部長室に向かう。

阿部部長だけでなく、前島課長と火野理事官も顔を揃えている。

「尾形、大変なことになったな。心配だろう。自宅に戻ってもいいんだぞ。奥さんのそばにいてあげた方がいいんじゃないか？」

阿部部長が尾形を気遣う。

「ありがとうございます。妻には両親が付き添っているから心配ありません。家にいてもすることもないし落ち着きません。何かしたいんです」

尾形が言う。

「わたしたちも全力で捜査している。少しでも早く息子さんを見付けられるように」

前島課長が言うと、火野も珍しく生真面目な表情でうなずく。

「相談なんだがな……」

阿部部長が身を乗り出す。

「相手が少年少女ということで、これまではマスコミには一切情報を流さなかった。連続殺人の容疑者が子供だなんて、あまりにも衝撃的だし、間違いでしたではすまないからな。しかし、おまえの息子が関わったことで状況が変わった。息子さんも人殺しの仲間にされるかもしれない。いや、それどころか最悪の場合……」

阿部部長がハッとして口を閉ざす。言い過ぎてしまった、と感じたのであろう。

「わかります。亀戸の少年のように殺されるかもしれない……そうおっしゃりたいんでしょう？」

「悪い想像ばかりしても仕方がないが、何が起こるかわからないからな。早急に手を打つ必要がある。そこで相談というのは、ある程度の情報公開に踏み切りたい、ということなんだ」

「写真の公開ですか？」

新九郎が訊く。

「防犯カメラに少年が二人、少女が一人映っていたんだよな？　で、もう名前もわかっている」

阿部部長が火野に顔を向ける。

「その通りです」

「その三人について、殺人事件の犯人ということではなく、犯罪に関わった……いや、巻き込まれた可能性があるという形で写真と名前を公表したい。尾形の息子さんについては、犯人グループに連れ去られた可能性があるという言い方で写真を公表したいんだ。こういう形でわが子の写真が報道されるのは不本意だとはわかっているんだが……」

「構いません。公表して下さい」

尾形が迷うことなく返事をする。

「いいのかい、尾形さん？」

新九郎が訊く。

「この事件との関連で息子の写真が新聞やテレビに出るのは望ましいことではありません。できれば避けたいのが本音です。しかし、今は息子を無事に取り戻すことが最優先で、それ以外のことは二の次です。捜査の役に立つのであれば写真を使って下さい」

その一時間後、阿部部長は記者会見を開き、五味川良樹、門倉錬、瀬戸響子、そして、尾形誠の写真を報道陣に公開した。

21

一〇月三一日（土曜日）

石塚美和子が病室に入っていくと、ベッドに横になっていた近藤房子が、

（おや？）

という顔をした。美和子は忌引きで休みだと聞かされていたからだ。

美和子は無表情に、

「体を拭いて着替えさせます」

二人の看守に言う。

「はい」

看守たちがうなずく。

美和子がベッドの周りをカーテンで囲うと、

「どうしたのよ、今日まで忌引きなんでしょう?」

房子が小声で訊く。

木曜日の朝、佐伯奈々からそう聞いた。義母が亡くなったので美和子は忌引きで休んでおり、日曜日から出勤するのだ、と。

「うちにいてもつまらないから」

ぼそっと美和子がつぶやく。

「鬱陶しいばあさんを始末したのに?」

「少しは変わるかと期待したんですけどね」

美和子が苦い顔で溜息をつく。

松浦茂樹を始末したことで麻友の未来は明るくなった。ダニのような男を殺すことで麻友は救われたのである。まさか自分に人殺しなどできるはずがないと思っていたが、実際にやってみると、それほど難しいことはなかった。

もちろん、房子という優秀な教師がアドバイスしてくれたおかげである。

人生には様々な障害がある。その障害を取り除いてしまえば人生は明るく楽しいものになる……それが房子の理屈だ。

世の中、それほど単純ではない、と最初のうち美和子は相手にしなかったが、松浦茂樹を殺したことで考え方が変わった。房子の理屈が正しいとわかった。

今現在、美和子にとって、大きな障害となっているのは姑の文子、夫の仁志、仁志の浮気相手である早苗の三人だ。できることなら三人まとめて殺したいが、それではあまりにも不自然すぎるので、まず文子を片付けることにした。

水曜日の朝、美和子は房子に決意を伝え、どんなやり方をすればいいか教えを請うた。

房子は窒息死を勧めた。

「ばれるじゃないですか」

「違うわよ。首を絞めるわけじゃない」

房子は濡れた半紙を使う方法を教えた。江戸時代に子供を間引くときに使われた方法で、濡れた半紙を顔に載せるだけである。呼吸しようとすると半紙を吸い込むことになり、半紙が口や鼻を塞いでしまう。半紙など簡単に破れてしまいそうだが、意外に破れないのだという。それを聞いて美和子は、

(近藤さん、このやり方で人を殺したことがあるのだわ)

と察した。

息ができなくなれば、当然、半紙を取ろうとする。

肝心なのは両手をしっかり押さえることである。文子の顔に半紙を載せる前に、美和子が文子の胸の上に馬乗りになって手を動かすことを封じる必要があるのだ。

水曜日の深夜、それを実行した。少しは抵抗されるかと危惧したが、文子には美和子の体重を押し返すような力はなかった。しばらく美和子の体の下で芋虫のように体をくねらせていたが、やがて、動きが止まった。呆気《あっけ》ないほど、あっさり死んでしまった。文子を殺した後、美和子はベッドに戻って眠った。久し振りに熟睡できた。

木曜日の朝、いつものように起き出して、日々の日課をこなした。文子の部屋に行き、冷たくなっている文子を発見して驚いた振りをした。仁志、麻友、翔太を起こした。慌てた仁志が救急車を呼ぼうとしたので、美和子が止めた。救急車を呼ぶと、病院から警察に通報される。刑事が家にやって来て、根掘り葉掘り事情聴取する。家族の話に怪しいところがないと警察が納得し、死因に不審な点がないことを医師が確認するまで葬儀を営むこともできない。

そんな面倒を避けるには、普段から世話になっている主治医に往診を頼めばいい。主治医が納得して死亡診断書を書いてくれれば、それで終わりだ。刑事が来ることはない。

「詳しいんだな」

仁志が不審そうな顔をすると、

「わたし、看護師だもの」

美和子は答えたが、実際には房子のアドバイスなのである。普通、自宅で家族が亡くなれば、蘇生の可能性があることを期待して救急車を呼んでしまいがちだが、

「うっかり救急車を呼んだりしたら面倒なことになるわよ」

と、房子が教えてくれたのだ。

昼前に主治医がやって来て、あっさり死亡診断書を書いてくれた。

次に葬儀社に連絡した。

親しく付き合っている親類はおらず、疎遠な親類は遠方に住んでいる。文子が仲良くしていた友達もいない。文子に何かあれば、葬儀は家族葬にすると、だいぶ前に仁志と話し合って決めていた。たとえ、こぢんまりとした葬儀でも数十万円の出費を覚悟しなければならないから、葬儀社の友の会に入って、月々五〇〇〇円ずつ積み立ててきた。その積立金が二〇万以上になっているし、友の会の会員には様々な割引特典がある。

たまたま今は葬儀が混み合っていて会場に空きがなく、火葬場の予約も取れない、申し訳ないが葬儀は二週間ほど先にしていただくことになります、と担当者が申し訳なさそうに言った。

仕方がない、と諦めていたら、一時間ほどして担当者から電話がかかってきて、一件キャンセルが出たので、それでよければ急ぐことができます、但し、通夜が今夜で明日が告別式、その後で火葬だという。

そんな急な話があるか、と仁志は怒ったものの、二週間も待つよりはましじゃないの、と美和子が説得し、仁志も考え直して担当者からの提案を受け入れることにした。

つまり、水曜の夜に窒息死させ、木曜には通夜を行い、金曜に文子を灰にしたわけである。恐ろしいほど簡単に完全に犯罪が成立したことに美和子自身、おののいた。

だが、期待したほど気持ちが晴れたわけではない。

いや、時間が経てば、そうなるのかもしれない。文子の介護から解放された喜びは、文子のいない日常生活を送るうちに実感できるのかもしれなかった。

不愉快な出来事があった。

通夜に富田早苗が現れたのである。

それ自体は不自然ではない。文子を担当する介護ヘルパーだったのだから、儀礼として焼香にやって来るのは、むしろ、当然であろう。

早苗は告別式にも現れ、そのまま火葬場にもついてきた。わざわざ仕事を休んで来たのだ。そこまでするると、さすがに当然とは言えない。

しかも、文子が骨になるのを待っている間、美和子が息抜きに控え室を出たとき、仁志と早苗が階段の踊り場で額を寄せ合うように何か話している姿を見てしまった。

（あいつら、こんなときにまで……）

文子を片付けた達成感と満足感が吹き飛び、不快感が胸に満ちた。そんな話を房子にすると、

「それなら亭主にも死んでもらえばいいのよ」

「そうね。死んでもらおうかしら。あの女にも」

「すぐに手を出してはダメよ。頃合いを見計らってやるの。いい？」

「はい」

「ひとつ、お願いがあるの」

「何でも言って下さい」

「わたしのために人を殺してほしいの」

「誰です？　芦田ですか」

「あんな気の小さい医者を殺しても仕方ないわよ。最初は偉そうに威張ってたけど、今ではすっかりおとなしくなって、こっちの言いなりだしね。ああいう奴は、うまく利用した方がいいわよ。もちろん、こっちに何か実害がありそうなら始末してもいいけどね」

「では、誰を？」

「石塚さんも会ったことがあるわよ。芝原麗子っていう女。すごく嫌な女なのよ」

房子がにこっと笑いながら言う。

22

一〇月三一日（土曜日）

三郎がリビングに下りていくと、イチと次郎が起きていて、ぼんやりテレビを観ていた。

「四郎は？」

イチが訊く。四郎というのは誠のことだ。古い名前を捨てて、新しい名前を付けたのである。

「まだ寝てる」

「ふんっ、ゆうべ、遅くまでゲームをしてたもんな。寝坊もするさ」

次郎が鼻で笑う。

「四郎が寝ているのなら、ちょうどよかった。三郎に話があるの」

「何？」

三郎がソファに坐る。

「さっきニュースを観てたら、わたしたちの写真が出てたの。わたし、次郎、三郎、それに四郎の写真も。写真だけじゃないわ。名前も出てた」

「名前って……イチとか次郎とか、そういうこと？」

「バカだな。そんなはずないだろう。おれたちが捨てた名前だよ。おまえ、五味川良樹っていうんだろ？　イチは瀬戸響子っていうんだ。おれは門倉錬。四郎は尾形誠だってさ」

次郎が言う。

「それって、どういう意味？　名前や写真がテレビに出るって」

「警察が本気になって、おれたちを見付けようとしてるってことだろ」

次郎が怒ったように言う。そんなこともわからないのか、という顔だ。

「昨日までは自由に外を歩くことができたけど、これからは、そうはいかないわね。おまわりさんは、わたしたちの写真を持っているだろうから。注意しないと、すぐに捕まってしまう」

イチが顔を顰める。

「注意するって、どうすればいいんだよ？」

「明るいうちは、なるべく外出を控えるとか、外に出るときは変装するとか……」

「変装？　無理だろ」

次郎が投げ遣りな言い方をする。

「わたしは女だから、髪型を変えたり、お化粧したり、マスクをしたりすれば、意外とばれないんじゃないかと思う。次郎や三郎は、そう簡単じゃないかもしれないわね」

「いつまでも、ここに隠れているわけにもいかないぞ。どうする？」

「しばらく東京を離れるのがいいんじゃないかしら。この家も、天王洲のマンションも危ない気がする。軽井沢の別荘なら、静かだし、あまり人も来ないから隠れるにはもってこいよ」

「それがいいな。警察は、おれたちが東京にいると思ってるだろうから東京を離れた方がいい。ここは千葉だけど、東京から近すぎる」

次郎が賛成する。

「警察に見付かる前に何か手を打たないとね。三郎も賛成？」

「うん、イチがそう思うのなら」

「何でも、イチの言いなりだな。少しは自分の頭で考えろよ」

「そんなことない。ちゃんと考えてる」

三郎がカッとする。

「笑わせるぜ。何を考えてるっていうんだよ」

「……」

「喧嘩はやめましょう。今は三人が力を合わせないとダメ。そうしないと逃げ切れないわよ」

「ああ、そうだな」

「問題がひとつあるわ」

「何？」

三郎が訊く。

「四郎よ」

「四郎？　四郎が何なの？」

「足手まといになるってことだよ。まさか、親父が刑事だとは知らなかった」

次郎が顔を顰める。

「わたしたち三人は遠くに行くことになったから、君はうちに帰りなさい……そう言えればいいんだけど、この家の場所も知られてしまったし、警察に余計なことをしゃべられても困るわ」

「殺してしまうのが簡単だけど、刑事の親父が死に物狂いで追ってきそうだよな。それも面倒だ」

「じゃあ、どうするの？」

三郎が訊く。

「だから、それを考えてるんじゃないか。ほら、どうすればいいか、おまえも考えろよ」

「困っているのなら殺しちゃえば？」

「四郎を？」

イチが驚いたように三郎を見る。

「うん。それに刑事のお父さんも」

三郎は表情も変えずにうなずく。

「ああ、それは悪くないな。たまにはいいことを言うじゃないか」

次郎が笑う。

「本気？　刑事なのよ」

「四郎を家に帰すのはまずいだろう？　一緒に連れて行くのは足手まといになりそうだし……。それなら殺すしかないさ。だけど、四郎を殺せば刑事の親父が追いかけてくる。三郎の言うように親父も殺してしまう方がいいぜ」

「そう簡単にいくかしら」

イチはあまり乗り気ではないらしい。

「ダーやマムはどうなった？　三郎の妹を殺した奴らも。大人だからって怖がることなんかないさ。先制攻撃すれば、こっちが勝つんだ」

「次郎と三郎が大丈夫だっていうのなら信じるけど……」

「問題は、どうやるかだな。四郎は、ここにいるけど、親父は警察にいるわけだろ？　まさか警察に乗り込むわけにはいかないぞ」

「刑事だって家に帰るでしょう？　四郎に案内してもらえばいいんじゃない？」

「家で殺すっていうことだな？」

「そう。本当にやる気なら、それがいいと思う」

イチがうなずく。

「三郎、どう思う？」

「それでいいと思う」

三郎がうなずいたとき、二階から誠が下りてきた。

「おはよう。よく眠れた？」

イチが明るい声で訊く。

「うん」

「お腹が空いたでしょう。朝ご飯、用意してあるわよ。だけど、その前に、ちょっとだけ相談したいことがあるの。そこに坐ってくれる？」

「……」

誠がソファに腰を下ろす。

「四郎のお父さん、ひどい人なんだよね？」

「そうだよ」

誠の表情が暗くなる。

中学受験するために無理に塾に行かされ、大好きな野球をやめさせられたこと、学校でいじめを受けたこと、父親は頭ごなしに叱るばかりで誠を助けたり支えるどころか逆に誠を追い詰めたこと、うちにいるのも学校に行くのも嫌になり、部屋に引き籠もったこと……そういう事情を、昨日、誠はイチや次郎、三郎に話した。

「わかるよ。すごくわかる。おれたちも、そうだったからさ。いや、もっとひどかったかな。三郎なんか、ごはんも食べさせてもらえなかったんだよ。殴ったり蹴ったりするのは当たり前さ。その揚げ句、三郎の妹は飢え死にして冷蔵庫に入れられたんだ」

「え？　冷蔵庫に？　本当なの」

誠が三郎を見る。

「うん、本当だよ。あいつら、ぼくも殺そうとしたんだ。首を絞められたんだよ。だから、あのうちから逃げ出した」

「すごいね」

誠が目を丸くして驚く。

「ちゃんと仕返ししたよ」

「仕返し？」

「殺したんだ、二人とも」

「ウソ」

「本当だよ。イチと次郎も手伝ってくれた」

「やられたらやり返さないとね。仕返しするんだよ。思い知らせてやるんだ。四郎も、そうしたら？」

次郎が力を込めて言う。

「お父さんに仕返しするの？」

「そう」

「無理だよ。すごく力があるし、柔道だって得意なんだから」

「まともに取っ組み合いをすれば勝てるはずがないさ。工夫するんだよ」

「こっちに来て」

イチが腰を上げる。他の三人もそれに倣《なら》う。

四人は地下室に下りていく。

ドアを開ける前に、

「ひどい臭いがするけど我慢してね」

イチが誠に言う。

「鼻をつまんで、口で息をすればいいよ」

三郎がアドバイスする。

誠は手で鼻をつまんで、口で息をするようにしたが、それでも、イチがドアを開けた瞬間、

「うわっ」

と声を発した。それほど強烈な臭いだったのだ。

部屋の隅にビニールシートが敷かれ、手足を縛られ、ガムテープで口を塞がれたダーとマムが転がっている。ダーは、もう死んでおり、マムも虫の息だ。

「こいつらね、すごく悪い奴らなんだ。最初はすごく親切そうな振りをしていたんだけど、実は、おれたちを騙していたんだ。おれたちに人殺しをさせて、大金を手に入れてたんだ

よ。で、おれたちが邪魔になると、あっさり殺すようなことをした。これまでに仲間が何人も殺されたよ。おれはイチと三郎を殺せと命令された。だけど、言いなりになっても、いつか自分も殺されるとわかっていたから、イチや三郎と手を組んで反撃したんだ」

「反撃？」

「そうだよ、反撃さ」

　次郎がうなずく。

「殴られたら殴り返す。蹴られたら蹴り返す。殺されそうになったら、相手を殺す。自分が生き延びるためには、そうするしかないだろ？　大人だからって何でも好きなことをしていいわけじゃないし、こっちが黙っている必要もない」

「お父さんは、ぼくを殺そうとはしてないよ」

「昨日言ってたよね、学校に行かなくなって、うちで一人で部屋に閉じ籠もるようになって死ぬほど辛かったって」

「うん」

「それは誰のせい？」

「たぶん、お父さんだと思う」

「死ぬほど辛いって、つまり、誠君を……いや、四郎を殺そうとしたのと同じなんじゃないの？」

「よくわからないけど……」

誠が戸惑う。

「お父さん、いた方がいい？　それとも、いない方がいい？」

イチが訊く。

「いない方がいいと思う」

さして迷うこともなく誠が答える。

「それなら消しちゃう？」

「無理だよ。ぼくには無理」

誠が首を振る。

「四郎一人では無理かもしれないけど、おれたちが力を貸すよ」

「うちのお父さん、すごく強いんだ。柔道三段だよ。それに刑事だから拳銃だって撃てるんだよ」

「ああ、それなら大丈夫。イチ、あれを見せよう」

次郎が言うと、イチがベッドに近付き、サイドテーブルの引き出しから小箱を取り出す。それを次郎に渡す。

「見ろよ」

次郎が小箱の蓋を開け、中から拳銃を取り出す。

「これがあれば負けないよ」

「それ、本物なの？」

「うん。試してみようか」

次郎がダーとマムに歩み寄り、銃口をマムに向ける。

「すごい音だから耳を塞いだ方がいいよ」

「……」

誠が慌てて両手で耳を塞ぐ。

次の瞬間、地下室に銃声が響き渡る。

狙い通り、銃弾はマムの心臓に命中した。

マムは死んだ。

「すごいだろ？」

「うん、すごいね」

誠が興奮気味にうなずく。

「これがあれば、お父さんには負けないよ。どう、お父さん、消しちゃう？」

「いいよ。やる。お父さんを消す」

誠が承知する。

23

新九郎、尾形、針谷、純一という四人が乗った車が京葉道路を走っている。首都高の小松川線から分岐したところだ。その直後、新九郎の携帯が鳴る。

「はい、山根です。ああ、芝原君か……。うんうん、ちょっと待ってくれるかな……」

新九郎がポケットからペンと手帳を取り出し、メモを取り始める。

「ありがとう。引き続き、よろしく」

携帯を切ると、彼らの隠れ家が見付かったらしいよ、と言いながらカーナビに麗子から聞かされた住所を打ち込む。

「もう見付かったんですか。SSBC、なかなか、やりますね」

運転しながら、純一が感心したように言う。

「まだ断定はできないらしいけど、状況証拠から考えると、そこが隠れ家だろうな。もう村山さんたちも向かっているらしい。令状が取れ次第、家宅捜索を始めるようだね。家がわかったのは、動員された警察官たちが駅の周辺を虱潰しに調べてくれたおかげだ。もちろん、隠れ家が船橋にあることを突き止めたのはSSBCのお手柄だけどね。芝原君一人では、これほど短時間に突き止めることは不可能だっただろうな」

新九郎が言う。

五味川良樹、門倉錬、瀬戸響子……この三人の隠れ家はりんかい線か武蔵野線のどこかの駅の近くにあるのではないか、と新九郎たちが推測したのは一昨日の木曜日だ。大手町か西船橋で電車を乗り換えれば、りんかい線と武蔵野線以外にも可能性が広がる。どうやって隠れ家を突き止めるか、その方法は極めてオーソドックスである。駅に設置されている防犯カメラ映像を分析し、三人の足取りを追うのだ。

問題は、その作業には膨大な時間がかかるということである。麗子一人でできる作業ではない。

そこでＳＳＢＣ、すなわち、「捜査支援分析センター」に協力してもらうことになった。防犯カメラ映像の分析に長《た》けた数十人のプロが、この作業に取り組むことになった。

その結果、昨日の深夜、三人が最終的に船橋駅で電車を降りたことが確認された。念のために、顔認識ソフトを利用して、木曜日以前の船橋駅の防犯カメラ映像を分析すると、三人が何度も船橋駅に出入りしていることが明らかになった。捜査陣は三人の隠れ家が船橋駅周辺にある、と判断した。

駅周辺の街頭防犯カメラや商店街に設置されている防犯カメラなど、ありとあらゆる防犯カメラの映像から三人の足取りを割り出す作業が行われた。

それと並行して、夜明けと共に大量の警察官が動員され、人海戦術で戸別訪問を行った。その際、闇雲にマンションや一戸建てを訪問するのではなく、案内簿が用いられた。

交番勤務の巡査の仕事に巡回連絡がある。担当する地域の家庭を戸別訪問し、その地域における犯罪や事故の発生状況を伝え、犯罪や事故を防ぐアドバイスをし、意見や要望があれば、それに対応する。このとき、相手の承諾を得て、緊急時の連絡先として勤務先、学校、実家などの住所や電話番号、家族構成を教えてもらう。そういう情報を記載したものが案内簿である。

二時間ほど前、川上昌平《かわかみしょうへい》の持ち家を数人の警察官が訪ねた。高級住宅街にある立派な家だ。大きなガレージにはベンツとキャンピングカーが停めてある。二人ひと組で戸別訪問するのが原則なのに、なぜ、その家の前に何人もの警察官が集まったのかといえば、近隣住民たちが、

「最近、あの家には中学生か高校生くらいの子供たちが出入りしている。普段は人気のない家なのに」

と話したからである。

五味川良樹、門倉錬、瀬戸響子の写真を見せても、はっきり彼らだと断言できる者はいなかったが、

「似ている気がする」

と言う者はいた。

それで、

（あの家が怪しい……）

と警察官たちが集まったのである。

案内簿に拠《よ》れば、その家に住んでいるのは二人である。一人は川上昌平、四〇歳。職業は、フリーライター。もう一人は、浅香知子《あさかともこ》、三五歳。川上昌平の助手をしている。新聞や雑誌の依頼で、全国各地の旅館や温泉、グルメを取材して記事にするのが仕事なので、自宅で過ごすことは少ない。

そんな家に、突然、少年少女が出入りするようになり、しかも、川上昌平や浅香知子の姿はまったく見かけないというのだから、警察官が不自然さを感じるのも当然である。

インターホンを押したが応答がない。何度繰り返してもダメだ。外から眺めているだけでは家の中に人がいるかどうか判断できない。令状がないので勝手に敷地内に入ることもできない。

警察官たちが門前で立ち往生しているところに捜査一課の管理官・村山正四郎の率いるチームが到着した。事情を知った村山は直ちに捜査一課の前島課長に連絡を取った。前島課長は阿部刑事部長に報告し、どうすればいいか判断を仰いだ。その家が三人の隠れ家だという証拠はなく、それどころか確証すらない。あるのは、それらしい少年少女が出入りしているようだ、という周辺住民の曖昧な証言だけである。普通であれば、家宅捜索の令状を取るのは不可能である。万が一、この家が事件と無関係だと判明したとき、重大な責任問題が発生する。

「……」

阿部部長は三〇秒ほど目を瞑って思案したが、やがて、目を開けると、

「令状を取れ。おれが責任を取る」

と、前島課長に命じた。

三人組に連れ去られた尾形誠がその家に監禁されている可能性がある、というのが令状の申請理由だ。

令状が届くのを待って、村山たちは家に入った。

新九郎たちが現場に着いたのは、その三〇分後である。

「何だか物々しいですね」

路肩に車を駐車しながら、純一が首を捻る。ただの家宅捜索とは思えないほど、警察官や刑事たちの顔が緊張している。

車を降りて家に近付いていく。

「ここには近付かないで」

制服警官が制止する。警察の腕章を腕に付けていないので、一般人か新聞記者だとでも思ったらしい。

「ご苦労さま」

新九郎が警察手帳を提示する。

「失礼しました」

制服警官が慌てて敬礼する。

玄関に向かうと、ちょうど家の中から村山が出てきた。険しい表情だ。

「村山さん」

「ああ、山根室長」

村山が新九郎に軽く会釈する。他の者たちのことは、わざとらしく無視する。

「何かあったんですか？」

「遺体が見付かりました」

「え」

声を上げたのは尾形である。顔が引《ひ》き攣《つ》っている。

「あ……いや、大人ですよ」

尾形の心情を察して、村山が慌てて付け加える。

「男女二人の遺体です。恐らく、この家の住人、川上昌平と浅香知子だろうと思われます」

「子供たちは？」

新九郎が訊く。

「いません。誰もいません」

村山が首を振る。

「鑑識が着けば、すぐに指紋を採取してもらいます。そうすれば、誰が二人を殺害したのかわかるでしょう。たぶん、あの子たちだと思いますが」

「なぜ、そう思うんです？」

「拷問されたようなんです。特に男の方がひどい。潮見で二人殺された現場と何となく似た感じがするんですよ。しかも……」

村山が声を潜める。

「女は射殺されています」

「射殺？」

「ええ、心臓を撃たれています」

「子供たちが拳銃を持っているというんですか？」

「女を殺したのが子供たちであれば、そういうことになるでしょうね」

村山がうなずく。

「現場を見ても構いませんか？」

「それは待って下さい。鑑識が到着してからにしてもらえませんか。まさか遺体が出てくるとは思っていなかったので何の準備もしてないんです」

「ああ、そうか。証拠を荒らすわけにはいかないからね」

新九郎が納得する。

「台所に食事をした跡があります。水切りカゴの皿やコップがまだ濡れてるんです。少なくとも、今日の朝には、この家に誰かいたことは間違いないでしょう」

「子供たちか……」

「そう思います。早速、彼らの行方を追います。この家を突き止めたのと同じやり方をすれば、そう時間はかからないはずですよ」

失礼します、と一礼し、村山が歩き去る。

「芝原君に電話をかける」

他の三人に言ってから、新九郎は携帯を取り出した。

「あ、芝原君。山根です……うん、今、家に着いた。一課の村山さんに会って話を聞いたところだよ。男女の遺体が見付かった……そう、この家の住人らしい。彼らが子供たちを操っていた黒幕なんじゃないかな……いや、まだ証拠はないよ……子供たちは誰もいない。でも、朝には、この家にいて食事をしたらしい……どこに出かけたのか知りたい……うん、まずはＪＲの駅から調べるべきだろうね……」

隠れ家を見付けるために、麗子とＳＳＢＣが分析したのは木曜日の防犯カメラ映像である。当然ながら、今日の映像は分析していない。それを分析すれば、子供たちの行き先がわかるのではないか、と新九郎は考えたわけである。

「一課も調べるだろうけど、その調査結果をじっと待っているのも間が抜けているからね……そうだよ、芝原君の方が先に答えを見付けられるんじゃないかな……すぐにはそっちに戻らないよ。もう少し、ここにいる。鑑識が到着すれば、わたしたちも現場に入ることができるだろうし……じゃあ、よろしく」

新九郎が携帯を切る。

と、今度は尾形の携帯が鳴る。

「はい、尾形……あ、お義母さん……」

手で携帯を覆い隠し、声を潜める。

すぐに携帯を切るが、明らかに尾形の表情が暗い。

「尾形さん、どうかしたのか？」

新九郎が訊く。

「義理の母からなんですが、どうも女房の具合が悪いらしくて、できれば帰ってくれないか、と」

溜息をつきながら、尾形が答える。

「それなら帰った方がいいよ。どうせ、今はすることもないしね。鑑識の作業が終わらないと現場に入ることができないし、芝原君の分析で何かわかるまで子供たちを追うこともできない。つまり、ここで待っているだけということだ。それなら、わたしたちだけで十分だ。尾形さん、遠慮しないで帰って構わないよ。何かわかれば、すぐに知らせるし」

「すいません」

「川久保君、尾形さんを家まで送ってあげてくれ。ここには、わたしと針谷君が残る」

「とんでもない。それは結構です。うちは西葛西ですから、乗り継ぎがよければ、三〇分もかかりませんから」

「ここから駅までの時間、西葛西駅から自宅までの時間……それを合わせれば、一時間くらいはかかってしまうよ。車の方が早い」

「そうですよ、尾形さん。ぼくに送らせて下さい」

純一も言う。

「そうですか。じゃあ、お言葉に甘えさせてもらいます。すまないが、よろしく頼む」

珍しく尾形が素直に感謝する。誠や敏江のことが気になって嫌味を口にする余裕もないらしい。

24

「これでよし。すぐに帰って来るぞ」

次郎が和代から電話の子機を取り上げて、にやりと笑う。

尾形家のリビングには、イチ、次郎、三郎、誠、敏江、幹雄、和代の七人がいる。

大人たちは、敏江を真ん中にして三人掛けのソファに坐っている。三人は両足をガムテープでぐるぐる巻きにされている。敏江が真ん中に坐っているのは、幹雄と和代が両脇から支えなければ今にも倒れてしまいそうだからだ。

最初、玄関に立つ誠を見て、敏江は喜びの涙を流した。

しかし、イチ、次郎、三郎が一緒だとわかると愕然とした。その三人が殺人事件の容疑者だと尾形から聞かされていたからだ。

敏江、幹雄、和代の三人はソファに坐るように命じられ、次郎と三郎によってガムテープで足を縛られた。その間、誠はリビングの隅で壁に寄りかかり、黙って事の成り行きを見つめていた。何の抵抗もしなかったのは、次郎と三郎が武器を手にしていたからだ。スパナと金槌である。

二〇分くらい経ってから、

「いつ帰って来るのかわからないのに、ずっとここにいるのか?」

と、次郎が言い出し、

「それもそうね。あまり長居はしたくない」

イチがうなずいた。

「帰ってきてもらいましょう」

「どうやって？」

「電話をかけて、うちに帰るように言ってもらうのよ」

「誠に？　それとも、母親にかけさせる？」

「そっちのおばあさんがいいわ。母親の具合が悪いから急いで帰ってきてほしいと言わせるの」

「帰って来るかな？」

「それでダメなら誠君に電話してもらいましょう」

「バカだな、イチ」

くくくっ、と次郎が笑う。

「何で？」

「誠が電話したら、父親だけじゃなく、おまわりさんも大勢来るに決まってるじゃん。警察は誠を探してるんだから」

「ああ、そうか。忘れてた。じゃあ、何としても、おばあさんにうまくやってもらわないとね」

それで和代が尾形に電話をかけることになったのである。和代に子機を渡すとき、

「余計なことを言ったり、呼び戻すことに失敗したら、ただじゃおかないぞ。痛い思いをすることになるんだからな」

スパナを振り上げて、次郎が脅す。

和代はぶるぶる震えながら子機を受け取って尾形に電話した。今にも泣きそうな声だったが、それがかえって敏江の具合の悪さの深刻さを尾形に信じさせることになった。

「君たち、いったい、何をするつもりなんだね？」

幹雄が訊く。やはり、声が震えている。

「消しちゃうんだよ、誠のお父さんを」

次郎が答える。

「消すって……それは、どういう意味なのかな？」

「殺すっていう意味だよ」

あははは、と次郎が愉快そうに笑う。

「殺す？　洋輔《ようすけ》さんを」

和代が両目を大きく見開く。

「誠がそうしたいって言うから、おれたちは手を貸すんだ」

「嘘……」

突然、敏江がぐいっと身を乗り出し、ソファから立ち上がろうとする。

しかし、両足を縛られているので、すとんと尻餅をついてしまう。

「誠……嘘でしょう？　そんなはずないわよね？　お父さんを殺すだなんて……」

「……」

誠は目を逸らして答えない。

「こっちを見なさい！　お父さんがどれほどおまえのことを心配しているか、わからないの？　そのお父さんを……こんな人たちと一緒になってバカな真似をして……」

敏江の目に涙が溢れる。

「誠！」

「黙れ」

三郎が近付き、敏江の頬を平手打ちする。

あっ、と叫んで敏江が仰《の》け反《ぞ》る。

「うるさいばばあだ。黙らせてやる」

三郎が表情も変えずに金槌を持ち上げる。

「何をするんだ！」

誠が三郎に飛びかかる。

不意を衝かれて、三郎が倒れる。

「お母さんは悪くない。お母さんに乱暴するな」

「おいおい、急にいい子ちゃんになる気か？」

次郎が誠の脇腹を蹴り上げる。

「ぐっ」

誠がエビのように体を折り曲げ、苦しげに顔を歪める。

「やっぱり、こいつは根性がないよ。おれたちと違って、本当に苦しんでないんだよ。だから、心の底から親を憎むことができないんだな」

次郎が冷たい目で誠を見下ろす。

「だって、憎いのはお父さんでお母さんじゃないでしょう?」

イチが言う。

「バカだな。親父が憎いと言っても、きっと土壇場でビビるに決まってる。こいつがヘマをすれば、おれたち三人も巻き添えを食うことになる。そんな危ない真似はやめよう。一緒に消す方がずっと簡単だし安全だよ。そう思わないか、三郎?」

次郎が三郎に顔を向ける。

「そう思う」

三郎がうなずく。

「誠は役に立たない。きっと裏切る」

「二対一だぞ、イチ」

「次郎と三郎がそう言うのなら反対しないわ。誠君を縛って」

「よし」

　次郎と三郎は二人がかりで誠の両手両足をガムテープでぐるぐる巻きにする。それを見て、

「やめてちょうだい！」

　敏江が涙声で叫ぶ。

「黙りなさい」

　イチがポケットから拳銃を取り出す。

「これ、おもちゃじゃないから。ぎゃあぎゃあ喚くと、ぶっ殺すわよ」

「殺しなさい。殺せばいいでしょう。だから、誠を……」

「ふざけるな。殺すのは、あんたじゃない。最初に誠を撃つから」

　銃口を誠の頭に向ける。

「……」

　敏江が両目を大きく見開いて息を止める。

「そう、それでいいの。おとなしくしてなさい」

　イチがにこっと笑う。

25

「奥さん、大丈夫でしょうか？」

車を運転しながら、純一が心配そうに言う。

「今度のことが起こる前から、うちではいろいろあってな。女房も精神的に参ってたんだ。ようやく誠も落ち着いてきたと安心した途端、これだからな。ただの家出というだけでもショックだろうが、一緒にいるのが人殺し連中なんだから尚更ショックだろうよ。その気持ちはわかる。おれだって頭がおかしくなりそうだからな。まったく、わけのわからないことばかり起こるぜ」

助手席の尾形がぼやく。

「一刻も早く、誠君を見付けましょう。それが奥さんにとって一番の薬ですよ」

「ああ、そうだな。副室長が何とかしてくれるだろうよ。芝原は優秀だからな」

「珍しいですね、尾形さんが副室長を誉めるなんて」

「いつも喧嘩ばかりしてるからか？」

「ええ」

「あいつは鼻っ柱が強いからな。生意気だし、気に入らない女だよ。だけど、それは仕事ができるかどうかとは別の話だ。仕事に関しては一目置いてる。それに今の時代、犯罪捜査の柱は情報分析だ。おれが現場に出た頃には、まだ足で調べろなんて言われてたが、もう通用しない。警視庁の地下で、パソコンを操作する芝原の情報分析力が犯人を追い詰めるんだ。おれなんか時代遅れだよ」

「……」

「どうした？」

「いつも強気なのに……やっぱり、気持ちが弱くなってるかなって」

「ふんっ、バカを言ってんじゃねえよ。お……その先を左だ。で、すぐにまた右折」

尾形の指示通りに、純一は車を走らせる。

「そこで停めてくれ」

「はい」

「お茶でも飲んでいけ……と言いたいところだが、そんな暇はないよな。ありがとうよ。助かった」

尾形が車を降りる。純一に片手を上げて挨拶すると玄関に向かっていく。そこまで見届けて、純一は車を発進させる。

しばらくして携帯が鳴る。

車を路肩に駐車する。スピーカーモードにして電話に出る。

「はい、川久保です」

「山根だ」

「あ、室長ですか。尾形さんを自宅に送って、これからそちらに戻るところです」

「尾形さんに連絡しても携帯に出ないんだが」

「おかしいですね。携帯を切ってるんでしょうか」

「それだけならいいんだが……」

「何か緊急の連絡ですか？　何なら、ぼくが戻って尾形さんに伝えますが」

「芝原君から連絡があった。三人組と誠君は、今朝、船橋駅から上り方面の電車に乗り、西船橋で東西線に乗り換えた」

「それって、まさか……？」

「恐らく西葛西に向かったのだろう。わたしと針谷君も急いでそちらに行く」

「ぼくは尾形さんの家に行ってみます」

「川久保君、拳銃を携行しているか？」

「いいえ」

「特殊警棒は？」

「持っていません」

「何か武器になりそうなものがあるかな？」

「そう言われても車の中ですし……」

「針谷君がトランクに何かあるはずだと言ってる。車から出られるかな？」

「はい。車を停めてますから」

「じゃあ、トランクを開けてみてくれ」

「わかりました」

純一は携帯を手にして車から降りる。

車の後方に回ってトランクを開ける。

「開けました」

「待ってくれ。針谷君に代わる……。川久保、針谷だ。何がある?」

「何と言われても……。スペアタイヤ、工具箱、消火器、発煙筒……」

「工具箱を開けろ」

「はい」

「何が入ってる?」

「ドライバー、ペンチ、金槌、油差し……よくわからないものも入ってますが」

「武器になりそうなものは?　金槌は?」

「小さいですよ。頭がぼくの親指くらいしかない」

「それじゃ、ダメだ」

「どういうことなんですか、これは?」

「おれと室長がそっちに着くには、どんなに急いでも、あと三〇分以上かかる。最寄りの警察からパトカーを送ってもらうにしても一五分かかる。おまえが一番近い。だけど、手ぶらじゃ危ない」

「彼らは、もう尾形さんの家にいるというんですか？」

「そう考えるべきだろう。だから、尾形さんと連絡がつかない。もういい、待機してろ」

「尾形さんが危険なのに悠長に待機なんかできませんよ」

「手ぶらじゃ無理だ。相手が子供だからって甘く見ると大変なことになるぞ。平気で人を殺すことのできる奴らなんだ」

「発煙筒を使います。彼らの視界を遮ることができます」

「ダメだな」

「それなら消火器を使います。小型だから片手で持てます。相手を殴ることもできるし、消火剤を噴射することもできます」

「ちょっと待て。室長と相談する」

「……」

「川久保君」

「はい」

「針谷君と話したが、やはり、そこで待機してくれ。君一人で、どうこうできる相手ではない」

「しかし、室長……」

「これは命令だよ。待機だ。いいね？」

「わかりました」

26

ドアノブを回そうとする。鍵がかかっている。

「まさか具合が悪くなりすぎて病院に連れて行った、なんてことはないだろうな」

尾形がポケットから鍵を出し、ドアを解錠する。

ただいま、と声をかけるが返事はない。

「おかしいな。やっぱり、いないのかな……」

首を捻りながら、リビングに足を踏み入れる。

（あ）

和代、敏江、幹雄の三人がソファに坐らされており、その足元に誠が転がされている。

大人三人は両足を、誠は両手両足をガムテープでぐるぐる巻きにされているのを、尾形は一瞬のうちに見て取った。

咄嗟に体を床に投げ出す。

間一髪である。

壁際にしゃがんでいた三郎が尾形の後頭部に金槌で殴りかかったのだ。尾形が立ったままでいたら、まともに命中していたであろう。本能的に危険を察知して身を投げ出したおかげで助かった。

が……。

そこにはスパナを手にした次郎が待ち構えていた。この少年たちは獲物を追い詰める術を心得ている。ひとつの罠《わな》がうまくいかなかったときのために、ふたつ目の罠もきちんと用意しておいたのだ。万が一、三郎も次郎もしくじったら、イチが拳銃で撃つことになっているから、三つ目の罠まである。

「はい、残念」

尾形の左の側頭部を、次郎がスパナで殴る。うっ、という呻き声を発して尾形が意識を失う。敏江、和代、幹雄の三人が悲鳴を洩らしそうになるが、必死に悲鳴を抑える。騒ぎ立てたら誠を殺す、と脅されているからだ。

「今のうちに縛るのよ」

イチが言うと、次郎と三郎が尾形をガムテープでぐるぐる巻きにする。

「このおっさん、刑事だから拳銃を持ってるんじゃないかな。もらっちゃおうぜ」

次郎が尾形の体を調べるが、拳銃は見付からない。

「おかしいな……。ないぞ。拳銃もないし、手錠もない。刑事って、そういうものをいつも持ち歩いてるんじゃないのか？」

「本当は刑事じゃないんじゃないのかな？」

三郎が言う。

「でも、警察手帳は持ってるぞ」

尾形の内ポケットから警察手帳を取り出して、ほらっ、と次郎が持ち上げてひらひら振る。尾形の携帯が鳴る。

「あ、携帯が鳴ってる。どうする？」

「もちろん、無視よ」

「うっ……うう〜んっ……」

「あれ、もう目を覚ますぞ。結構きつく殴ったんだけどなあ」

「刑事だから鍛えてるのよ」

「もう一発、お見舞いして眠らせるか」

次郎がスパナを振り上げる。

「もういいわ。次の準備」

「次って？」

「その前に、ソファの三人も両手を縛るのよ」

「何だか、イチがボスみたいだなあ」

ちぇっ、とぼやきながら次郎がガムテープを手に取る。三郎と二人でイチに命じられたことをする。

「こっちに来て」

イチが次郎と三郎を台所に呼ぶ。

三人が台所に姿を消すと、

「洋輔君、大丈夫か？」

幹雄が声をかける。

「はあ、大丈夫とは言えませんが、とりあえず、無事です……」

殴られたところから出血し、尾形の顔は血で真っ赤だ。

「ううう……」

誠が啜《すす》り泣《な》いている。

「どうした誠、なぜ、泣くんだ？」

「だって……だって、ぼくのせいでこんなことに……」

「おまえのせいじゃない。おまえは騙されただけだ。あいつらは子供を丸め込むのがうまいんだ」

「ぼくは、お父さんを消そうとしたんだ。あいつらがそうした方がいいって言うから、ぼくも賛成した……。でも、何もわかってなかった。こんなことになるなんて……お母さんやおじいちゃんやおばあちゃんまで……」

誠がぽろぽろ涙をこぼす。

「いいんだよ、誰だって間違いを犯す。その間違いに気が付いたことが立派だ。もう気にするな。それより今は、何とかして、ここから逃げることを考えよう」

「どうだろう、五人で大声を出して助けを呼んでは？」

幹雄が提案する。

「それは、やめた方がいいでしょう」

尾形が首を振る。

「すぐに助けが来るとは思えないし、そんなことをすれば、あいつらが逆上して何をするかわかりません。少女はまだまともな感じがしますが、少年二人は、かなり危ない。カッとなったら何をするかわからない」

「じゃあ、何もしないのかね？」

「お義父さんたちは、じっとしていて下さい。身動きできないでしょう？」

「うむ、何とか腕を自由にしたいんだが、とても無理そうだ」

「わたしもダメです。これだけ、ぐるぐる巻きにされると、どうにもならない。誠、おまえは、どうだ？」

「手なら少し動くけど」

「よし、しつこく動かし続けるんだ。うまく手が抜ければ何とかなる。あいつらに気付かれないように注意しながらやるんだぞ」

「わかった」

誠がその作業に真剣に取り組む。


台所。

「何だよ、こんなところで？」

次郎が訊く。

「坐ってよ」

「ああ」

イチ、次郎、三郎の三人がキッチンテーブルを囲んで坐る。

「あの人たちをどうするか考えてる？」

「どうするって……殺すしかないじゃん。なあ、三郎？」

「うん」

「最初の予定では、誠君と誠君のお父さんを片付けるはずだった。二人だけね。だけど、今は五人いる」

「仕方ないよ。それとも、二人だけ殺して、あとの三人は見逃してやるのか？」

「ううん、それは、まずい」

「ほら、見ろ。殺すしかないんだよ」

「どうやって？」

「それはまだ考えてないけど、まあ、任せてくれ」

「いつものやり方ではダメなのよ」

「どういう意味だよ？」

「まず、あまり時間をかけることができない。さっき携帯が鳴ってたけど、いつまでも連絡が取れないと、警察がここに来るかもしれないわよ。もうひとつ大事なのは、わたしたちは、このままの格好でこの家を出なければならないということ。返り血を浴びたら外を歩けない」

「あいつらを殺すとき、裸になってやれ、と言いたいのか？」

「バカなことを言わないで」

イチが呆れ顔で笑う。

「そうじゃなくて、今までやったことのないやり方をしてみない？」

「何をするの？」

三郎が訊く。

「この家を燃やしちゃうの」

「放火か？」

次郎が驚いたようにイチを見る。

「まあ、放火と言えば、放火ね」

「だけど、この家、コンクリート製だし、頑丈そうだから、そう簡単に燃えないんじゃないかな」

「家を燃やすことが目的ではなく、五人まとめて片付けるためよ。火事で人が死ぬのは、火に焼かれるせいじゃなく、煙を吸い込んで息ができなくなって死ぬのよ。だから、布団とか毛布とか、燃えやすいものを五人の周りに置いて火をつければ、きっとすぐに部屋の中が煙で充満するから、あっさり死ぬんじゃないかな」

「火をつけたら、おれたちは逃げ出すわけか？」

「そうよ」

「ふうん、簡単そうでいいな。初めてだし、面白そうだ。いいよ、賛成する」

「三郎は？」

イチが三郎を見る。

「どうせ、賛成だろ？　イチの提案だもんな」

「うん、賛成」

三郎がうなずく。

27

待機を命じられた純一は、尾形家の玄関を見張ることのできる場所に車を停めた。

新九郎と針谷が着くには時間がかかるだろうし、最寄りの警察からやって来るはずのパトカーも、まだ姿を見せない。

(遅いな、まだか……)

(こんなことをしている間にも……)

凶悪な少年少女たちが尾形一家に何をしているかわからない。何しろ、ためらうことなく人殺しができる連中なのだ。

(おれは、いてもいなくても同じなのか?)

確かに武器は持っていないが、人並み程度には護身術や格闘術を身に付けている。尾形たちが危険な目に遭っているのであれば、何とかしたい。自分一人で助けるのは無理だとしても、犯人たちの目を引きつけて時間稼ぎするくらいのことならできるはずだ。何の役にも立たないはずがない。

(針谷さんや尾形さんなら、おとなしく待機なんかしないはずだ。室長や、副室長だって。おれだって少しは役に立つさ)

ふーっと大きく息を吐くと、純一は運転席から外に出る。トランクから小型消火器を取り出し、それを脇に抱えて尾形家に近付いていく。

玄関の新聞受けを押し開け、中を覗く。靴脱ぎが見えるだけだ。耳を澄ますと、家の奥から物音が聞こえる。人の話し声も聞こえるが、何を話しているのか、その内容はわからない。

玄関から、母屋に沿ってベランダの方に向かう。壁に体を押しつけて、レースのカーテン越しにリビングを覗く。

（あ）

ソファに大人が三人坐っているのが見える。年寄りが二人、中年女が一人……尾形の妻とその両親だな、と純一が見当をつける。三人はガムテープで自由を奪われている。その足元に尾形と誠が転がされている。

廊下の方から音がする。マットレスや掛け布団、毛布などを両手に抱えた少年たちがリビングに入ってくる。それらを五人の周りに積み上げる。

少年たちはまたリビングを出て行く。代わりに、すらりとした少女がリビングに入ってくる。

（瀬戸響子……）

その顔には見覚えがある。

少女は新聞紙を丸めてマットレスや掛け布団の中に押し込む。

しばらくすると、また少年たちが掛け布団や毛布を運んでくる。どんどん積み上げる。

少女が新聞紙を手早く押し込んでいく。

（焼き殺す気だな）

純一は意図を察した。

しかし、自分が何をすべきか咄嗟に判断できない。

と、そのとき、遠くからサイレンの音が聞こえてきた。やっとパトカーが来たのだ。

少年少女が慌て出す。少女がライターを取り出し、毛布や掛け布団に押し込んだ新聞紙に火をつけていく。たちまち火の手が上がる。

消火器のピンを引き抜き、純一は急いで玄関に戻る。ドアノブに手をかけようとしたとき、ドアが内側から開いた。

瀬戸響子が、すなわち、イチが走り出てくる。純一は消火器を持ち上げる。イチの顎が消火器にぶつかる。イチが仰向けにひっくり返る。その後ろに次郎と三郎がいる。イチが倒れるのを見て、三郎が、うおーっと獣のような叫び声を発しながら純一に襲いかかる。

消火器のレバーを引く。消火剤が噴射される。三郎と次郎の顔にまともに当たる。

「うわっ」

二人が両手で顔を覆う。

純一は二人を飛び越えてリビングに入る。

炎が天井をなめている。純一は消火器を噴射して火を消そうとする。

「お父さん！」

ようやく両手が自由になった誠が尾形のガムテープをはがす。

「川久保、あいつらは？」

「玄関です」

「後を頼む。誠、お母さんたちのガムテープもはがしてやれ」

「うん」

尾形がリビングから玄関に走り出る。

三人の姿は見えない。

玄関ドアを開ける。

次郎と三郎が両脇からイチを支えながら、道路に出ようとしている。

「逃がさんぞ！」

尾形が叫ぶ。

次郎が振り返り、イチから体を離して拳銃を構える。

「このガキ。そんなものまで振り回しやがって」

尾形は怯《ひる》まず、次郎に迫る。

次郎が拳銃を発射する。反動でよろめく。撃った瞬間、銃口が高く持ち上がってしまったので尾形にはかすりもしなかった。慌てて、もう一度、狙おうとするが、そのときには尾形が目の前にいる。次郎の手から拳銃を取り上げ、横っ面を思い切り殴る。次郎が膝から崩れ落ちる。

そこに三郎が金槌を振り回して襲いかかる。

簡単にかわすと、三郎の腕をつかみ、くるりと体をひねって、自分の腰に三郎を乗せる。きれいな一本背負いが決まる。

「尾形さん、家の前で柔道の練習か？」

家の前に横付けされた車から新九郎が降りてくる。

28

午後九時過ぎ……。

（ああ、疲れた……）

麗子がタクシーから降りる。

今日も、目まぐるしい一日だった。

ここ数日、防犯カメラ映像の分析に忙殺され、あまり寝ていないし、まともな食事も摂っていない。

同僚の息子が危険な立場にいたのだから、そんなことは当然だ。

ようやく解決した。

どっと疲れが出た。

尾形の家族、敏江、誠、幹雄、和代の四人は入院した。新九郎や針谷は、尾形に付き添って病院に行った。できれば、麗子もそうしたかったが、もう体力がなかった。明日にでもお見舞いに行こうと思っている。今日は疲れてしまって電車に乗る気力もないので、贅沢だと思いつつ、タクシーで帰宅した。

マンションのエントランスに向かって歩き出したとき、

「麗子さん」

と声をかけられた。

「え？」

肩越しに振り返ると長坂文弥である。

「長坂君じゃないの、ここで何をしてるの？　しかも、こんな時間に」

「待ってたんだよ」

「何時から？」

「二時間くらいかな。学生時代の友達に会いに東京に来た。そのついでに、ご両親から預かったものを届けに来た」

「宅配ボックスに入れてくれればよかったのに」

「そうしようと思ったんだけど、せっかくだから、ちょっとくらい顔を見て帰ろうかなと考えた。一時間待っても帰らなければ諦めるつもりだったけど、一時間経ったら、もう一時間待とうという気になった。滅多に会えないからね」

「電話するとか、メールするとか、いろいろなやり方があるんじゃない？」

「最近、また仕事が忙しそうだという話もご両親から聞かされていたからね。仕事の邪魔をしたくなかったんだ」

「……」

麗子が小さな溜息をつく。

長坂の優しさはわからないではないが、正直に言えば、面倒だし、鬱陶しい。できれば、この場で帰ってほしかった。

しかし、わざわざ静岡からやって来て、両親から何か預かっているものまであると聞けば、部屋に上げてお茶くらいはごちそうしなければならないだろうし、長坂の顔を見れば、当然、それを期待している感じである。それはわかるが、あまりにも疲れているので、部屋に招待する言葉がなかなか口から出てこない。どうしようか、と迷っていたせいで、背後から足音が近付いてきても、麗子はまったく警戒しなかった。

（仕方ないか。いくら何でも、ここで追い返すことはできないものね）

何とか、三〇分くらいで帰ってくれればいいが……と思いつつ、

「それじゃ、ちょっと上がっていく？」

「悪いなあ」

と言いつつ、長坂は嬉しそうだ。

エントランスに足を向けようとしたとき、

「ん？」

長坂が怪訝な顔になる。

「どうかした？」

「おい、あんた……」

ロングコートを着て、サングラスをかけた女が足早に麗子に近付いてくる。風でコースの裾《すそ》がめくれ上がる。街灯の光に何かが反射する。

（ナイフ……）

その女は両手でナイフを握り締め、真っ直ぐ麗子に向かってくる。

「危ない！」

長坂は、その女と麗子の間に割って入る。長坂に押されて、麗子がよろめく。

ほんの一瞬の出来事である。

その女が通り過ぎる。長坂の体が硬直する。

「どうしたの、大丈夫？」

麗子が長坂の顔を覗き込む。

と、いきなり長坂が腹を押さえて膝をつく。

「え」

長坂の手が血で真っ赤だ。

(あの女……)

麗子が振り返る。その女が小走りに去って行く。

すぐに追いかければ捕まえられそうだが、長坂を放置するわけにはいかない。

「長坂君、しっかりして。救急車を呼ぶから」

麗子が携帯を取り出す。

「……」

長坂は地面に横になる。顔から血の気が引き、どんどん顔色が悪くなる。出血が止まる気配もない。かなりの深手のようだ。

「すぐに救急車が来るから」

「麗子さん……」

「何?」

「怪我は?」

「わたしは大丈夫よ。長坂君が守ってくれたから」

「そうか。よかった……。安心した」

長坂が目を瞑る。

「目を開けて。しっかりして。何か言って」

しかし、それきり長坂は目を開けず、言葉を発することもなかった。

29

一一月一日（日曜日）

美和子はいつもより一時間くらい早く出勤した。

ゆうべは、ほとんど眠れなかったが眠気はまったく感じない。引き継ぎも済まないうちに、美和子は房子の病室に向かう。

「着替えさせます」

病室には二人の看守がいる。

彼らに声をかけて中に入る。

「……」

房子がじっと美和子を見つめる。

（何かあったな……）

美和子の表情が緊張で強張っているのを見て察する。勘のいい女なのだ。

ベッドの周りをカーテンで覆い隠す。

「うまくいきませんでした」

美和子が房子の耳許で囁く。マンションの前で芝原麗子を待ち伏せ、ナイフで襲ったものの、連れの男に邪魔をされてしまった。麗子ではなく、その男を刺して慌てて逃げた。

「そう。しくじった、か」

房子は、あまり驚いた様子ではない。

「あいつら、手強いからね」

「すいません。今度は、うまくやります」

「いいのよ。気にしないで」

「お役に立てなくて申し訳なくて……」

「ううん、そんなことないわよ。石塚さん、とても役に立つ人よ。最後にもう一度、わたしの役に立ってちょうだいな」

「はい？」

「もっと、こっちに」

房子が言うと、美和子が更に顔を近付ける。

その瞬間、房子の左腕が美和子の首に巻き付いて口を押さえる。右手にはメスが握られている。芦田医師から奪い取ったものだ。そのメスが美和子の左の首筋に深々と吸い込まれ、頸動脈を切断する。メスを抜くと血が噴き出すので、そのまま押し込んでおく。すでに美和子はぴくりとも動かない。

素早くベッドに起き上がると、美和子をベッドに寝かせて自分が立ち上がる。すでに傷もほとんど癒え、体力も回復している。芦田医師を脅して入院を長引かせていたのだ。

美和子を裸にし、自分がナースの衣装を身に着ける。美和子には病院着を着せ、顎の下まで布団を被せる。帽子を被り、マスクをする。美和子のサンダルをはき、カーテンを開ける。

カルテを左手に持ち、うつむいて看守たちの前を通り過ぎる。右手にはボールペンを強く握り締めている。怪しまれたら、それを武器にして襲いかかるつもりだ。

「ごくろうさまです」

看守たちが軽く会釈する。

房子は廊下に出ると、逸《はや》る心を抑えるように、ゆっくり歩く。

（山根さん、もうすぐまた会えるわよ～）

大きな声で叫びたいのを我慢する。

目が笑っている。

また楽しいゲームが始まるのだ。

わくわくする。

エピローグ

ぼくたちは、しくじった。

イチも次郎も、ぼくもけいさつにつかまった。

まことくんのおとうさんをけそうとしたのがしっぱいだった。まことくんだけをさっさとかたづけて、さんにんでにげればよかった。そうすれば、きっとにげられた。

でも、しかたない。

うまくいかないこともある。

けいさつにつかまると、すぐにけいむしょにいれられるのかとおもったけど、そうじゃなかった。

とりしらべをうけているけど、おじさんやおばさんは、とてもしんせつだし、やさしい。

つかれたといえば、きゅうけいさせてくれる。

おふろにもはいれる。

ほんもよめるし、てれびもみられる。

ごはんもおいしい。

あさ、ひる、ばんのさんかいごはんがでるし、それいがいに、おやつもたべられる。

すごくかいてきだ。

どうして、こんなにしんせつにしてくれるのかわからない。けいさつはこわいところだとおもっていたのに、ぜんぜん、こわくない。

きらとふたりでくらしているとき、いつもおなかをすかせていた。たべものをてにいれるのがたいへんだった。とうとう、きらはおなかをすかせてしんでしまったけど、あのとき、さっさとふたりでへやをでてけいさつにいけばよかった。そうすれば、きらはしなずにすんだかもしれない。

でも、しかたない。

ぼくは、なにもしらなかったんだから。

そう、ぼくはなにもしらない。

あたまがわるい。

だけど、けいさつのおじさんやおばさんは、べんきょうすれば、あたまがよくなるという。

ほんとうだろうか？

それなら、べんきょうしたい。

あたまがよくなりたい。

かんじもおぼえたいし、さんすうもやりたい。

かんじはむずかしいけど、とりあえず、じぶんのなまえくらいはかんじでかけるようになりたい。

ごみかわよしき。

五みかわ良き。

五味かわ良き。

五味川良き。

最後の「き」というかんじがむずかしい。

だけど、あせるひつようはない。

ぼくは12さいだ。

じかんは、たくさんある。

本作品は書き下ろしです。またこの物語はフィクションで、
実在する個人、団体等とは一切関係ありません。

中公文庫

SRO《エスアールオー》Ⅶ

——ブラックナイト

2017年7月25日　初版発行

著　者　富樫倫太郎《とがしりんたろう》

発行者　大橋　善光

発行所　中央公論新社

〒100-8152　東京都千代田区大手町1-7-1

電話　販売 03-5299-1730　編集 03-5299-1890

URL http://www.chuko.co.jp/

DTP　平面惑星

印　刷　三晃印刷

製　本　小泉製本

Published by CHUOKORON-SHINSHA, INC.

Printed in Japan　ISBN978-4-12-206425-6 C1193

中公文庫既刊より

各書目の下段の数字はISBNコードです。978－4－12が省略してあります。

と-26-9
SRO Ⅰ 警視庁広域捜査専任特別調査室
富樫倫太郎
七名の小所帯に、警視長以下キャリアが五名。管轄を越えた花形部署のはずが――。警察組織の盲点を衝く、連続殺人犯を追え！　新時代警察小説の登場。
205393-9

と-26-10
SRO Ⅱ 死の天使
富樫倫太郎
死を願ったのち亡くなる患者たち、解雇された看護師、病院内でささやかれる『死の天使』の噂。SRO対連続殺人犯の行方は。待望のシリーズ第二弾！　書き下ろし長篇。
205427-1

と-26-11
SRO Ⅲ キラークィーン
富樫倫太郎
SRO対〝最凶の連続殺人犯〟、因縁の対決再び!!　東京地検へ向かう道中、近藤房子を乗せた護送車は裏道へ誘導され――。大好評シリーズ第三弾、書き下ろし長篇。
205453-0

と-26-12
SRO Ⅳ 黒い羊
富樫倫太郎
SROに初めての協力要請が届く。自らの家族四人を殺害して医療少年院に収容され、六年後に退院した少年が行方不明になったというのだが――書き下ろし長篇。
205573-5

と-26-19
SRO Ⅴ ボディーファーム
富樫倫太郎
最凶の連続殺人犯が再び覚醒。残虐な殺人を繰り返し、日本中を恐怖に陥れる。焦った警視庁上層部は、SROの副室長を囮に逮捕を目指すのだが――。書き下ろし長篇。
205767-8

と-26-35
SRO Ⅵ 四重人格
富樫倫太郎
不可解な連続殺人事件が発生。傷を負ったメンバーが再結集し、常識を覆す新たなシリアルキラーに立ち向かう。人気警察小説、待望のシリーズ第六弾！
206165-1

と-26-36
SRO episode0 房子という女
富樫倫太郎
残虐な殺人を繰り返し、SROを翻弄し続けるシリアルキラー・近藤房子。その生い立ちとこれまでが、ついに明かされる。その過去は、あまりにも衝撃的！
206221-4

と-26-26
早雲の軍配者（上）
富樫倫太郎
北条早雲に見出された風間小太郎。軍配者となるべく送り込まれた足利学校では、互いを認め合う友に出会い——。新時代の戦国青春エンターテインメント！
205874-3

と-26-27
早雲の軍配者（下）
富樫倫太郎
互いを認め合う小太郎と勘助、冬之助は、いつか敵味方にわかれて戦おうと誓い合う。扇谷上杉軍へ攻め込む北条軍に同行する小太郎が、戦場で出会うのは——。
205875-0

と-26-28
信玄の軍配者（上）
富樫倫太郎
駿河国で囚われの身となったまま齢四十を超えた山本勘助。焦燥ばかりを募らせていた折、武田信虎による実子暗殺計画に荷担させられることとなり——。
205902-3

と-26-29
信玄の軍配者（下）
富樫倫太郎
武田晴信に仕え始めた山本勘助は、武田軍を常勝軍団へと導いていく。戦場で相見えようと誓い合った友たちとの再会を経て、「あの男」がいよいよ歴史の表舞台へ！
205903-0

と-26-30
謙信の軍配者（上）
富樫倫太郎
越後の竜・長尾景虎のもとで軍配者となった曽我（宇佐美）冬之助。自らを毘沙門天の化身と称する景虎の前で、いま軍配者としての素質が問われる！
205954-2

と-26-31
謙信の軍配者（下）
富樫倫太郎
冬之助は景虎のもと、好敵手・山本勘助率いる武田軍を前に自らの軍配を振るい、見事打ち破ることができるのか⁉「軍配者」シリーズ、ここに完結！
205955-9

と-26-20
箱館売ります（上）土方歳三蝦夷血風録
富樫倫太郎
箱館を占領した旧幕府軍から、土地を手に入れようとするプロシア人兄弟。だが、背後には領土拡大を企むロシアの策謀が——。土方歳三、知られざる箱館の戦い！
205779-1

と-26-21
箱館売ります（下）土方歳三蝦夷血風録
富樫倫太郎
ロシアの謀略に気づいた者たちが土方歳三を指揮官に、旧幕府軍、新政府軍の垣根を越えて契約締結妨害のために戦うのだが——。思いはひとつ、日本を守るため。
205780-7

各書目の下段の数字はISBNコードです。978－4－12が省略してあります。

と-26-22
松前の花（上）土方歳三 蝦夷血風録
富樫倫太郎
土方歳三らの蝦夷政府には、父の仇討ちに燃える娘、戦の携行食としてパン作りを依頼される和菓子職人の姿があった。知られざる箱館戦争を描くシリーズ第二弾。
205808-8

と-26-23
松前の花（下）土方歳三 蝦夷血風録
富樫倫太郎
死を覚悟した蘭子は、藤吉にある物を託し戦へと向かった。北の地で自らの本分を遂げようとする土方、蘭子、藤吉。それぞれの箱館戦争がクライマックスを迎える！
205809-5

と-26-24
神威の矢（上）土方歳三 蝦夷討伐奇譚
富樫倫太郎
明治新政府の猛追を逃れ、開陽丸に乗り込んだ土方歳三ら旧幕府軍。だが、船上には、動乱に乗じ日本に神の王国の建国を企むフリーメーソンの影が――。
205833-0

と-26-25
神威の矢（下）土方歳三 蝦夷討伐奇譚
富樫倫太郎
ドラゴン復活を謀るフリーメーソン、後のない旧幕府軍、死に場所を探す土方、迫害されるアイヌ人、山籠りの陰陽師。全ての思惑が北の大地で衝突する！
205834-7

と-26-32
闇の獄（上）
富樫倫太郎
盗賊仲間に裏切られて死んだはずの男は、座頭組織の長に拾われて、暗殺者として裏社会に生きることに！『SRO』「軍配者」シリーズの著者によるもう一つの世界。
205963-4

と-26-33
闇の獄（下）
富樫倫太郎
座頭として二重生活を送る男・新之助は、裏社会から足を洗い、愛する女・お袖と添い遂げることができるのか？ 著者渾身の暗黒時代小説、待望の文庫化！
206052-4

と-26-34
闇夜の鴉
富樫倫太郎
大坂の追っ手を逃れてから十年――。新一は江戸で再び殺し屋稼業に手を染めていた。『闇の獄』に連なる暗黒時代小説シリーズ第二弾！〈解説〉末國善己
206104-0

と-26-13
堂島物語1 曙光篇
富樫倫太郎
米が銭を生む街・大坂堂島。十六歳と遅れて米問屋へ奉公に入った吉左には「暖簾分けを許され店を持つ」という出世の道は閉ざされていたが――本格時代経済小説の登場。
205519-3

と-26-14
堂島物語2 青雲篇
富樫倫太郎
山代屋へ奉公に上がって二年。丁稚として務める一方、幕府未公認の先物取引「つめかえし」で相場師としての頭角を現しつつある吉左は、両替商の娘・加保に想いを寄せる。
205520-9

と-26-15
堂島物語3 立志篇
富樫倫太郎
念願の米仲買人となった吉左改め吉左衛門は、自分と同じく二十代で無敗の天才米相場師・寒河江屋宗右衛門の存在を知る――『早雲の軍配者』の著者が描く経済時代小説第三弾。
205545-2

と-26-16
堂島物語4 背水篇
富樫倫太郎
「九州で竹の花が咲いた」という奇妙な噂を耳にした吉左衛門は西国へ飛ぶ。やがて訪れる享保の大飢饉をめぐる米相場乱高下は、ビジネスチャンスとなるか、破滅をもたらすか――。
205546-9

と-26-17
堂島物語5 漆黒篇
富樫倫太郎
かつて山代屋で丁稚頭を務めた百助は莫大な借金を抱え、お新と駆け落ちする。米商人となる道を閉ざされ、行商人に身を落とした百助は、やがて酒に溺れるが……。
205599-5

と-26-18
堂島物語6 出世篇
富樫倫太郎
川越屋で奉公を始めることになった百助の息子・万吉は、手代たちから執拗な嫌がらせを受ける。『早雲の軍配者』の著者が描く本格経済時代小説第六弾。
205600-8

と-26-7
蟻地獄（上）
富樫倫太郎
女のために足を洗おうとする盗賊、甚八。頭目は大金を強奪すべく、大店に目をつける。押し込みの掟は皆殺し！　これを最後の稼ぎと覚悟する甚八だが……。
204908-6

と-26-8
蟻地獄（下）
富樫倫太郎
押し込みは成功したが、盗賊達は稼ぎを巡って殺し合う。頭目・仁兵衛への復讐を誓う雛次郎。そんな中、衝撃の事実を知らされた甚八は。〈解説〉縄田一男
204909-3

と-25-40
奪還の日 刑事の挑戦・一之瀬拓真
堂場瞬一
都内で発生した強盗殺人事件の指名手配犯を福島県警から引き取り、駅へ護送中の一之瀬ら捜査一課の刑事たちが襲撃された！　書き下ろし警察小説シリーズ。
206393-8